DAS ACHTE MESSER
Roman

Victor Gunn

Impressum

Text: © Copyright by Victor Gunn/Apex-Verlag.
Lektorat: Dr. Birgit Rehberg.
Übersetzung: Aus dem Englischen übersetzt von Ruth Kempner.
Original-Titel: *The Golden Monkey.*
Umschlag: © Copyright by Christian Dörge.
Verlag: Apex-Verlag
Winthirstraße 11
80639 München
www.apex-verlag.de
webmaster@apex-verlag.de

Druck: epubli, ein Service der neopubli GmbH, Berlin

Printed in Germany

Inhaltsverzeichnis

Das Buch (Seite 4)

DAS ACHTE MESSER (Seite 6)

Das Buch

Eines nach dem anderen sausten die Messer durch die Luft - Inspektor Cromwell zählte unbewusst mit. Sechs... sieben... Das achte Messer traf schließlich das Mädchen in den Hals.

Der Inspizient trat vor den Vorhang. »Meine Damen und Herren! Leider hat sich ein Unglücksfall ereignet...«

Ein Unglücksfall?

Mord, sagt Inspektor Cromwell...

Der Roman *Das achte Messer* von Victor Gunn (eigentlich Edwy Searles Brooks; * 11. November 1889 in London; † 2. Dezember 1965) - ein weiterer Fall für Chefinspektor Cromwell - erschien erstmals im Jahr 1957; eine deutsche Erstveröffentlichung erfolgte im gleichen Jahr.

Der Apex-Verlag veröffentlicht eine durchgesehene Neuausgabe dieses Klassikers der Kriminal-Literatur in seiner Reihe APEX CRIME.

Das achte Messer

Erstes Kapitel

Als Chefinspektor Bill Cromwell von Scotland Yard seinen Platz in der ersten Parkettreihe des Varietés *Olymp* einnahm, hatte sein Gesicht einen so bösartigen Ausdruck, dass die Platzanweiserin erschreckt die Eintrittskarten fallen ließ und sich eiligst davonmachte.

»Musst du deine Visage so verzerren, dass du wie ein zweiter Mr. Hyde aussiehst?«, fragte Johnny Lister verärgert, als er die Karten vom Boden aufhob. »Siehst du denn nicht, was für einen Schrecken du dem armen Mädchen eingejagt hast? Hat sie dir vielleicht was getan?«

»Ein Platz in der ersten Reihe!«, murmelte Cromwell ärgerlich und ließ sich auf seinen Sitz fallen. »Musstest du gerade Plätze nehmen, auf denen man wie auf dem Präsentierteller sitzt? Aber ich hätte mir ja denken können, dass du schon etwas Idiotisches anstellen wirst!«

Der elegante junge Sergeant unterdrückte die grobe Antwort, die ihm auf der Zunge lag. Er hatte seine ganze Überredungskunst spielen lassen müssen, um Ironsides überhaupt zu bewegen, ins Varieté zu gehen. Er hatte gehofft, ein Abend in Londons berühmtestem Varieté werde vielleicht seinen übelgelaunten Vorgesetzten in bessere Stimmung bringen. Schon seit Wochen war Cromwell so mürrisch und gereizt, dass das Leben mit ihm schwer erträglich geworden war. Cromwell war nie ein besonders liebenswürdiger Partner, aber jetzt, in seiner gegenwärtigen Laune, fiel er Johnny auf die Nerven.

Wenn es sich nur um die Zusammenarbeit im Büro gehandelt hätte, wäre das schon unangenehm genug gewesen. Aber Johnny bewohnte mit seinem Vorgesetzten gemeinsam auch eine Junggesellenwohnung in der Victoria Street; in letzter Zeit war die Spannung zwischen ihnen so stark geworden, dass jede harmlose Unterhaltung zu etwas Unmöglichem geworden war.

»Und wer ist dieser Mr. Hyde?«, fragte Cromwell. »Ich kenne niemanden dieses Namens...«

»Musst du schon wieder deine phänomenale Unwissenheit beweisen?«, unterbrach ihn Johnny. »Willst du wirklich sagen, dass du noch nie etwas von Dr. Jekyll und Mr. Hyde gehört hast?«

»Ach, von den beiden!«

»Wieso *von den beiden*? Die beiden sind doch nur einer! Aber wozu lange Erklärungen«, meinte Johnny hilflos. »Hör nur auf zu brummen, Old Iron. Wir sind doch hier, um uns zu amüsieren.«

»So nahe der Bühne?«, höhnte Cromwell. »Ganz abgesehen davon, dass uns das Orchester in die Ohren dröhnt, werden wir jeden Schminkfleck auf den Gesichtern der Artisten sehen...« Er brach ab; seine Augen fielen auf die mit einem Läufer belegten Stufen, die ein paar Schritte von seinem Platz entfernt zur Bühne hinaufführten. »Ich möchte wetten, auf dem Programm steht auch eine Zaubernummer; man wird also Leute aus dem Zuschauerraum auffordern, auf die Bühne zu kommen und sich dort zum Narren halten zu lassen. Aber wenn mich jemand zu so etwas auffordern sollte...«

»Mach dir keine Sorgen«, unterbrach ihn Johnny ärgerlich. »Ein einziger Blick in dein Gesicht scheucht jeden fort. Es tut mir nur leid, dass ich dich überhaupt hierhergebracht habe.«

Es war ihm mit seinen Worten ernst, denn der Abend entwickelte sich nicht so, wie er gehofft hatte. Der Chefinspektor war vielleicht noch gereizter als sonst; aber Johnny kannte ja den Grund seiner üblen Laune. Seit mehr als einem Monat waren beide ununterbrochen mit langweiliger Routinearbeit beschäftigt gewesen, und Cromwell konnte nur gutgelaunt sein, wenn er einen kniffligen Fall zu bearbeiten hatte. Büroarbeit hingegen reizte ihn stets zu Wutausbrüchen.

Heute war ein Donnerstagabend, und sie hatten dienstfrei. Der Wintertag war grau und kalt gewesen; Johnny hatte gehofft, ein paar Stunden im Varieté könnten seinen Begleiter zerstreuen und aufheitern.

»Der Bauchredner, der hier auftritt, ist geradezu die Sensation von London, Old Iron«, meinte Johnny, lehnte sich in seinem Sitz zurück und bemühte sich, die unmelodiösen Laute aus dem Orchester zu übertönen, wo die Musiker ihre Instrumente stimmten. »Hast du je erlebt, dass hier im *Olymp* ein Bauchredner die Hauptattraktion ist? Aber der Bursche muss wirklich Ungewöhnliches leisten. Ganz London spricht ja von nichts anderem. Der Affe, mit dem er arbeitet, wirkt so unheimlich menschlich...«

»Du meinst wohl, seine Puppe?«

»Mein Gott, liest du denn überhaupt keine Zeitung? Am Montag begann Valentine mit seiner Nummer hier, und schon am Dienstag berichteten alle Londoner Zeitungen ganz groß auf der ersten Seite über ihn. Sein Schimpanse muss geradezu unglaublich gut sein. - Aber wir können uns nicht weiter unterhalten, denn jetzt fängt die Vorstellung an.«

Cromwell zuckte schmerzlich berührt zusammen, denn das Orchester hatte mit einer solchen Lautstärke eingesetzt, dass die Töne betäubend an sein Trommelfell schlugen. In der ersten Parkettreihe war die Musik wirklich allzu geräuschvoll.

»Mein Gott!«, stöhnte Ironsides Johnny ins Ohr. »Habe ich dir das nicht vorher gesagt?«

Johnny presste die Lippen zusammen und gab keine Antwort. Er wollte sich nicht damit entschuldigen, dass nur noch diese beiden Plätze in der ersten Reihe zu haben gewesen waren - und auch diese Plätze hatte er nur bekommen, weil sie gerade fünf Minuten vorher jemand zurückgegeben hatte. Seit dem Auftreten von Valentine war eben das Varieté für viele Tage im Voraus ausverkauft.

Der Vorhang hob sich, und im strahlenden Licht der Scheinwerfer erschienen die sechzehn Tanzgirls des *Olymp*. Sie schwangen ihre schlanken Beine in vollendetem Gleichtakt.

»Darum also hast du Plätze in der ersten Reihe genommen! Du wolltest so nahe wie möglich bei diesen halbnackten Mädchen sitzen! Hm - aber sie tanzen wirklich gar nicht schlecht.«

Johnny Lister grinste. Die Gereiztheit in Cromwells Stimme klang bereits gemildert, und auch die Falten seines

Gesichts begannen sich zu. glätten. So viel weiblicher Charme in so großer Nähe blieb eben auch auf ihn nicht ohne Wirkung.

Die Mädchen vollendeten ihren Tanz mit der exakten Präzision, für die sie berühmt waren. Sie erhielten stürmischen Applaus.

Die nächste Nummer war ein junger Sänger, dessen Name von Schallplatten her bekannt war. Er trat in einem blutroten Frack auf. Der Chefinspektor schloss die Augen und stöhnte - und diesmal war Johnny mit ihm einer Meinung. Der hübsche junge Mann mochte zwar ein Liebling des jugendlichen Publikums sein und konnte auch den Teenagern Rufe des Entzückens entlocken, aber nach Johnnys Geschmack war er nicht. Der Sergeant atmete auf, als diese Nummer zu Ende war und die nächste begann. Es war eine dänische Akrobatentruppe, die wahre Wunder an Gelenkigkeit vollbrachte. Leider muss jedoch festgestellt werden, dass Bill Cromwells Interesse an ihren Darbietungen nur dadurch aufrechterhalten wurde, dass zwei Mitglieder der Truppe hübsche junge Mädchen waren, die noch weniger anhatten als die Tanzgirls.

»Nicht schlecht, mein Junge - ganz und gar nicht schlecht!«, bemerkte Ironsides, beifällig schmunzelnd.

Der Conférencier erzählte nun, um die Zeit auszufüllen, ein paar Witze und kündigte dann die Glanznummer des Programms an - Valentine und Vick. Als sich der Vorhang hob, stand auf der Bühne ein untersetzter, breitschultriger Mann mittleren Alters, der die bei Bauchrednern übliche Puppe im Arm trug. Die Nummer war gut, die Unterhaltung zwischen dem Bauchredner und seiner Puppe sehr spaßig.

»Du hast mir doch gesagt, dass der Kerl mit einem Affen arbeitet, nicht?«, wandte sich Ironsides leise an Johnny. »Das hier ist aber doch nur eine ganz gewöhnliche Bauchrednernummer - an sich nicht schlecht, aber...«

»Halt doch den Mund, das ist ja nur das Vorspiel!«, zischte Johnny zurück. »Warte doch ab!«

Cromwell brummte. Ohne, dass er es hätte begründen können, war ihm Valentine unsympathisch. Sein öliges schwarzes Haar, seine dunklen, verschlagen blickenden Augen und der grausame Zug um seinen sinnlichen Mund waren nicht nach Cromwells Geschmack. Es gehörte zu seinem Beruf, ein guter Kenner des menschlichen Charakters zu sein, und er hatte gelernt, Menschen nach ihrer äußeren Erscheinung, nach dem Ausdruck ihres Gesichts zu beurteilen. Und bei dieser Beurteilung schnitt Valentine nicht gerade günstig ab.

»Er ist witzig, Johnny, aber sein Witz hat etwas Sadistisches. Ich möchte wetten, dass er jede Zeile dieses Dialogs selbst geschrieben hat«, murmelte der Chefinspektor. »Er passt haargenau zu seinem Wesen.«

Johnny war überrascht. Er hatte mit dem übrigen Publikum Valentines Späße belacht, ohne dass ihm die ätzende Schärfe aufgefallen war, von der Cromwell gesprochen hatte. Erst jetzt - nachdem er darauf hingewiesen worden war - bemerkte er die Grobheit von Valentines Humor.

Der sensationelle Teil der Nummer sollte jedoch noch kommen. Bald verschwand die Puppe in einem Koffer. Zunächst folgte der konventionelle Trick, den schon andere Bauchredner vor Valentine gebracht hatten. Valentine ließ nämlich die Stimme der Puppe schwach und halb erstickt scheinbar aus dem Koffer heraustönen. Eine bekannte Sache, daher machte sich eine leise Unruhe im Zuschauerraum bemerkbar. Aber in Wirklichkeit war dieser Trick eine recht geschickte Überleitung zur Hauptattraktion, denn jetzt wandte sich Valentine in die Kulissen, schnippte mit den Fingern und rief mit einschmeichelnder Stimme.

Eine Woge der Erregung ging durch das Publikum, als Vick, der Schimpanse, daraufhin selbstbewusst die Bühne betrat. Das Tier trug einen Matrosenanzug; ein fesches Käppchen saß schief auf seinem Kopf.

»Komm schneller, mein Junge«, sagte Valentine tadelnd. »Trödle doch nicht so!«

Aber Vick blieb daraufhin stehen und gab nur einen verächtlichen Laut von sich.

»Ach, rutsch mir den Buckel runter!«, sagte er dann mit grober Stimme.

Die Wirkung dieser Worte war phantastisch. Das Publikum brüllte vor Lachen. Scheinbar waren die Worte direkt aus dem Munde des Schimpansen gekommen, und das Tier hatte seine Lippen auch genau entsprechend den Worten bewegt. Donnernder Applaus rauschte auf.

Es war nur eine Kostprobe von Valentines Kunst, aber nun bewies er, dass die enthusiastischen Presseberichte tatsächlich nicht übertrieben waren. Vick überquerte die Bühne, sprang gewandt auf einen Stuhl und streckte Valentine die Zunge heraus.

»Das ist aber sehr ungehörig!«, tadelte ihn Valentine und drohte mit dem Finger.

»Und wer hat mir das beigebracht?«, antwortete der Schimpanse. »Du doch! Etwas Besseres hast du dir eben nicht ausdenken können!«

Auf diese Weise ging das Gespräch weiter. Es war ah sich keineswegs besonders geistreich oder witzig. Aber das Publikum blickte trotzdem wie gebannt auf die Bühne, denn jedes Wort, das aus Vicks Maul zu kommen schien, war von den genau richtigen Lippenbewegungen begleitet. Es war fast unmöglich, auch nur auf den Gedanken zu kommen, es könne nicht der Schimpanse sein, der sprach. Solange Valentine redete, blieb das Gesicht des Tieres völlig unbewegt. Aber wenn der Affe mit seiner groben Stimme antwortete, schien es unmöglich, dass die Worte nicht tatsächlich aus seinem Maul kamen.

»Nun, Old Iron?«, fragte Johnny.

»Geschickt, mein Junge. In seiner Art das Geschickteste, was ich je gesehen habe«, gab Cromwell zu. »Du weißt doch, was wir hier vor Augen haben, nicht wahr? Das ist das Resultat von Monaten, wahrscheinlich von Jahren der Dressur. Das einzige, was mich dabei beunruhigt, ist: War diese Dressur grausam? Mein Gott! Sieh dir doch das an!«

Der Schimpanse hatte sein Maul zu einem langen Gähnen weit geöffnet. Der Gähnlaut war so natürlich, dass die meisten Leute im Publikum annahmen, dass das Gähnen nicht zu der Nummer gehörte. Wieder gab Valentine dem Affen einen scharfen Verweis und warf ihm vor, sich unanständig zu benehmen. Aber Vick erwiderte prompt, er habe nur gegähnt, weil die Nummer so unerträglich langweilig sei. Er riet Valentine schließlich, sich etwas mehr anzustrengen und ein bisschen mehr Geist hineinzubringen.

»Ich könnte es noch verstehen, dass man einen Affen darauf dressieren kann, ein oder zwei Lippenbewegungen zu machen, die mit gewissen immer wiederkehrenden

Worten übereinstimmen; aber Vick redet ja viel mehr als der Bauchredner selbst, und dadurch wird die Leistung nahezu unglaublich«, murmelte Johnny. »Besonders, wenn man berücksichtigt, dass er auch die zu seinen Worten passenden Gesten macht.«

»Ja, ich kann schon verstehen, warum diese Nummer als die große Attraktion des Programms herausgestellt wird«, meinte Ironsides. »Dieses Tier muss ja ein Vermögen wert sein, Johnny.«

»Es bringt jedenfalls Valentine eine Gage von fünfhundert Pfund die Woche ein«, flüsterte Johnny zurück. »Eine Zeitung schrieb von Vick als dem *goldenen Affen*. Die Nummer war in Australien vor ein oder zwei Monaten die große Sensation, und seitdem ist Valentine mit seinem Tier mit größtem Erfolg in Manchester, Liverpool und Glasgow auf getreten.«

Schließlich war die Nummer zu Ende; sie erntete einen Applaus, wie ihn Johnny in diesem Varieté noch nicht gehört hatte. Immer wieder mussten Valentine und Vick vor den Vorhang treten. Hier verbeugte sich Vick nicht nur gleichzeitig mit seinem Herrn, er winkte dem Publikum auch zu und rief ein paar Bemerkungen ins Parkett.

Dann folgte die große Pause.

»Jetzt können wir wohl nach Hause gehen?«, fragte Cromwell. »Es wird ja wohl nichts Interessantes mehr zu sehen sein.«

»Warum wollen wir unser Geld nicht absitzen?«, wandte Johnny ein. »Jetzt kommt noch eine großartige spanische Tanznummer und ein Messerwerfer.«

Er überredete Ironsides, ihn zum Büfett zu begleiten, wo ein Glas Bier Cromwells Stimmung hob. Als sie nach der Pause wieder ihre Plätze einnahmen, war der brummige Chefinspektor beinahe wohlwollend gestimmt.

»Es tut mir leid, dass ich vorhin so schlecht gelaunt war, Johnny«, meinte Cromwell entschuldigend. »Du hattest ganz recht. Das Ausgehen hat mir gutgetan. Ich bin in letzter Zeit wohl ziemlich schwer zu genießen gewesen, was? - Weißt du, ich muss immer noch über diesen erstaunlichen Schimpansen nachdenken. Hoffentlich habe ich mich in Valentine geirrt...« Er hielt inne und zuckte die Achseln. »Aber das werden wir wohl nie erfahren.«

»Wie meinst du das - *geirrt*?«

»Nun, weißt du, ich habe so ein vages Gefühl, dass dieser Bauchredner ein übler Bursche ist«, antwortete Ironsides nachdenklich. »Menschen dieses Typs sind mir schon oft begegnet. Das ist eben der Nachteil, wenn man Polizeibeamter ist, Johnny. Man tritt allen Leuten mit einer Masse von Vorurteilen gegenüber.«

Johnny lachte.

»Ich möchte wetten, dass du danebengeraten hast, Old Iron«, erwiderte er. »Kein Mensch kann einen Affen anders als mit Liebe so großartig dressieren. Hast du denn nicht gesehen, dass dem Tier sein Auftreten geradezu Spaß machte?«

Die weitere Unterhaltung wurde dadurch erschwert, dass das Orchester mit einem lauten Tusch den zweiten Teil des Programms ankündigte. Der Conférencier trat vor den Vorhang und erzählte wieder ein paar Witze. Dann trat das spanische Tanzpaar auf, das ausgezeichnet war.

Nach dieser Programmnummer erschien der Conférencier wieder. Er forderte das Publikum auf, sich an den

Sitzen festzuhalten; es bekäme jetzt eine Nummer zu sehen, die geradezu atemberaubend wäre.

»Der übliche Quatsch!«, murmelte Cromwell verächtlich. »Wer soll uns denn jetzt das Gruseln beibringen?«

»Rex Dillon, das australische Wunder!«, entgegnete Johnny nach einem Blick auf das Programm grinsend. »Der Messerwerfer, Old Iron!«

»Das sind doch alte Kamellen!«, brummte sein Freund. »Gehen wir lieber.«

»Gib doch Ruh', verdammt noch mal! Er bringt etwas ganz Neues!« Johnny sah seinen Freund von der Seite an. »Und dann arbeitet er mit einer Partnerin, die praktisch gar nichts anhat.«

Aber auch das machte auf Ironsides keinen Eindruck.

»Was kann denn schon an dem Burschen Besonderes sein?«, fragte er.

»Warte es doch ab! Dillon behauptet, als einziger Mensch folgenden Trick zeigen zu können: Das Mädchen steht, mit Stricken an einen Baum gefesselt, auf der einen Seite der Bühne; Dillon steht auf der anderen Seite und befreit sie aus ihren Fesseln, indem er mit seinen Wurfmessern einen Strick nach dem anderen zerschneidet. Dazu gehört doch wirklich eine phantastisch sichere Hand!«

»Ich halte das für unmöglich«, brummte Cromwell ungläubig. »Ich möchte wetten, es ist nur ein Trick. Nur. vom Publikum aus gesehen scheint es wohl so, als ob er die Fesseln tatsächlich mit seinen Würfen zerschneiden würde.«

»Schön, sieh es dir selbst an«, meinte Johnny gereizt. »Aber glaubst du etwa, sie würden in diesem Varieté einen gewöhnlichen Messerwerfer auftreten lassen? Dillon zerschneidet eben die Stricke tatsächlich mit den geworfenen Messern.«

Nach einem Tusch des Orchesters betrat Rex Dillon die Bühne. Er war ein gutgewachsener, sympathisch wirkender junger Mann mit blondem, welligem Haar, der als australischer Rinderhirt gekleidet auftrat. Mit freundlichem Lächeln begrüßte er das Publikum und erzählte, mit starkem australischem Akzent, ein paar Witzchen, während er geschickt einen Seiltrick vorführte. Er benutzte diesen Seiltrick nur als Einleitung zu seiner Nummer. Nun riet er den Männern im Publikum, auf ihren Blutdruck, und den Frauen, auf ihre Männer aufzupassen, da jetzt seine atemberaubend schöne Assistentin Nina auftreten werde. Als nun Nina graziös auf die Bühne trippelte, stieß Johnny Ironsides mit dem Ellbogen an.

»Bei Gott, Old Iron - er hat nicht gelogen!«

Das Mädchen Nina war wirklich das Ansehen wert. Sie war schlank, graziös, wunderbar gewachsen und hatte ein bezaubernd hübsches Gesicht. Wie Johnny richtig vorausgesagt hatte, war sie recht spärlich bekleidet - in der Tat trug sie nur einen Bikini, zwei bunte kleine Stoffstreifen, die sich reizvoll von ihrer rosigen Haut abhoben.

Sie lächelte ins Publikum und trat dann an ein großes, rechteckiges Brett heran, das fast senkrecht auf der linken Bühnenseite bei den Stufen stand, die vom Zuschauerraum auf die Bühne führten. Daher waren Johnny Lister und Bill Cromwell in der Lage, sie ganz aus der Nähe zu beobachten. Die Arme fest gegen die Seiten gepresst, lehnte sie sich gegen das Brett.

»Du hast doch etwas von einem Baum gesagt!«, flüsterte Ironsides.

»Später, du altes Ekel! Das ist ja nur der erste Teil der Nummer. Jeder Artist hebt sich doch die wirkliche Sensation bis zum Schluss auf.«

Auf der anderen Seite der Bühne hatte sich jetzt Rex Dillon hinter einem niedrigen Tischchen aufgestellt, auf dem zwölf Messer mit blitzenden Klingen in einer Reihe lagen. Sobald Dillon das erste hochhob, erloschen die Rampenlichter, und der mittlere Teil der Bühne wurde völlig dunkel. Nur zwei Scheinwerfer beleuchteten die Szene - der eine strahlte Dillon und der andere das Mädchen an.

Amüsiert überzeugte sich Johnny durch einen Seitenblick, dass sein gelangweilter Freund plötzlich aufs höchste interessiert war. Die Augen auf das Mädchen gerichtet, beugte sich Cromwell mit angespannten Muskeln in seinem Sitz vor.

»Sie sieht nett aus, wie?«, flüsterte ihm Johnny mit gutmütigem Spott zu.

»Mein Gott, hast du denn gar nichts bemerkt?«, gab sein Freund zurück. »Bist du denn ganz blind?«

»Wie? Was war denn da zu bemerken?«

»Sieh dir doch einmal das Mädchen an!« Cromwells Hand krampfte sich um Johnnys Arm. »Natürlich, für das Publikum hat sie ein süßes Lächeln - aber hast du den Blick bemerkt, den sie Dillon zuwarf, bevor sie an ihren Platz ging? Sieh sie dir doch einmal genauer an! Die Röte ihres Gesichts - das wütende Blitzen ihrer Augen - die zusammengepressten Lippen! Sieh nur, wie sich ihre Brust hebt! Dieses Mädchen kocht ja innerlich vor Wut!«

»Na, das ist aber merkwürdig...«

Johnny musste seinem Freund völlig recht geben. Zwar war ihm bis zu diesem. Augenblick nichts Ungewöhnliches aufgefallen, aber als er jetzt Nina genauer beobachtete, erkannte auch er, dass sie in der Tat aufs höchste erregt sein musste.

Auf ein Zeichen Cromwells wandte er jetzt seine Aufmerksamkeit Dillon zu, der auf der anderen Seite der Bühne im Scheinwerferlicht stand. Und er fuhr beinahe erschrocken von seinem Sitz hoch, als er feststellte, dass auch aus den Augen des Australiers wilde Wut leuchtete. Dillon hatte schon das erste Messer geworfen, und dieses Messer, das unsichtbar die verdunkelte Mitte der Bühne durchflogen hatte, bohrte sich knapp neben der Hüfte des Mädchens in das Holz.

»Mir will das gar nicht gefallen!« Cromwell schüttelte missbilligend den Kopf, »Für solche Kunststücke habe ich überhaupt nichts übrig. Diese Messerwerferei ist ja schon eine verdammt gefährliche Sache, wenn die dabei Beteiligten, der Werfer wie seine Assistentin, ruhig und gelassen sind. Aber die beiden hier sind genau das Gegenteil. Dieser Dillon besitzt nicht die Ruhe, die ein Messerwerfer haben sollte, Johnny. Ich werde froh sein, wenn die Nummer vorüber ist.«

Blitzend fuhr das zweite Messer durch die Luft und schlug, dem ersten genau gegenüber, neben der anderen Hüfte des Mädchens in das Holz. Das nächste Messer landete knapp einen Zentimeter über ihrem Kopf. Vielleicht fühlte das Publikum instinktiv, dass etwas in der Luft lag, denn im Zuschauerraum herrschte atemloses Schweigen. Das Orchester hatte zu spielen aufgehört - nur ein dumpfer Trommelwirbel war zu hören, sobald ein Messer durch die Luft sauste.

Johnny wollte seinem Freund etwas zuflüstern, unterließ es aber, weil er das Gefühl hatte, dass in dieser Stille auch das leiseste Wort wie ein Schrei klingen müsse. Wenn das die Einleitung war - der *harmlose* Teil der Nummer -, wie musste dann ihr sensationeller Höhepunkt aussehen! Johnny lief schon im Voraus eine Gänsehaut den Rücken hinunter.

Eins nach dem anderen sausten die Messer durch die Luft - von Cromwell unbewusst gezählt. Er zuckte zusammen, als ein Messer ganz dicht am Hals des jungen Mädchens seine Spitze in das Holz bohrte. Das nächste Messer sollte offenbar auf der anderen Seite neben Ninas Hals einschlagen, und Johnny beobachtete gespannt, wie Dillon sich zum Wurf anschickte.

Verdammt! Warum bricht mir eigentlich der Angstschweiß aus? dachte der junge Sergeant fast wütend. Ich benehme mich ja wirklich wie ein dummer kleiner Junge! Schließlich gehört

doch das alles zu einer langen und genau durchgeprobten Nummer! Der Teufel soll Old Iron holen, weil er mir solch idiotische Gedanken in den Kopf gesetzt hat!

Sausend fuhr das Messer durch die Luft, nachdem seine Klinge einen Augenblick im Scheinwerferlicht aufgeblitzt war. Die Spannung war fast unerträglich - als ob eine Tragödie zu erwarten sei.

Und in der nächsten Sekunde geschah die Tragödie wirklich - schnell und grausig.

Der Aufschlag dieses Messers klang etwas anders als die vorherigen. Es schien Johnny fast, als ob er ihn doppelt hörte. Mit einem heiseren Aufschrei erhob er sich von seinem Sitz, als er sah, was geschehen war.

Das Messer hatte das Mädchen in den Hals getroffen, und das Blut schoss in hohem Bogen aus der Wunde.

Zweites Kapitel

Zu Johnny Listers Entsetzen war Bill Cromwell aufgesprungen und raste zu der Treppe hin, die auf die Bühne führte.

»Fassen Sie das Messer nicht an!«, schrie er dabei aus Leibeskräften.

Seine laute, befehlsgewohnte Stimme brach das lähmende Schweigen, das über dem ganzen Zuschauerraum lag. Erst jetzt erhoben sich die Leute von ihren Sitzen, Frauen kreischten und Männer schrien. Auf der Bühne rannte Dillon in verständnisloser Bestürzung vorwärts - und inzwischen blieb das unglückliche Mädchen, wie ein Schmetterling an das Holz geheftet, aufrecht stehen.

»Großer Gott!«, stieß Johnny hervor.

Er hatte in. der Vergangenheit schon mehrfach erlebt, wie schnell sein Chef sein konnte. Aber noch nie hatte er den schlaksigen, hageren Chefinspektor so schnell wie jetzt rennen sehen. Mit einem fast akrobatischen Satz stürmte Cromwell die Stufen hinauf, und er war gerade auf der Bühne, als der Vorhang zu fallen begann und das Orchester eine laute Musik anstimmte.

Noch im letzten Augenblick konnte es auch Johnny schaffen; als er hinter Ironsides die Bühne erreichte, senkte sich der Vorhang hinter ihnen. Auf der Bühne wand sich Rex Dillon, der Messerwerfer, in den Händen von zwei Männern, die aus den Kulissen herausgestürzt waren. Aber Ironsides schenkte ihrem Kampf gar keine Beachtung. Mit wenigen Sätzen erreichte er das Holzbrett, fasste das tödliche Messer an der Klinge unterhalb des Griffes und zog es mit einem energischen Ruck aus dem Hals des Mädchens heraus. Darauf folgte ein neuer Blutsturz, und der Körper des Mädchens sank schlaff zu Boden.

Geschickt vermied es Cromwell, von dem Blut bespritzt zu werden. Johnny konnte undeutlich sehen, dass der Chefinspektor seine ganze Aufmerksamkeit auf das Heft des Messers konzentrierte. Aber einen Augenblick später riss er sein Taschentuch heraus, hüllte das Messer sorgfältig in das Tuch ein und drückte Dolch und Tuch Johnny in die Hand.

»Halte das, aber berühre das Heft nicht!«, rief er ihm zu.

Dann kniete er neben dem Mädchen nieder. Dillon, bleich wie der Tod, kämpfte jetzt wie ein Wahnsinniger, so dass die beiden Männer ihn nur mit Mühe festhalten konnten.

»Das ist doch unmöglich!«, stieß der Australier mit heiserer, höchst erregter Stimme hervor. »Ich sage euch, das ist unmöglich! Ich habe doch noch nie fehlgetroffen... Nina! Ist sie schwer verletzt?«

»Beruhigen Sie sich, mein Junge!« Ironsides war wieder aufgestanden. »Nehmen Sie es mit Fassung auf - das Mädchen ist tot.«

»Nein!«, schrie Dillon, und sein Gesicht verzog sich grauenvoll. »Das kann ich nicht glauben! Verdammt noch mal, lasst mich doch los!«

»Ja, lasst ihn ruhig los«, sagte Cromwell.

Die Männer gaben den unglücklichen Messerwerfer frei, aber einer von ihnen sah Cromwell scharf und fragend an.

»Sie kamen vom Zuschauerraum herauf, nicht wahr?«, erkundigte er sich. »Sind Sie Arzt?«

»Nein.«

»Was, zum Teufel, wollen Sie denn dann hier?«

»Polizei.«

»Ach so!«

»Chefinspektor Cromwell - Scotland Yard«, stellte sich Ironsides vor. »Es traf sich glücklich, dass ich in der ersten Parkettreihe in der Nähe der Treppe saß. Ich werde Ihnen später erklären, warum das ein glücklicher Zufall war. Und wer sind Sie?«

»Wallis - Guy Wallis - der Inspizient.«

»Dann walten Sie Ihres Amtes, Mr. Wallis«, herrschte ihn Cromwell an. »Lassen Sie die nächste Nummer ankündigen...«

»Nicht, bevor ich zum Publikum gesprochen habe«, unterbrach ihn der Inspizient, der schon wieder Herr der Situation war. »Bringt sie weg - schnell! Und alle andern - Bühne frei! Einer von euch muss zu den Camillos gehen und dafür sorgen, dass sie in drei Minuten fertig zum Auftritt sind.«

Er schlug den Vorhang beiseite und trat vor das erregte Publikum. Wallis war ein schlanker Mann mittleren Alters, dessen Haar an den Schläfen schon grau wurde. Er benahm sich ruhig und beherrscht. Er hielt die Hand hoch, um sich Gehör zu verschaffen, und sofort trat völlige Stille ein.

»Bitte beruhigen Sie sich, meine Damen und Herren!« Seine feste Stimme drang bis in die letzte Ecke des Zuschauerraums.

»Leider hat sich ein Unglücksfall ereignet, der aber glücklicherweise nicht ernst ist. Die Assistentin von Mr. Dillon wurde verletzt, aber nur leicht. In wenigen Minuten kann die Vorstellung fortgesetzt werden.«

Hörbare Seufzer der Erleichterung kamen von verschiedenen Stellen des Zuschauerraums, und dann brach Applaus los. Auf eine Handbewegung von Wallis hin begann das Orchester zu spielen, und nun trat der Inspizient wieder hinter den Vorhang zurück.

»Scheußlich!«, murmelte er, zog sein Taschentuch heraus und wischte sich den Schweiß von der Stirn. »Ich musste dem Publikum ja etwas vorlügen! Etwas anderes blieb mir doch gar nicht übrig. Sind die Camillos zum Auftritt fertig? Ja? Gut!«

Wenige Minuten später lief im Theater dem Anschein nach wieder alles seinen normalen Gang. Ein Clown-Trio mit Musikinstrumenten war aufgetreten. Hinter den Kulissen sah Wallis Rex Dillon neben der Toten knien, die - mit einem Mantel zugedeckt - auf der Erde lag. Dillon zitterte am ganzen Leib und stieß unzusammenhängende Worte aus.

»Nehmen Sie sich doch zusammen«, sagte Wallis freundlich. »Ihnen macht ja niemand einen Vorwurf. Ihre Hand war eben nicht ruhig...«

»Sie war ruhig!« brach es aus Dillon heraus. »In den ganzen Jahren hat sie von den Messern noch nicht einmal einen Kratzer bekommen! Ich weiß gar nicht, wie das möglich war! Sind Sie sicher, dass meine Frau tot ist?«

Bill Cromwell sah ihn scharf an.

»Ihre Frau?«

»Ja, Nina ist meine Frau.«

»Mein Beileid«, sagte Ironsides ruhig. »In ein paar Minuten wird ein Arzt hier sein. Ich kann Ihnen aber keine Hoffnung machen; Ihre Frau war auf der Stelle tot. Das

Messer traf die Halsschlagader. Aber sie hat kaum Schmerz gefühlt.«

»Dann sei mir Gott gnädig«, murmelte der Australier gebrochen.

Das Schweigen, das seinen Worten folgte, war umso bedrückender, als von der Bühne die grelle Musik der Clowns, vermischt mit dem Gelächter aus dem Zuschauerraum, tönte. Dann brach Guy Wallis das Schweigen.

»Jim, geh mit Mr. Dillon in seine Garderobe und gib ihm einen großen Cognac zu trinken«, sagte er zu dem Mann, der mit ihm den Messerwerfer festgehalten hatte. »Wir werden Ihre Frau auch bald hinbringen«, fügte er, an Dillon gewandt, hinzu. »Aber zunächst wird die Polizei das wohl noch nicht zulassen.«

Dillon gab ihm keine Antwort; er blieb wie vor den Kopf geschlagen, unfähig, sich zu bewegen, stehen.

»Es war wirklich furchtbar«, sagte Wallis in einem plötzlichen Ausbruch der Erregung. »Wer, sagten Sie, sind Sie?« Er sah Ironsides fragend an. »Von Scotland Yard?«

»Chefinspektor Cromwell. Das ist mein Assistent, Sergeant Lister.«

»Entschuldigen Sie, wenn ich etwas schwer von Begriff bin«, meinte Wallis verwundert. »Aber Sie waren doch schon Sekunden nach dem Unglück auf der Bühne, Mr. Cromwell. Wie kam denn das?«

»Wir sind nicht im Dienst – waren nur zur Vorstellung gekommen und saßen zufällig in der vordersten Reihe«, fiel Johnny Lister ein. »Als das Messer dem Mädchen in den Hals fuhr, stürzte Mr. Cromwell auf die Bühne...«

»Ja, das erklärt natürlich alles«, unterbrach ihn der Inspizient. »Mir war bloß unverständlich, wie so rasch ein hoher

Beamter von Scotland Yard auf der Bildfläche erscheinen konnte. Aber Sie können hier ja leider nichts tun, Mr. Cromwell. Hier handelt es sich doch um einen jener unvorhersehbaren Unglücksfälle...« Er brach ab und sah Dillon scharf an. »Es war doch ein Unglücksfall, Mr. Dillon?«

»Ich habe keine Ahnung - kann es mir gar nicht erklären«, murmelte der Australier. »Seit Jahren arbeite ich nun schon als Messerwerfer - lange, bevor ich Nina heiratete und ich habe nie jemanden verletzt.«

Cromwell sah ihn prüfend an, und Johnny wusste, dass der Chefinspektor sich jetzt an die wilde Wut in Dillons Augen bei seinem Auftreten erinnerte. Nun war von dieser Wut allerdings nichts mehr zu sehen; der Artist war nur noch verstört.

Wallis räusperte sich. Er war sich der Gegenwart der Leute bewusst, die hier herumstanden und die alle von der Tragödie ergriffen waren. Einige der spärlich bekleideten Tänzerinnen schluchzten sogar.

»Es ist mir peinlich, davon zu sprechen, Dillon«, sagte der Inspizient, der jetzt die Anrede *Mister* fallen ließ; in seine Stimme kam ein scharfer, befehlender Ton. »Vielleicht haben Sie vor Ihrem Auftritt getrunken. War das etwa der Fall? Es würde erklären, warum Ihre Hand nicht sicher war.«

»Ich war aber keineswegs betrunken, wenn Sie das annehmen sollten.« Dillon war höchst beleidigt. »Ich habe nur ein Glas Bier getrunken, und das ist auch schon eine Stunde her. Und das Unglück passierte doch während des einfacheren Teils meiner Nummer - ganz zu Anfang, in dem Teil, den ich beinahe im Schlaf kann. Erst das Zerschneiden der Stricke, das später kommt, ist ja wirklich gefährlich, und erst dabei muss ich wirklich vorsichtig sein. Ich kann einfach nicht verstehen, wie so etwas passieren konnte...« Seine Stimme sank zu einem Flüstern herab. »Ich kann es einfach nicht fassen!«

»Jedenfalls traf nun aber das Messer, das Sie warfen, Ihre Frau in den Hals.« Wallis zuckte die Achseln. »Ich muss jetzt Mr. Eccles Bericht erstatten...« Er sah sich um. »Ich verstehe gar nicht, dass er noch nicht hier ist; er muss doch jetzt schon von dem Unglück erfahren haben. - Hören Sie, Dillon«, fügte er ernst hinzu, »Sie sind sich doch ganz sicher, dass es nur ein unglücklicher Zufall war?«

Dillon fuhr auf.

»Was meinen Sie damit?«

»Verdammt, Sie machen es mir wirklich schwer«, erwiderte Wallis ärgerlich. »Hier weiß doch jeder, dass Sie sich vor dem Auftritt mit Ihrer Frau heftig gestritten haben. Hatte dieser Streit vielleicht etwas mit dem - unglücklichen Zufall zu tun? Das Benehmen von Ihnen beiden, als Sie auf die Bühne kamen, gefiel mir gar nicht...«

»Das ist doch zum Wahnsinnigwerden!«, schrie Dillon mit hochrotem Gesicht. »Sie hat mich zwar in Wut gebracht, das falsche Luder...« Er brach ab, wie über seine eigenen Worte betroffen. »Ach, das hätte ich nicht sagen sollen!« Er sah sich verwirrt um. »Ich war ja wirklich erregt, aber das konnte meine Hand nicht unsicher machen.«

»Hören Sie, mein Junge, Sie sollten mit Ihren Worten vorsichtiger sein,«, riet ihm Wallis. »Diese Herren hier sind Beamte von Scotland Yard. Vermeiden Sie, bei ihnen einen falschen Eindruck zu erwecken.«

»Sie meinen... weil ich mit Nina Streit hatte?«

»Sie schäumten ja geradezu vor Wut, als Sie aus Ihrer. Garderobe kamen«, erinnerte ihn Wallis. »Ich musste Ihnen doch noch verbieten, so laut zu schreien.«

»Gewiss, Mr. Wallis, wir hörten die beiden ja auch!« Eine der Tänzerinnen drängte sich nach vorn. »Wir hörten schon, wie sie sich in ihrer Garderobe zankten. Sie machten gerade die Tür auf, als Joyce und ich dort vorbeikamen, und wir hörten, wie Mr. Dillon so etwas sagte wie: *Wenn du dich nicht anständiger benimmst, dann werde ich eben eins meiner Messer ein bisschen ausgleiten lassen.* So war es doch, nicht wahr, Joyce?«

»Ja«, bestätigte eine andere Tänzerin. »Das habe ich auch ganz deutlich gehört!«

Auf ihre Feststellung folgte ein betretenes Schweigen.

»Hm...«, meinte Bill Cromwell schließlich. »Das hat Mr. Dillon also gesagt, wie? Haben Sie etwas dazu zu bemerken, Mr. Dillon?«

»Ich mag es gesagt haben - ich weiß es nicht -, ich war eben wütend«, murmelte der Australier. »Aber selbst wenn ich es gesagt habe, so meinte ich das doch nicht im Ernst. Wir reden doch alle wildes Zeug, wenn wir wütend sind. Das Messer, das ich warf, sollte genau neben ihrem Hals einschlagen...«

»Dann war es eben schlecht gezielt, denn es traf sie direkt in den Hals«, bemerkte Wallis ungeduldig. Er sah sich unbehaglich um. »Ich wünschte nur, Mr. Eccles wäre schon hier!«

»Wer ist denn Mr. Eccles?«, fragte Cromwell.

»Mr. Howard Eccles, der Direktor unseres Varietés.«

»Bei den Messern kann kein Versehen vorgekommen sein, Mr. Wallis«, mischte sich hier der Mann ein, der mit

Jim angeredet worden war. Es war Jim Sales, der Mann, der für die Requisiten verantwortlich war. »Ich habe nämlich die Messer nachgezählt, als der Vorhang fiel. Zwölf Messer lagen auf dem Tischchen, bevor die Nummer begann. Ich hatte s.ie, wie immer vor Mr. Dillons Auftreten, geordnet hingelegt. Sieben Messer steckten noch im Brett, und das achte wurde aus - wurde von diesem Herrn hier herausgezogen. Als ich zu dem Tischchen trat, lagen noch vier Messer dort. Also vier und sieben und eins - das sind die zwölf Messer.«

»Das bedeutet also, dass das Messer, das Ihre Frau tötete, Dillon, das achte war, das Sie geworfen haben«, sagte Wallis. »Das ist doch eine Tatsache, um die Sie nicht herumkönnen.«

Während Johnny Lister Dillons halb verständnislosen, halb tragischen Gesichtsausdruck beobachtete, bedauerte er nur, mit Ironsides überhaupt in diese Sache hineingezogen worden zu sein. Der ganze Fall hatte durch den vorangegangenen Ehestreit ein recht hässliches Aussehen bekommen. Wie leicht war es doch für einen Mann wie Dillon, *zufällig* oder *versehentlich* einen Fehler zu machen! Wie schwer, ihm nachzuweisen, dass er ein Verbrechen begangen hatte, und wie schwer für ihn, seine Unschuld zu beweisen! Der Verdacht musste in seiner ganzen Hässlichkeit an ihm haften bleiben.

»Geben Sie mir die Messer - alle zwölf«, befahl Cromwell unvermittelt. »Wo sind sie jetzt? Wer kümmert sich hier um so etwas?«

»Unser Requisiteur hier«, erwiderte Wallis und wies auf Sales.

»Vier von den Messern liegen noch auf dem Tischchen«, erklärte Sales mit einem Blick auf Ironsides. »Kein Mensch hat sie berührt. Unmittelbar nach dem Unglücksfall trug ich das Tischchen in eine Ecke und bedeckte es mit einem Tuch.«

»Und die Messer, die im Brett stecken?«

»Stecken noch dort. Sieben Stück - das macht elf«, antwortete Sales. »Das zwölfte haben Sie an sich genommen.«

»Das achte, meinen Sie«, sagte Wallis. »Das achte Messer, das geworfen wurde. Aber ist denn das wichtig, Mr. Cromwell?«

Ironsides brummte nur. In diesem Augenblick trat ein Bühnenarbeiter zu Wallis und sagte ihm, dass die Polizei eingetroffen sei.

»Ach, das hatte ich ganz vergessen«, sagte Jim Sales. »Ich habe nämlich von Ihrem Büro aus, Mr. Wallis, sofort telefonisch die Polizei benachrichtigt!«

Schritte waren zu hören, und Johnny blickte sich um. Ein schlanker Mann von etwa vierzig Jahren in einem eleganten Mantel trat in Begleitung eines anderen, der eine schwarze Tasche trug, zu der Gruppe. Hinter ihnen kamen zwei uniformierte Funkstreifenbeamte.

Der schlanke, elegante Mann ließ seinen Blick über die Gesichter der Anwesenden gleiten - und zuckte zusammen, als er Bill Cromwell erkannte. Ärgerlich runzelte er die Stirn. Aber sein Ärger war gar nichts im Vergleich zu dem Ausdruck vollendeter Bösartigkeit', der sich im Gesicht des Chefinspektors zeigte.

»Sie, Pretty!«, sagte er verächtlich.

Wallis und die anderen Theaterleute sahen verwundert drein. Sie wussten ja nicht, dass für Ironsides der Revierinspektor George Pretty mit seiner Geckenhaftigkeit, seiner Pedanterie, seinem Kleben an dem Buchstaben der Vorschrift geradezu ein rotes Tuch war. Wie Ironsides zu sagen pflegte, ging Pretty stets so aufgeblasen herum wie ein Puter auf Freiersfüßen.

»Mr. Cromwell«, begann Pretty steif, »darf ich mir die Frage erlauben, was Sie hier tun?«

»Nein, das dürfen Sie nicht!«, antwortete Cromwell nicht gerade höflich. »Eine Frau ist getötet worden, und ich habe den Fall in die Hand genommen. Haben Sie vielleicht etwas dagegen?«

»Aber ich habe doch den Auftrag bekommen, hierher in dieses Theater zu fahren, um den Tod einer Frau zu untersuchen, die den ersten Angaben nach durch einen Unglücksfall ums Leben kam«, sagte Pretty aufgebracht.

Cromwell seufzte und starrte den Revierbeamten böse an.

»Zufällig waren Sergeant Lister und ich hier im Theater, als der Tod eintrat; selbstverständlich übernehme ich den Fall.«

»Sie waren nur zufällig im Theater?«, wiederholte Pretty. »Sie waren also beide nicht im Dienst? Dann…«

»Verdammt noch mal«, unterbrach ihn Ironsides. »Im Dienst oder außerhalb des Dienstes - wenn es nötig ist, greife ich ein. Und nun hören Sie auf zu streiten, und lassen Sie lieber sofort den Arzt, den Sie mitgebracht haben, das Mädchen untersuchen.«

Der Polizeiarzt, der diesem Wortwechsel ungeduldig zugehört hatte, kniete jetzt neben der Leiche nieder. Er hatte seine Untersuchung bald beendet.

»Die Halsschlagader wurde von dem Messer zerschnitten«, meinte er und schüttelte den Kopf. »Wie ist denn das gekommen? Wer hat sie getötet?«

»Ich soll es getan haben«, murmelte Dillon und fuhr sich mit zitternder Hand durch sein welliges blondes Haar. »Jedenfalls war es das Messer, das ich geworfen habe. Dabei weiß ich doch, dass ich sie unmöglich getroffen haben kann!«

»Sie hatten mit Ihrer Frau Streit, Sie waren erregt und aufgebracht«, sagte Inspektor Pretty, der sich in der Zwischenzeit leise mit Wallis und Sales unterhalten hatte. »Das stimmt doch, junger Mann, nicht wahr?«

»Ja, aber wie Sie es sagen, klingt es fast, als ob ich sie vorsätzlich umgebracht hätte«, antwortete Dillon mit belegter Stimme. »Und das ist nicht wahr! Ich weiß nicht, wie es kam - ich weiß nicht, wie das Messer sie am Hals treffen konnte...«

Inspektor Pretty machte ein sehr amtliches Gesicht.

»Nun, Mister...Wie heißen Sie?«

»Dillon - Rex Dillon.«

»Nun, Mr. Dillon, das beste wird sein, wenn Sie zum Revier mitkommen. Dort können Sie, wenn Sie wollen, Ihre Aussage machen. Niemand wird Sie dazu zwingen, aber ich muss Sie darauf aufmerksam machen, dass alles, was Sie aussagen, zu Protokoll genommen werden wird, und dass man Sie auffordern wird, dieses Protokoll zu unterzeichnen. Das ist doch auch in Ihrem Sinn, Mr. Cromwell, nicht wahr?«

Bill Cromwell, der mit wachsender Ungeduld zugehört hatte, ließ nun die Bombe platzen. Mit einem geringschätzigen Seitenblick auf den Inspektor wandte er sich an Rex Dillon.

»Sie werden nicht zur Polizeiwache mitgehen, mein Junge«, sagte er mit Nachdruck, »denn nicht Sie haben Ihre Frau getötet! Ich werde schon herausfinden, wer es war, der das dreizehnte Messer geworfen hat.«

Drittes Kapitel

Bei Cromwells plötzlicher Einmischung lief Inspektor Pretty vor Ärger rot an. Er schluckte jedoch die Bemerkung, die ihm auf der Zunge lag, hinunter, als er sich der Bedeutung von Ironsides' Behauptung bewusst wurde.

»Was... was haben Sie da gesagt?«, stieß er hervor. »Etwas von einem dreizehnten Messer? Dillon hat aber doch nur mit zwölf Messern gearbeitet...«

»Und jemand anders mit einem«, unterbrach ihn Cromwell. »Mrs. Dillons Tod war kein Unglücksfall. Sie wurde ermordet.«

Das Schweigen, das auf seine Worte folgte, hing fast greifbar in der Luft. Johnny Lister, der doch die Schockmethoden von Cromwell gewohnt war, ließ in seiner Überraschung beinahe das Messer fallen, das er noch immer, in ein Taschentuch gewickelt, in der Hand hielt. Rex Dillon starrte Cromwell mit einem fast blöden Gesichtsausdruck an. Und auch allen anderen war die Bestürzung anzusehen.

»Ermordet!«, flüsterte Dillon heiser. »Nina wurde - ermordet?«

»So habe ich gesagt, mein Junge«, antwortete Cromwell. »Hier wurde viel von dem achten Messer geschwätzt, das Ihre Frau tötete. Aber Sie haben nur sieben geworfen.«

»Sieben?« Wallis sprach nur das aus, was allen Anwesenden im Kopf herumging. »Haben Sie da die Sache nicht etwas durcheinandergebracht, Mr. Cromwell? Sieben Messer stecken noch in dem Brett, Sie selbst haben ein weiteres aus Ninas Hals herausgezogen, und vier liegen noch auf dem Tischchen. Das macht zusammen zwölf Messer.

Ein dreizehntes Messer hat es doch gar nicht gegeben, kann es gar nicht gegeben...«

»Glücklicherweise war jemand im Theater, der im entscheidenden Augenblick seine Augen - und noch mehr seine Ohren - zu gebrauchen verstand«, unterbrach ihn der Chefinspektor. »Sie haben nur sieben Messer geworfen, Mr. Dillon - das kann ich beweisen!«

»Sieben!«, wiederholte der Australier und schüttelte den Kopf. »Ich kann mich nicht mehr entsinnen. Als ich Nina mit dem Messer im Hals sah, wusste ich nur, dass ich das nicht getan haben kann, aber ich war so entsetzt... Wie können Sie das beweisen, Mr. Cromwell?«

»Kommen Sie mit zu dem Brett hinüber!«

Die ganze Gesellschaft ging nun zu einem dunklen Platz hinter der Bühne hin; dort war das Brett gegen die Mauer gelehnt. Die Messer, die in ihm steckten, waren nicht berührt worden.

»Fassen Sie rechts an«, warnte Cromwell. »Ich will diese Messer auf Fingerabdrücke untersuchen lassen. Aber nun möchte ich Sie etwas fragen: Hier - dieses sechste Messer sollte doch links vom Hals Ihrer Frau einschlagen, Mr. Dillon. Ist das richtig?«

»Jawohl«, erwiderte Dillon eifrig. »Hier steckt es ja auch - genau an der richtigen Stelle.«

»Darauf warfen Sie das siebte Messer, das rechts von dem Hals Ihrer Frau einschlagen sollte«, fuhr Ironsides fort und wies auf ein Messer. »Sie sehen selbst, dass das Messer genau dorthin traf, wohin es treffen sollte.«

»Natürlich!«, rief Dillon. »Ich wusste doch, dass ich Nina nicht in den Hals getroffen haben kann! Habe ich das nicht von Anfang an behauptet? Seit Jahren mache ich das schon, und noch niemals habe ich einen Fehlwurf getan.«

»Beruhigen Sie sich, mein Lieber«, schaltete sich Wallis ein. »Ich weiß zwar nicht, was Mr. Cromwell beweisen will, aber zweifellos ist doch ein achtes Messer geworfen worden. Wer, außer Ihnen, kann es denn geworfen haben?«

»Überlassen Sie das bitte mir«, erwiderte ihm Ironsides mürrisch. »Sie tragen doch bei Ihrer Arbeit keine Handschuhe, Mr. Dillon?«

»Natürlich nicht!«

»Also müssen auf den Griffen aller dieser Messer Ihre Fingerabdrücke sein«, fuhr Cromwell fort. »Ich habe sie kurz untersucht und überall Abdrücke gefunden. Aber ich habe mir auch das Messer, mit dem der Mord begangen wurde, gut angesehen. Du hast es doch noch, Johnny? Und du hast doch hoffentlich nicht den Griff angefasst?«

»Nein, es ist noch genauso, wie du es mir gegeben hast«, antwortete Johnny.

»Nun, auf dem Griff dieses Messers gibt es keine Fingerabdrücke - nur ganz verwischte Flecken«, schloss der Chefinspektor ernst. »Das beweist eindeutig, dass Mr. Dillon dieses Messer nicht geworfen haben kann - denn wenn er es geworfen hätte, müssten seine Fingerabdrücke genauso wie bei den übrigen Messern auf dem Griff zu finden sein.«

In Wallis' Gesicht war nun der Ausdruck wachsender Erregung zu bemerken.

»Mein Gott, Mr. Cromwell, das ist aber wirklich höchst merkwürdig«, sagte er aufgeregt. »Auf dem Messer, mit dem Nina getötet wurde, sind keine Fingerabdrücke, sondern nur verwischte Flecken? Wie erklären Sie sich das?«

»Dieses Messer wurde eben gleichzeitig mit Mr. Dillons siebtem Messer geworfen«, antwortete Ironsides. »Es durchbohrte daher Mrs. Dillons Hals auch fast in demselben Augenblick, als sich das siebte Messer ins Holz bohrte; fast, aber eben nicht ganz genau in demselben Augenblick.«

»Sie meinen also, das Messer wurde von jemandem geworfen, der hinter Dillon stand?«, fragte der Inspizient skeptisch. »Ist das nicht eine recht gewagte Annahme, Mr. Cromwell?«

»Es ist einfach unmöglich!«, versicherte Jim Sales, der Requisiteur. »Verzeihen Sie, Mr. Cromwell, aber da müssen Sie sich irren. Ich trug das Tischchen mit Mr. Dillons Messern eine Minute nach - nach dem Unglück von der Bühne. Auf dem Tischchen lagen noch vier Messer. Wenn Mr. Dillon aber nur sieben geworfen hat, müssten doch auf dem Tisch fünf übrig sein!«

»Daran habe ich auch gerade gedacht«, sagte Wallis.

»Was geschah denn, als sich herausstellte, dass Mrs. Dillon getroffen war?«, entgegnete Cromwell. »Ich will es Ihnen sagen. Es gab allgemeine Bestürzung - Verwirrung - Durcheinander. Dillon stürzte nach vorn, die Männer hielten ihn fest und rangen mit ihm. Aus dem Zuschauerraum gellten Schreie, und der Vorhang fiel. Da war es doch für den Mörder ein leichtes, in dem Durcheinander zu dem Tischchen mit den Messern zu eilen und eins von den Messern wegzunehmen, so dass nur noch vier übrigblieben. Jeder nahm doch an, dass ein Unglück geschehen war, aber keiner von denen, die auf der Bühne standen, dachte auch nur einen Augenblick an einen Mord.«

Wallis sah zweifelnd drein. Inspektor Pretty bemühte sich, eine undurchdringliche Miene zu machen. Rex Dillon war vollständig verwirrt.

»Wie können Sie das mit solcher Sicherheit behaupten, Mr. Cromwell?«, fragte der Inspizient, durch Ironsides selbstsichere Art gereizt. »Schließlich ist es doch nur geraten...«

»Hören Sie, mein Freund, in einem so ernsten Falle wie diesem hier pflege ich nicht zu raten!«, gab Cromwell aufgebracht zurück. »Ich kann Ihnen eine genaue Schilderung des ganzen Vorgangs geben, denn ich saß ja in der ersten Parkettreihe und konnte daher alles beobachten. Sobald Mr. Dillon mit seiner Nummer begann, wurde die Bühne verdunkelt - nur zwei Scheinwerfer strahlten, von denen der eine auf Mr. Dillon und der andere auf seine Frau gerichtet war. Stimmt das?«

»Jawohl«, bestätigte Wallis. »Dadurch wurde die Wirkung verstärkt.«

»Natürlich, aber dadurch blieb auch die ganze Mitte der Bühne völlig dunkel«, fuhr Ironsides fort.. »Dieses Dunkel wurde

geschaffen, um die Spannung zu erhöhen. Auf diese Weise konnte jedoch auch niemand den Weg der Messer mit den Augen verfolgen, als sie über die dunkle Bühne sausten. Zu sehen war nichts als die Bewegung von Dillons Hand, ein kurzes Aufblitzen von Stahl - und dann hörte man den Aufschlag auf der anderen Seite der Bühne.«

»Weiter, bitte«, meinte Wallis gespannt, als Ironsides innehielt.

»Nun kommen wir zu dem entscheidenden Augenblick, dem Augenblick, in dem Dillon das siebte Messer warf«, sagte der Chefinspektor ernst. »Ich hatte zwar die Messer nur ganz unbewusst mitgezählt, aber ich weiß genau, dass nur sieben geworfen wurden. Was mich bei dem Aufschlag des siebten Messers wunderte, war, dass ich zwei Aufschläge hörte - als ob auf den ersten Aufschlag noch ein kurzes Echo gefolgt wäre. Im selben Augenblick sah ich, wie das Messer Mrs. Dillon am Hals traf. Blitzartig erfasste ich, was in Wahrheit geschehen war. Zwei Messer waren eben gleichzeitig geschleudert worden, und das eine war den Bruchteil einer Sekunde später als das andere eingeschlagen. Diese Verzögerung rührte wahrscheinlich daher, dass das Messer des Mörders einen etwas weiteren Weg zurückzulegen hatte. Dillons Messer schlug genau dort ein, wo es einschlagen sollte...«

»Einen Augenblick!«, fiel ihm Wallis ins Wort. »Das Publikum hätte doch sehen müssen, dass zwei Messer durch die Luft flogen!«

»Wie denn? Die Mitte der Bühne war ja stockdunkel! Das Publikum sah nur, wie plötzlich Blut aus dem Hals des Mädchens spritzte - und die nächstliegende Erklärung dafür war doch, dass Dillons Messer sein Ziel verfehlt hatte. Ich selbst habe auch kein zweites Messer durch die Luft fliegen sehen, aber ich hörte immerhin seinen Aufschlag. Warum, glauben Sie denn, bin ich sofort, und so schnell ich konnte, auf die Bühne gestürzt und habe geschrien: *Fassen Sie das Messer nicht an!*? Ich wollte das Messer in die Hand bekommen, bevor Dillon es berühren konnte.«

»Warum?«, fragte Pretty, der auch neugierig geworden war.

»Der Grund dafür ist doch leicht einzusehen«, entgegnete Cromwell. »Der Mörder stand hier irgendwo im Dunkeln. Entweder hinter Dillon zwischen den Kulissen oder in der dunklen und anscheinend leeren Loge neben der Bühne. Er konnte sehr leicht das Messer von der Loge aus werfen, ohne gesehen zu werden, und ebenso leicht nach dem Wurf durch die Verbindungstür auf die Bühne schlüpfen. Dazu brauchte er nur ein paar Sekunden. Bei der Verwirrung auf der Bühne konnte er unbemerkt eins von den noch übrigen fünf Messern wegnehmen.«

»Aber dabei hätte ihn doch jemand sehen müssen!«, wandte Wallis ein. »Er hätte all das doch nicht völlig unbemerkt tun können!«

»All das?«, erwiderte Cromwell. »Das alles war doch nur das Werk eines einzigen Augenblicks, während jeder auf der Bühne entsetzt auf das sterbende Mädchen blickte. Der Mörder ist ein ganz schlauer Bursche. Er sah richtig voraus, wie alles kommen würde, und rechnete fest damit, dass Dillon zu seiner Frau hinstürzen und ihr das Messer aus dem Hals ziehen würde. Das war ja eine ganz natürliche Reaktion, die zu erwarten war, und Dillon hätte auch zweifellos so gehandelt, wenn ich nicht geschrien hätte, dass man ihn festhalten und daran hindern solle. Aber was wäre geschehen, wenn er das Messer angefasst hätte? Auch auf diesem Messer wären dann - wie auf allen anderen - seine Fingerabdrücke zu finden gewesen.«

Guy Wallis holte tief Atem.

»Mein Gott! Dann ist es doch wirklich ein Glück, dass Sie zufällig im Theater waren, Mr. Cromwell!«, meinte er bewundernd. »Nicht ein Mensch unter tausend hätte an so etwas gedacht! Sie sind sich doch sicher klar, was Ihre Behauptung außerdem noch einschließt, nicht wahr?«

»Gewiss. Es muss noch ein zweiter Messerwerfer im Hause sein - ein Mann, der auf diesem Gebiet vielleicht noch geschickter ist als Dillon.«

»Ist das nicht eigentlich recht unwahrscheinlich?«

»Unwahrscheinlich oder nicht - es ist Tatsache!«, erwiderte Cromwell überzeugt. »Sie kennen die Artisten, die bei Ihnen auftreten, Mr. Wallis. Wer von ihnen könnte ein Messerwerfer sein?«

Der Inspizient sah ihn verständnislos an.

»Kein einziger«, erwiderte er ohne Zögern. »Zu so etwas braucht man jahrelange Übung. Was Sie hier andeuten, ist - offen gesagt - geradezu phantastisch. Warum hat niemand diesen Mann gesehen? Es treiben sich doch so viele Leute hinter den Kulissen herum.«

»Nun, es führt doch wohl eine Tür von der Loge auf die Bühne?«

»Ja.«

»Wenn also der Mörder das Messer von dieser Loge aus warf, konnte er ohne weiteres auf die Bühne kommen und in dem Durcheinander eins der noch übrigen Messer von dem Tischchen nehmen - wie ich Ihnen das gerade geschildert habe.« Ironsides nickte nachdenklich. »Das ging ganz leicht. - Wer beobachtete denn Dillon während seiner Nummer von den Kulissen aus?«

»Ich, zum Beispiel«, antwortete Sales.

»Standen Sie hinter ihm?«

»Ja, aber deswegen dürfen Sie nicht denken...«

»Woher wollen Sie wissen, was ich denke, mein Junge?«, unterbrach ihn Cromwell mürrisch. »Sie standen also hinter Dillon. Allein, oder war noch jemand bei Ihnen? Sahen Sie jemanden in der Loge? Oder stand noch jemand hinter Ihnen?«

»Nein, keine Menschenseele.«

»Was taten Sie denn nach dem Unglück?«

»Mein Gott - ich war natürlich entsetzt«, erwiderte der Requisiteur. »Ich sah Dillon über die Bühne rennen, hörte Rufe, stürzte mich auf Dillon und versuchte ihn festzuhalten.«

»Warum versuchten Sie ihn festzuhalten?«

»Es war doch seine Frau... ich wusste ja, dass sie sich gestritten hatten, und so glaubte ich, er habe es absichtlich getan«, sagte Sales verlegen. »Entschuldigen Sie bitte, Mr. Dillon. Wie alle andern, war auch ich im Irrtum. Während ich Sie festhielt, kam Mr. Wallis von der anderen Seite gerannt und half mir, Sie zu halten.«

»Ja, das war das Bild, das sich mir bot, als ich auf die Bühne kam.« Cromwell nickte langsam. »Und Sie meinen, dass niemand hinter Ihnen stand, bevor die Tragödie geschah?«

»Ich kann es nicht beschwören, aber ich sah jedenfalls niemanden.«

»Dann werde ich also jeden, der zurzeit hier auftritt, verhören müssen - und dazu noch die Bühnenarbeiter«, seufzte Ironsides. »Das gibt eine langwierige Arbeit. Pretty, sorgen Sie für den Abtransport der Leiche. Johnny, zieh die Messer aus dem Brett, aber hüte dich, dabei die Griffe zu berühren. Nimm auch die vier übrigen Messer vom Tisch und pack alle zusammen. Vergiss dabei nicht das Messer, das du noch in der Hand hältst.«

Inspektor Pretty schien offenbar einen Einwand erheben zu wollen; er änderte aber seine Absicht als ein großer, dicker Mann mit weißem Haar und strengem Gesiebt sich zu der Gruppe gesellte.

»Ich habe Sie schon sehnsüchtig erwartet, Mr. Eccles«, sagte Wallis respektvoll.

»Ich war nicht im Theater«, erwiderte der Direktor, der einen nach dem andern ansah. »Wer sind all die Leute hier? Ist es wahr, dass Dillon seine Frau getötet hat? Und ausgerechnet in meinem Theater! Waren Sie denn betrunken, Dillon?«

»Beruhigen Sie sich, Sir«, sagte Cromwell mürrisch. »Mr. Dillon hat seine Frau nicht getötet. Sie wurde von jemand anders ermordet. Aber ich fürchte, Sie werden in der nächsten Zeit öfter durch den Besuch von Polizeibeamten gestört werden, besonders auch von mir. Mein Name ist Cromwell - von Scotland Yard.«

Während Inspektor Pretty und Johnny die Anordnungen des Chefinspektors ausführten, gab Ironsides Direktor Eccles eine genaue Schilderung der näheren Umstände des Mordes. Er tat das nicht ungern, da er sich auf diese Weise den Ablauf der Ereignisse einprägen konnte. Der Direktor hörte ihm mit wachsendem Interesse, aber auch mit wachsender Besorgnis zu. Sie waren inzwischen in das Büro des Inspizienten gegangen - Cromwell, Eccles, Wallis und Dillon. Um den Ablauf des Restes der Vorstellung kümmerte sich der Assistent von Wallis.

»Nun, das klingt zunächst recht wenig glaubhaft«, meinte Eccles schließlich. »Was mich aber doch davon überzeugt, dass Ihre Theorie richtig ist, Mr. Cromwell, sind die beiden Messer rechts und links vom Hals der toten Mrs.

Dillon. Diese beiden Messer warf ja zweifellos Dillon, und sie schlugen genau dort ins Holz, wo er sie einschlagen lassen wollte. Dass das todbringende Messer keine Fingerabdrücke, sondern nur undeutliche Flecken aufweist, ist ein weiteres Anzeichen dafür, dass Sie recht haben. Es war sehr geschickt von Ihnen, Chefinspektor, sich dieses Messer zu sichern, bevor Dillon es anfassen und herausziehen konnte - womit der Mörder ja bestimmt gerechnet hatte. Sie haben damit einen wunderbaren Beweis für Ihr blitzschnelles Erfassen der Situation gegeben. Alles andere aber bleibt mir unklar.« Er zuckte hilflos die Achseln. »Warum suchte sich dieser unmenschliche Teufel gerade mein Theater aus, um das unglückliche Mädchen zu ermorden?«

»Er tat das aus einem naheliegenden Grunde«, erwiderte Cromwell geduldig. »Er wollte den Anschein erwecken, dass Dillon eine unsichere Hand gehabt hatte - dass Mrs. Dillons Tod also ein Unglücksfall war. Vielleicht wollte er auch den Umstand ausnützen, dass Dillon gerade mit seiner Frau einen heftigen Streit gehabt hatte, denn dadurch musste ja die Vermutung entstehen, dass Dillon absichtlich seine Frau mit dem Messer getroffen hat. In beiden Fällen war - für den Mörder - das Resultat das gleiche. Die ganze Schuld würde Dillon zur Last gelegt werden.«

»...ohne die leiseste Spur eines Verdachtes gegen den wirklichen Mörder«, meinte Eccles nachdenklich. »Teuflisch schlau! Aber nun müssen Sie jemanden finden, der in der Kunst des Messerwerfens ein Meister ist. Kennen Sie so einen Mann, Wallis?«

»Es kann niemand sein, der zur Zeit bei uns auftritt«, erwiderte der Inspizient kopfschüttelnd.

»Wie kam es denn zu dem Zerwürfnis mit Ihrer Frau?«, fragte Cromwell, sich an Rex Dillon wendend. »Weshalb stritten Sie sich denn heute Abend mit ihr?«

Dillon stieg das Blut ins Gesicht.

»Sie war so verdammt freundlich zu diesem Kerl, dem Pavlos!«, erwiderte er; seine Stimme klang jetzt gepresst. »Ich habe sie immer davor gewarnt.«

»Pavlos? Wer ist denn Pavlos?«

»Valentines bürgerlicher Name ist George Pavlos«, erwiderte Dillon trotzig. »Wir, Nina und ich, lernten ihn schon vor Jahren in Australien kennen. Dort traten wir alle zusammen im Zirkus Miller auf.«

»In einem Zirkus?«, fragte Cromwell hastig. »Dieser Bauchredner - dieser Valentine - war damals ein Zirkusartist?«

»Jawohl.«

»Was hat er denn im Zirkus gemacht?«

»Dasselbe wie hier - nur war seine Nummer noch nicht so durchgearbeitet«, entgegnete Dillon. »Großer Gott! Sie glauben doch nicht etwa...« Er brach ab, in sein Gesicht trat ein Ausdruck des Entsetzens. »Nein, selbstverständlich nicht!«

»Erzählen Sie mir noch mehr von Mr. Valentine«, sagte Cromwell ruhig. »Er war also sehr vertraut mit Ihrer Frau, wie? Wie war das damals in Australien? War er auch damals schon mit ihr sehr vertraut? Oder vielleicht in sie verliebt?«

»Sie war damals noch nicht meine Frau«, brummte Dillon. »Sie war doch damals erst siebzehn. Ich hatte keine Ahnung, was für ein Flittchen...« Er hielt inne und atmete schwer. »Aber das ist doch ganz bedeutungslos, Mr.

Cromwell. Erst am Montag, als wir hier zum ersten Mal auftraten, begannen die Streitereien.«

Er presste die Lippen fest zusammen, als ob er um keinen Preis mehr sagen wollte. Aber Ironsides war ebenso fest entschlossen, erheblich mehr aus ihm herauszuholen.

»So leicht können Sie uns nicht abspeisen, Dillon«, sagte er. »Was für Streitereien begannen am Montag?«

»Nun, sobald wir Pavlos sahen, fingen wir an, uns mit ihm über die alten Zeiten zu unterhalten - Sie wissen ja, wie das ist -, und noch bevor der erste Abend vorbei war, ist Nina bestimmt ein halbes dutzendmal in seine Garderobe hinübergegangen und wieder zurückgekommen. Es war ihr eben nie möglich, andere Männer in Ruhe zu lassen.«

Wallis sah peinlich berührt aus, und sogar in Eccles' Gesicht malte sich Überraschung. Denn es war ja nun klar, dass die Ehe der Dillons zerrüttet gewesen war. So zerrüttet, dass Rex Dillon nicht einmal den Versuch machte, vor Fremden zu verbergen, dass er über den Tod seiner Frau keine allzu große Trauer empfand. Ironsides, der den Direktor und den Inspizienten beobachtete, meinte die Gedanken lesen zu können, die ihnen durch den Kopf gingen: War etwa seine - Cromwells - Theorie von einem Mörder, der im Dunkeln lauerte, falsch? Wie leicht war es doch für Dillon, einen *Fehlwurf* zu tun! Und wie schwer war es für Cromwell, zu beweisen, dass ein solcher *Fehlwurf* Absicht gewesen war!

»Sie haben mir noch nicht erklärt, junger Mann, warum Sie und Ihre Frau so wütend waren, als Sie beide heute Abend auf die Bühne kamen«, meinte Cromwell und sah Dillon dabei scharf an. »Am Montag stellte sich heraus, dass Valentine ein alter Bekannter von Ihnen beiden war. Ihre Frau ging öfter zu ihm in seine Garderobe. Offenbar sahen Sie das nicht gern.«

»Dienstag und gestern war es genauso - nur noch schlimmer«, brummte der Australier, und in seinem Gesicht spiegelte sich sein Zorn wieder. »Sie tat höchst vertraut mit ihm. Ich hätte mir dabei vielleicht nichts gedacht, wenn ich sie nicht so gut kennen würde. Ich konnte sie niemals auch nur für einen Moment aus den Augen lassen. Als sie anfing, mit Valentine Mätzchen zu machen...« Wieder brach er ab. »Aber müssen wir denn das wirklich erörtern?«

»Ich möchte gern wissen, worüber Sie sich mit Ihrer Frau heute Abend stritten«, erwiderte Cromwell. »Offenbar hatte dieser Streit doch etwas mit Valentine zu tun.«

»Ja, weiß Gott, das hatte er!«, brauste Dillon auf. »Kurz vor unserem Auftreten, nachdem sich Nina schon ausgezogen hatte, nahm sie einen Morgenrock um und sagte zu mir, sie wolle nochmals zu Valentine hinübergehen. Ich verbot ihr das, aber sie antwortete nur, ich solle mich zum Teufel scheren.«

»Und sie ging zu Valentine - nur mit einem Morgenrock bekleidet?«

»Ganz so schlimm war es nicht.« Dillon war hochrot geworden. »Sie hatte darunter noch ihren Bikini an, in dem sie auftrat, aber das war auch alles. Ich hatte eine ziemliche Wut, und nach ein paar Minuten ging ich ihr in Valentines Garderobe nach, um sie herauszuholen. Sie hatte den Morgenrock abgelegt, saß, nur im Bikini, auf Valentines Knien, hatte ihm die Arme um den Hals gelegt und küsste ihn. Da sah ich natürlich rot.«

»Hm – das kann ich Ihnen nicht verübeln, mein Junge. Und was geschah dann?«

»Ich wurde wohl ziemlich heftig«, sagte der Messerwerfer. »Ich riss sie nicht gerade sanft von ihm weg, warf ihr den Morgenrock über und führte sie in unsere eigene Garderobe zurück.«

»Nanu, Dillon, wurden Sie dabei nicht auch gegen Valentine handgreiflich?«, fragte Wallis überrascht.

»Ich habe Valentine keinen Vorwurf gemacht«, entgegnete Dillon. »Mein Gott, wusste ich denn nicht, wie sie war? Aber natürlich bin ich auch nicht gerade liebenswürdig zu ihm gewesen«, fügte er mürrisch hinzu. »Er hätte sie zumindest nicht ermutigen sollen!«

»Sie ließ sich wohl nicht gern zurückholen, wie?«, fragte Cromwell. »Mehr als ein Zeuge hat uns gesagt, dass er hörte, wie Sie Ihrer Frau drohten, wenn sie sich nicht vernünftig benähme, würden Sie ein Messer ausrutschen lassen.«

»Ach, die Mädchen vom Ballett...«, meinte Dillon gleichgültig. »Ja, vielleicht können sie so etwas gehört haben. Ich sagte Nina auch kräftig Bescheid, als ich sie wieder in unserer Garderobe hatte.« Ein Zucken lief über sein Gesicht. »Aber mit meinen Worten war es mir doch nicht Ernst, Mr. Cromwell – ich habe sie nicht getötet! Es war nur, weil sie mich so verhöhnte. Dieses Flittchen! Seit Jahren hat sie mich schon an der Nase herumgeführt, und dieses Techtelmechtel mit Valentine war nur der letzte Tropfen, der den Krug zum Überlaufen brachte.«

Seine Zuhörer schwiegen. Schon zum zweiten Mal hatte Dillon von seiner Frau als von einem *Flittchen* gesprochen.

Es war klarer denn je, dass ihr Tod ihn nicht gerade tief traf.

»Sie dürfen unsere Artisten nicht nach dem beurteilen, was Sie jetzt gehört haben, Mr. Cromwell«, sagte der Direktor entschuldigend. »Künstler sind eben Gefühlsmenschen - leicht erregt, manchmal unberechenbar. Es kommt hinter der Bühne zu allen möglichen wilden Szenen, aber sie bedeuten nicht viel.«

»In diesem Fall jedoch kam es zu einem gewaltsamen Tod«, entgegnete Ironsides finster. »Nun schön, Mr. Dillon, im Augenblick werde ich Ihnen keine weiteren Fragen stellen.« Er wandte sich an den Inspizienten. »Wissen Sie, ob Mr. Valentine das Theater schon verlassen hat? Wenn nicht, möchte ich ihn gern sprechen.«

Wallis sah auf seine Uhr.

»Nein, er wird noch nicht fort sein«, antwortete er. »Nachdem er sich abgeschminkt und umgezogen hat, geht er immer noch einmal zu seinem Schimpansen unten im Keller. Er wird wohl noch im Theater sein.«

Während Wallis den Chefinspektor zu Valentines Garderobe führte, ging Mr. Eccles in sein Büro. Johnny Lister trat zu seinem Chef und berichtete ihm, dass Inspektor Pretty den Abtransport der Leiche inzwischen veranlasst habe.

»Und wo sind die Messer?«, fragte Cromwell.

»Ich habe sie, sorgfältig verpackt, zur Untersuchung in den Yard geschickt«, antwortete Johnny. »Das Ergebnis der Untersuchung werden wir wahrscheinlich schon erfahren, wenn wir nachher zur Berichterstattung in den Yard kommen.«

»Gut«, sagte Ironsides kurz.

Inzwischen hatten sie Valentines Garderobe erreicht. Wallis klopfte, und sie traten ein. In der Garderobe fanden sie Valentine, offenbar schon zum Fortgehen bereit, in Mantel und Hut. Abgeschminkt und in Straßenkleidung wirkte er ganz anders als auf der Bühne. Seine breitschultrige und untersetzte Gestalt sah jetzt sogar noch muskulöser aus - und der Chefinspektor bemerkte mit Interesse, wie kräftig seine Hände waren.

»Nun, Sie kommen ja mit einem ganzen Gefolge«, sagte Valentine überrascht. »Freunde von Ihnen, Mr. Wallis? Schade, dass Vick nicht mehr da ist - wenn Sie seinetwegen gekommen sind...«

»Nein, Mr. Valentine, wir sind aus einem anderen Grunde gekommen«, fiel ihm Wallis ins Wort. »Das ist Chefinspektor Cromwell von Scotland Yard. Sie können sich ja denken, warum er hier ist.«

»Wenn Sie damit auf den Tod der armen Mrs. Dillon anspielen, kann ich Ihnen nicht beipflichten«, erwiderte Valentine. »Ich habe nicht die leiseste Ahnung, was dieser Herr bei mir sucht.«

Aus der volltönenden Stimme des Bauchredners war ein Anflug höhnischer Verachtung herauszuhören. Sein breites Gesicht mit der flachen Nase und den sinnlichen Lippen hatte den Ausdruck vollkommener Ruhe. Seine kalten, blassblauen Augen waren fest auf Cromwell gerichtet. Die instinktive Abneigung des Chefinspektors gegen ihn wurde immer stärker.

»Ich glaube nicht, dass das ganz richtig ist, Mr. Valentine«, meinte Ironsides ironisch. »Ich glaube vielmehr, Sie können sich sehr gut denken, warum ich hier bin. Mrs. Dillon starb, weil sie von einem Messer in den Hals getroffen wurde - nachdem sie sich mit ihrem Mann heftig gestritten hatte. Ich habe Grund anzunehmen, dass Sie die Ursache dieses Streites waren.«

Valentine stieß ein kurzes, höhnisches Lachen aus.

»Und weil ich irgendwie in diesen Streit verwickelt war, bin ich wohl auch für ihren Tod verantwortlich?«, fragte er sarkastisch. »Hoffentlich wollen Sie nicht etwas.so Verrücktes behaupten. Wenn Dillon toll genug war, die kleine Närrin umzubringen, und dabei hoffte, dass ihr Tod als Unglücksfall angesehen werden würde, so ist das seine Sache.«

»Glauben Sie denn das, Mr. Valentine?«

»Ist es nicht Tatsache?«

»Tatsache ist nur, dass Mrs. Dillon tot ist. Aber ich habe gute Gründe für die Vermutung, dass das Messer, das sie tötete, nicht von ihrem Mann geworfen wurde«, erklärte Ironsides.

Diese Worte erschütterten Valentines starre Ruhe beinahe - aber doch nicht ganz. Wohl weiteten sich seine Augen, sie zogen sich aber sofort wieder zusammen, ohne dass ein Muskel seines Gesichts zuckte.

»Sie überraschen mich«, sagte er ruhig. »Nina wurde also von jemand anders getötet? Auf offener Bühne? Mit einem Messer, das jemand warf?« Seine Stimme klang ungläubig. »Von wo und von wem geworfen? Verzeihen Sie meine Skepsis, aber...«

»Hören Sie auf, uns Theater vorzuspielen, Valentine«, unterbrach ihn Wallis scharf. »Sie stehen hier nicht auf der Bühne. Was Ihnen Mr. Cromwell erklärt hat, ist die vollkommene Wahrheit. Es besteht starker Verdacht, dass Mrs. Dillon ermordet wurde.«

»Und zwar nicht von Dillon? Nun, das freut mich - um seinetwillen«, sagte der Bauchredner. »Aber ich sehe nicht, wie ich Ihnen bei Ihren Nachforschungen helfen kann. - Entschuldigen Sie mich, aber ich muss jetzt gehen.«

»Noch nicht, Mr. Valentine!« Cromwell nickte ihm freundlich zu. »Nicht, bevor Sie mir ein paar Fragen beantwortet haben. Ihr Auftritt lag erheblich vor dem der Dillons. Ich möchte gern wissen, wo Sie sich aufhielten und was Sie taten, während die Dillons auf der Bühne waren.«

»Ach - so ist das...!« Valentine lachte verächtlich. »Ich bin wohl der Verdächtige Nummer eins, wie?«

»Nicht unbedingt Nummer eins, Mr. Valentine.«

»Aber jedenfalls verdächtig! Das ist ja reizend! Ich hatte keine Ahnung, dass Scotland Yard so vertrottelt ist! - Wo ich mich während der Nummer der Dillons aufhielt? Natürlich hier - in meiner Garderobe!«

»Waren Sie allein?«

»Nein, es war jemand bei mir.«

»Ich möchte den Namen wissen.«

»Der Name wird Ihnen auch nicht viel nützen - es war Vick. Obwohl Vick auf der Bühne sehr schlaue Antworten geben kann, wird er, so fürchte ich, Ihnen bei Ihrer Untersuchung nicht allzu viel helfen können.« Der Hohn in Valentines Stimme war nicht zu überhören. »Ein Jammer, Mister... Entschuldigen Sie, ich habe Ihren Namen nicht verstanden.«

»Mein Name ist Cromwell, und Sie werden bald Grund haben, ihn sich zu merken«, meinte der Chefinspektor grimmig. »Ich habe das Gefühl, dass Sie sich bemühen, unsere Nachforschungen absichtlich zu erschweren, Mr. Valentine - und das ist noch niemandem gut bekommen.«

Der Bauchredner blinzelte.

»Verdammt noch mal!«, stieß er hervor; zum ersten Mal verlor er seine-Ruhe. »Was glauben Sie denn von mir? Sie wollen doch praktisch andeuten, dass ich mich während der Nummer der Dillons auf die Bühne schlich und diese... dieses Frauenzimmer durch einen Messerwurf tötete. Das ist aber so ungefähr der wildeste Unsinn, der...«

»Beruhigen Sie sich nur, Mr. Valentine«, unterbrach ihn Cromwell kurz. »Ich will nichts dergleichen andeuten. Ich frage Sie ganz einfach, wo Sie sich während der Nummer der Dillons aufhielten. Sie behaupten, dass Sie hier in Ihrer Garderobe waren. Können Sie das beweisen? Besuchte Sie jemand zu der fraglichen Zeit hier? Irgendjemand?«

»Niemand. Ich sehe es nicht gern, wenn Leute in meine Garderobe eindringen«, erwiderte der Bauchredner hochmütig. »Ich sah es auch nicht gern, dass Nina hierherkam, aber sie war verdammt hartnäckig, und es war nicht leicht, ihr meinen Standpunkt klarzumachen.«

Johnny Lister bemerkte, dass Wallis ihm verstohlen zublinzelte. Lautlos formten seine Lippen dabei die Worte: *Eingebildeter Narr!* Es war auch in der Tat ganz offensichtlich, dass Valentine seine Erfolge zu Kopf gestiegen waren, und er zeigte seine Arroganz und Überheblichkeit deutlich genug.

»Sie können also Ihr Alibi für den kritischen Zeitpunkt nicht nachweisen, Mr. Valentine?«, fragte Cromwell mürrisch. »Das ist schade. Aber ich möchte Ihnen noch eine Frage vorlegen: Was bedeutete Ihnen Mrs. Dillon?«

»Gar nichts - abgesehen davon, dass ich sie vor Jahren kennenlernte.«

»Wären Sie damals in sie verliebt?«

»Aber nicht doch - sie war ja noch ein Kind!«

»Ein Mädchen von siebzehn oder achtzehn Jahren ist kein Kind mehr, Mr. Valentine. Und jedenfalls war sie kein Kind mehr, als sie Sie heute Abend hier in Ihrer Garderobe aufsuchte«, wies ihn Ironsides zurecht. »Als Dillon hier hereinkam, überraschte er Sie, wie Sie sie küssten.«

»Hat er Ihnen das erzählt?«, fragte Valentine und zuckte gleichgültig die Achseln. »Natürlich, der Narr hat das ganz falsch verstanden. Denn nicht ich küsste Nina - sie küsste mich. Sie wusste wohl, dass Dillon kommen würde, und nur darum setzte sie sich auf meinen Schoß und umarmte mich. Sie wollte ihn damit eben in Wut bringen.«

Plötzlich war es mit der kühlen Ruhe des Bauchredners aus. Er ging im Zimmer auf und ab, sein Gesicht verzerrte sich vor Wut.

»Der Teufel soll dieses Weibsstück holen!«, schimpfte er. »Seit Montag ließ sie mich nicht mehr in Ruhe, und dabei habe ich sie durch nichts ermutigt. Mehr als einmal musste ich sie geradezu aus meiner Garderobe hinauswerfen! Warum sollte ich sie umbringen? Mir tut das Mädchen ja leid, denn es war kein schöner Tod - aber als Mensch taugte sie nichts. Sie war schlecht!«

Cromwell schwieg. Er war überzeugt, dass Valentine log - zumindest ihm etwas verheimlichte. Genau wie Dillon wusste er erheblich mehr, als er sagen wollte.

»Schön, Mr. Valentine - Sie können jetzt gehen«, sagte Ironsides. »Vielleicht werde ich Sie morgen noch einmal sprechen wollen. Um welche Zeit kommen Sie denn hierher ins Theater?«

»Zwischen neun und zehn - um nach Vick zu sehen.«

Valentine nickte kurz, öffnete die Tür, und alle Anwesenden verließen das Zimmer. Mit übertriebener Sorgfalt schloss der Bauchredner die Tür, drehte den Schlüssel im Schloss herum, zog ihn ab und ging fort.

Bill Cromwell brummte. Eins jedenfalls war aus diesen ersten Nachforschungen schon mit voller Deutlichkeit hervorgegangen: Nina Dillon war eine Frau mit lockerer Moral und bösartigem Temperament gewesen.

Viertes Kapitel

»Ich möchte Sie nicht länger aufhalten, Mr. Wallis«, sagte Cromwell, als sie im Gang stehenblieben. »Sie werden doch sicher noch tausenderlei zu tun haben. Die Vorstellung wird allerdings jetzt wohl schon vorüber sein.« Er sah Johnny Lister an. »Wo hast du denn Pretty gelassen?«

»Im Büro von Mr. Wallis. Er macht sich dort Notizen für die Leichenschau.« Johnny wandte sich dem Inspizienten zu. »Es wird natürlich eine gerichtliche Leichenschau stattfinden, bei der Sie aussagen müssen.«

»Das habe ich nicht anders erwartet«, entgegnete Wallis und verzog das Gesicht. »Der Teufel soll die ganze Sache holen! Alle Zeitungen werden sich auf den Fall stürzen - und das ist nicht gerade die Art von Reklame, die wir gern haben.« Er wandte sich an Ironsides. »Was halten Sie von Valentine, Mr. Cromwell? Mir persönlich ist sein Sarkasmus zuwider. Man kommt ja beim Varieté mit allen möglichen Menschen zusammen, aber ich habe selten einen so eingebildeten Burschen gesehen wie diesen Valentine. Seine Nummer ist ja wirklich gut - ist mal was ganz anderes, auf so was sind wir immer scharf und darum schwimmt er in Geld. Aber Sie glauben doch nicht wirklich, dass er der war, der den dreizehnten Dolch geworfen hat?«

»Jedenfalls glaube ich nicht, dass er uns über das, was zwischen ihm und Nina Dillon vorging, die Wahrheit gesagt hat«, erwiderte Ironsides. »Jetzt ist es natürlich leicht, alle Schuld auf Nina zu schieben, da sie sich ja nicht mehr verteidigen kann. Aber es steht fest, dass er sie vor Jahren kennenlernte - und zwar in einem Zirkus. Ein Zirkus - das ist eigentlich recht bezeichnend!«

Er erklärte nicht, was er mit dieser Bemerkung meinte, und eine Minute später blieb er vor der Tür von Rex Dillons Garderobe stehen und wandte sich wieder an Wallis.

»Bitte geben Sie Sergeant Lister ein Verzeichnis aller Leute, die derzeit bei Ihnen auftreten, Mr. Wallis. Ich möchte jetzt noch einmal mit Dillon sprechen, bevor ich ihn nach Hause gehen lasse. Heute kann doch nichts mehr erledigt werden. - Ach ja, und dann bringen Sie bitte Mr. Lister auch noch Bindfaden und Siegellack.«

Der Inspizient sah ihn überrascht an.

»Bindfaden und Siegellack?«, wiederholte er.

»Ja«, meinte der Chefinspektor. »Ich möchte, bevor ich das Haus verlasse, noch die Türen von Dillons und Valentines Garderoben versiegeln - um sicher zu sein, dass nichts berührt wird, bis ich morgen früh wieder hierherkomme.«

Wallis lächelte nur, als er mit Johnny fortging. Cromwell fand Dillon in dem einzigen Sessel sitzend, den seine Garderobe enthielt. Er sah erschöpft und ganz verstört aus.

»Ich will Sie heute nicht noch mehr quälen, junger Mann«, sagte Ironsides freundlich. »Versuchen Sie Schlaf zu finden, und dann denken Sie noch einmal alles durch. Ich kann Ihnen versichern, dass es für Sie nur von Vorteil sein wird, wenn Sie mir alles sagen, was Sie wissen.«

Der junge Australier warf ihm einen raschen Blick zu.

»Aber das habe ich doch bereits getan!«

»Ja? Nun, darüber sprechen wir morgen früh weiter. Inzwischen sagen Sie mir bitte, wo Sie wohnen.«

Dillons Gesicht verzog sich schmerzlich.

»Wir waren hier im *Olymp* für die ganze Saison engagiert die erste Glücksträhne, die wir hatten«, meinte er bitter.

»Und da wollten wir uns etwas Besseres leisten, darum nahmen wir uns kein möbliertes Zimmer wie sonst, sondern mieteten eine Zweizimmerwohnung, in Bayswater, Colby Terrace dreiundvierzig. Was soll mir die Wohnung jetzt? Mit Nina ist ja auch meine Nummer gestorben! Es ist nämlich nicht einfach, für meine Arbeit eine geeignete Partnerin zu finden.«

»Wenn ich nicht beweisen kann, dass nicht Sie das tödliche Messer geworfen haben, Mr. Dillon, werden Sie überhaupt keine Partnerin für Ihre Nummer finden«, erwiderte Cromwell. »Ich glaube zwar, dass Sie mir helfen könnten, aber aus irgendeinem Grund verschweigen Sie mir vieles. Lassen Sie das lieber, mein Junge!«

»Aber...«

»Schon gut. Morgen früh reden wir weiter darüber. Wie ich sehe, sind Sie schon zum Gehen fertig; ich will Sie nicht länger aufhalten.«

Ironsides öffnete die Tür; nach kurzem Zögern nahm Dillon Hut und Mantel und verließ das Zimmer. Cromwell knipste das Licht aus und schloss die Tür.

Fünf Minuten später brachte Johnny Lister dem Chefinspektor den verlangten Bindfaden und den Siegellack. Die abgeschlossenen Türen beider Garderoben wurden nunmehr versiegelt. Es war nur eine polizeiliche Routinemaßnahme, denn Cromwell hatte gar keinen Grund anzunehmen, dass sich jemand während der Nacht in den Garderoben zu schaffen machen würde. Nachdem er sich dann von Inspektor Pretty verabschiedet hatte, ging er mit Johnny fort und begab sich nach Scotland Yard. In seinem

Büro diktierte er Johnny sofort seinen Bericht ins Stenogramm. Während der Sergeant den Bericht in die Maschine übertrug, erkundigte sich Ironsides nach dem Resultat der Untersuchung der Wurfmesser. Inspektor Hayle von der Technischen Abteilung konnte ihm hierzu eine recht interessante Auskunft geben.

»Auf sieben von den Messern - den sieben, die Dillon unzweifelhaft geworfen hat - finden sich sowohl auf den Griffen wie auf den Klingen klare, deutliche Fingerabdrücke. Offenbar sind es die von Dillon. Ein Messerwerfer fasst nämlich das Messer zunächst am Heft an, aber beim Werfen hält er es an der Klinge. Auf diese Weise hinterlässt er sowohl auf der Klinge wie auf dem Heft Fingerabdrücke.«

»Was ist mit den vier Messern, die nicht geworfen wurden?«

»Auf ihnen sind viele, nicht sehr klare Abdrücke, und zwar zweierlei verschiedene«, erwiderte Hayle. »Ich bin mir nicht klar, von wem...«

»Sie werden wohl von Dillon und von dem Requisitenverwalter sein«, unterbrach ihn Ironsides. »Der Requisiteur musste ja die zwölf Messer anfassen, als er sie, wie üblich, vor der Vorstellung auf das dafür bestimmte Tischchen legte. Und es ist durchaus anzunehmen, dass sich auf den Messern auch Dillons Fingerabdrücke finden - natürlich stark verwischt, weil sie ja von seinem vorigen Auftreten stammen. Aber wie steht es mit dem Messer, das aus dem Hals des Mädchens gezogen wurde?«

»Auf ihm gibt es keinerlei Abdrücke - nur ganz undeutliche Flecke«, antwortete der Inspektor. »Offenbar wurde dieses Messer von jemandem geworfen, der Handschuhe trug.«

Cromwell seufzte erleichtert auf.

»Das beweist jedenfalls, dass es Dillon nicht geworfen hat. Ich hatte also recht - das Mädchen wurde ermordet - und zwar höchst raffiniert und kaltblütig.«

Er war sehr nachdenklich, als er mit Johnny in ihre gemeinsame Wohnung in der Victoria Street fuhr.

»Weißt du, Johnny«, sagte Cromwell, als sie ihre Wohnung betraten, »ein Gedanke geht mir dauernd im Kopf herum: Wieso will Dillon über seine Frau nicht offen mit der Sprache heraus?«

Johnny sah ihn überrascht an.

»Er bezeichnet sie als *Flittchen* und als *Luder*. Ist das eigentlich nicht offen genug?«

»Das schon. Aber da ist noch etwas ganz anderes: die Beziehungen zwischen Dillon, seiner Frau und Valentine.« Cromwell zog seine Pfeife heraus und stopfte sie. »Wieviel leichter würde unsere Arbeit sein, Johnny, wenn die Leute uns von vornherein die volle Wahrheit sagen würden. Aber in dieser Beziehung rennen wir stets gegen eine Mauer. Wir müssen die wichtigsten Tatsachen immer erst mit Gewalt aus den Leuten herausholen. Dabei stellt sich dann in neun von zehn Fällen heraus, dass gar keine Veranlassung für solche Geheimniskrämerei bestand.«

»Nun, manchmal haben die Leute wirklich etwas zu verbergen«, meinte Johnny. »Und zwar im allgemeinen etwas, was ihnen nicht gerade zur Ehre gereicht.«

«Der Chefinspektor war jedoch nicht geneigt, noch länger zu diskutieren. Sie gingen schlafen.

Am nächsten Morgen hatte Cromwell eine Ausspräche mit Colonel Lockhurst, dem Chef von Scotland Yard.

»Unter den gegebenen Umständen waren Sie zu Ihrem Eingreifen gestern Nacht völlig berechtigt, Chefinspektor«, sagte der Colonel. »Sie waren an Ort und Stelle, und aus Ihrem Bericht geht ja klar hervor, dass dieser Dillon allen Grund hat, Ihnen für Ihr promptes Handeln dankbar zu sein. Das war ein schönes Beispiel raschen Denkens, Cromwell. Hätte Dillon das Messer herausgezogen, so wäre nicht mehr nachzuweisen gewesen, dass es nicht von ihm geworfen wurde. Sie sind sich doch sicher, dass Mord vorliegt? Haben Sie jemanden besonders in Verdacht?«

»Im Augenblick noch nicht, Sir.«

»Nun, machen Sie nur weiter«, meinte Lockhurst lächelnd. »Ich habe eben telefonisch mit Hollins, dem Vorgesetzten von Inspektor Pretty, gesprochen. Er sagte mir, Pretty sei recht verschnupft, weil Sie ihm den Fall ohne weiteres aus der Hand nahmen. Aber Sie hatten natürlich ganz recht, Cromwell. Die Leute vom Revier hätten vielleicht alles verpatzt.«

Als Ironsides Johnny von dieser Unterredung berichtete, saßen sie schon wieder in einem Polizeiwagen und waren auf dem Wege zum Varieté *Olymp*. Cromwell zog die Stirne kraus, als er bei der Ankunft sah, dass noch ein zweites Polizeiauto vor dem Eingang parkte.

»Nanu! Hier sind ja auch uniformierte Polizisten!«, rief Johnny verwundert.

Der Wachtmeister, der vor dem Bühneneingang stand, salutierte, als die beiden Beamten von Scotland Yard zu ihm traten.

»Was geht denn hier vor?«, fragte Cromwell scharf.

»Der Nachtwächter des Varietés ist überfallen und verletzt worden, Sir«, antwortete der Wachtmeister. »Inspektor Pretty ist drinnen und spricht mit ihm. Vor einer halben Stunde rief jemand vom Theater das Revier an...«

»Schon gut«, unterbrach ihn Ironsides.

Verärgert betrat er mit Lister das Gebäude. Nachdem sie ein Stück den Gang entlanggegangen waren, trafen sie auf Wallis, den Inspizienten, der mit Sales, dem Requisitenverwalter, sprach. Beide sahen erregt aus.

»Haben Sie schon davon gehört, Mr. Cromwell?«, fragte Wallis mit gereizter Stimme. »Zum Teufel, was ist nur mit unserem Theater los! Gestern ein Mord auf offener Bühne, und jetzt so etwas! Ned Harris würde in den frühen Morgenstunden niedergeschlagen und bewusstlos liegengelassen. In Dillons Garderobe ist eingebrochen worden...«

»Beruhigen Sie sich nur, mein Lieber«, unterbrach ihn Cromwell. »Immer langsam - eins nach dem andern. Wie kam denn der Einbrecher in Dillons Garderobe?«

»Durch die Tür. Die Siegel waren abgerissen.«

»War die Tür aufgebrochen?«

»Nein, der Einbrecher benutzte einen Schlüssel.«

»Ist der Nachtwächter schwer verletzt?«

»Er hat wohl nur eine hässliche Beule auf dem Kopf davongetragen«, erwiderte Wallis aufgeregt. »Aber warum ist hier plötzlich der Teufel los? Das möchte ich gern wissen! Ich bin nun schon viele Jahre in diesem Haus, aber bisher gab es hier solche Sachen nicht. Das ist doch alles verdammt mysteriös! Was suchte der Kerl denn in Dillons Garderobe, dass er dort das Unterste zuoberst kehrte?«

»Meinen Sie das wörtlich?«

»Sehen Sie es sich doch an, Mr. Cromwell! Die Koffer sind aufgebrochen, und ihr Inhalt ist im ganzen Zimmer herumgestreut! Jemand muss den Raum wirklich gründlich durchsucht haben.«

»Hat man Dillon schon benachrichtigt?«

»Inspektor Pretty schickte einen seiner Leute zu Dillon in die Wohnung, um ihn herzuholen.«

Der Nachtwächter, so berichtete Wallis, lag im Büro des Inspizienten auf dem Sofa, nachdem ihm der Arzt einen Verband angelegt hätte. Er fühlte sich schon wieder wohl genug, um eine polizeiliche Vernehmung auszuhalten.

»Hier ist etwas faul, Johnny«, murmelte Cromwell, als sie in Wallis' Büro gingen. »Wer, zum Donnerwetter, kann das sein, der in der Nacht in Dillons Garderobe einbrach? Und was suchte der Kerl dort?«

Inspektor Pretty war offenbar nicht gerade erfreut, sie zu sehen, aber immerhin war er wesentlich freundlicher als in der vergangenen Nacht.

»Guten Morgen, Mr. Cromwell«, sagte er mit betonter Höflichkeit. »Eine ganz eigenartige Sache. Das ist Harris, der Nachtwächter. Jemand schlug ihn in der Dunkelheit zu Boden, aber er ist nicht schlimm verletzt.«

»So, meinen Sie?«, brummte ein untersetzter älterer Mann, der mit einem Verband um den Kopf auf dem Sofa saß. »Mein Schädel brummt mir furchtbar. Ich möchte mit Mr. Eccles reden. Werd' ich wenigstens Schmerzensgeld kriegen?«

»Konnten Sie den Mann sehen, der Sie niederschlug?«, fragte Cromwell.

»Nein, Chef, ich habe niemanden gesehen.«

»Wo ist es denn passiert - und wie?«

»Es muss so gegen halb vier gewesen sein«, erwiderte Ned Harris und verzog schmerzvoll das Gesicht. »Zwanzig Jahre bin ich jetzt schon in diesem Theater, und noch niemals hat mir jemand eins über den Schädel gegeben! Und weshalb hat der Kerl das gemacht? Wie ich gehört hab', wurde doch gar nichts gestohlen.«

»Bleiben Sie bei der Sache, Harris«, ermahnte ihn Ironsides. »Also - Sie wurden um halb vier Uhr niedergeschlagen. Wo hielten Sie sich in diesem Augenblick auf?«

»Ich machte meinen Rundgang, Sir. Alles war ruhig - außer mir keine Menschenseele im Haus. Ich hatte gerade eine Tasse heißen Kaffee getrunken und ging den Gang lang zum Bühneneingang. Plötzlich höre ich hinter mir etwas rascheln, ich will mich umdrehen...« Schwer atmend hielt Harris inne. »Aber bevor ich mich umdrehen konnte, kriegte ich eins auf den Schädel! Es war wie ein Schlag mit einem Vorschlaghammer, und von diesem Augenblick an kann ich mich an nichts erinnern, Chef.«

»Die Aufräumefrauen fanden ihn um halb acht«, nahm Pretty seine Schilderung auf. »Er lag am Bühneneingang, dort, wo er hingefallen war.«

»War er noch immer bewusstlos?«

»Nein, er schlief nur. Er muss wohl während der Nacht zur Besinnung gekommen und dann sofort eingeschlafen sein, ohne sich wegzubewegen. Er hat nicht die leiseste Ahnung, wer ihn überfallen hat.«

»Das hilft uns ja wirklich ein großes Stück weiter«, brummte Cromwell bitter. »Wissen Sie, wie der Eindringling hereinkam?«

»Wahrscheinlich durch den Bühneneingang.«

»War denn dieser Eingang nicht verschlossen?«

»Doch. Aber das Schloss ist altmodisch und leicht zu öffnen. Entweder hatte der Bursche einen Schlüssel, oder er benutzte einen Dietrich. Jedenfalls war es jemand, der sich hier auskennt.«

»Jemand, der hier zum Theater gehört.« Ironsides nickte. »Jemand, der mit einem Schlüssel - oder Dietrich - auch die Tür von Dillons Garderobe öffnen konnte. Er brauchte hur meine Siegel abzureißen. Ich möchte mir jetzt die Garderobe ansehen. Komm mit, Johnny! Dillon allein kann uns wohl nur sagen, ob ihm etwas abhandengekommen ist.« Er hielt inne und ließ seinen Blick von Pretty zu Wallis wandern. »Sorgen Sie bitte dafür, dass der Nachtwächter nach Hause gebracht wird.«

Bevor Cromwell und Lister Dillons Garderobe erreichten, hörten sie rasche Schritte hinter sich. Rex Dillon kam eilig auf sie zugelaufen.

»Stimmt das, was man mir erzählt -, dass mein Zimmer durchwühlt worden ist?«, fragte er, noch ganz atemlos. »Und warum schleppt mich ein Polizist mit Gewalt hierher, als ob ich ein Verbrecher wäre? Wenn Sie dafür verantwortlich sind, Mr. Cromwell...«

»Nein, ich nicht«, unterbrach ihn Ironsides und runzelte die Stirn. »Das hat Inspektor Pretty veranlasst. Er hätte Sie durch einen Beamten in Zivil holen lassen sollen. Es tut mir leid, dass er so ungeschickt vorging. Aber eins möchte ich von Ihnen wissen, Mr. Dillon - und zwar sofort. Was hatten Sie in Ihrer Garderobe, das jemanden dazu veranlassen konnte, hier einzubrechen und den Nachtwächter niederzuschlagen?«

Der blonde Australier sah ihn ganz verwundert an.

»Nichts!«, sagte er dann. »Gar nichts. Nicht einmal Ninas Schmuck - das bisschen, das sie besaß -, denn auch diesen Schmuck hatte ich mir gestern in die Tasche gesteckt. Es war nur eine Kette und ein Armreif.« Sein Gesicht zuckte. »Sie hatte auch noch zwei Ringe, aber die trägt sie wohl noch am Finger.«

»Sonst war nichts von Wert in dem Raum?«

»Nichts.«

»Vielleicht Geld?«

»Glauben Sie, ich lasse Geld in meiner Garderobe liegen?«

Dillons Stimme klang trotzig. Cromwell sah ihn nachdenklich an. Wenn man von Johnny Lister absah, waren sie allein, im Gang.

»Nachdem Sie gestern Abend das Theater verlassen hatten, Mr. Dillon, befestigte ich zwei Siegel an Ihrer Garderobentür«, sagte der Chefinspektor, langsam. »Das gleiche tat ich an Valentines Garderobentür. Ich wollte sichergehen, dass niemand diese beiden Räume betreten konnte, bevor ich sie selbst durchsucht hatte. Heute komme ich hierher und finde meine Siegel an Ihrer Garderobentür erbrochen, aber das Schloss nicht beschädigt. Wer außer Ihnen besitzt denn noch einen Schlüssel zu Ihrer Garderobe?«

»Das weiß ich nicht. Ich nehme an, der Portier am Bühneneingang hat für alle Garderoben zweite Schlüssel. Woher soll ich das wissen? - Aber wozu stehen wir hier?«, fragte Dillon ungeduldig. »Kann ich mir nicht ansehen, was in meinem Zimmer geschehen ist?«

»Ja, der Portier wird wohl Schlüssel haben«, stimmte Cromwell zu, ohne auf Dillons Frage einzugehen. »Ich werde mich bei ihm erkundigen. Aber könnte es nicht auch sein, Mr. Dillon, dass Sie selbst in der Nacht hierherkamen? Vielleicht wollten Sie etwas holen, das Ihrer Frau gehörte - etwas, das Sie mich nicht finden lassen wollten?«

»Wie können Sie so etwas behaupten, Mr. Cromwell?«, rief Dillon heftig. »Wollen Sie mich etwa beschuldigen, den Nachtwächter niedergeschlagen zu haben?«

»Gestern Abend hatten Sie vor Ihrem Auftreten einen heftigen Streit mit Ihrer Frau, junger Mann, und zwar wegen Valentine«, stellte Ironsides unerschüttert fest. »Sie haben mir von diesem Streit nicht die ganze Wahrheit erzählt. - Leugnen Sie das nicht. Vielleicht ist Ihnen, als Sie gestern Nacht nach Hause kamen, eingefallen, dass Sie hier etwas liegenließen...?«

»Ich habe nichts hier liegenlassen, das sage ich Ihnen doch. Es war gar nichts da, was ich hätte liegenlassen können!«, gab der Messerwerfer aufgeregt zurück. »Ich tappe genauso im Dunkeln wie Sie, und Sie haben kein Recht, mich zu verdächtigen!«

»Schön. Dann sagen Sie mir etwas anderes: Wo waren Sie heute Morgen um halb vier?«

Für den Bruchteil einer Sekunde leuchteten Dillons Augen erschrocken auf.

»Natürlich im Bett«, antwortete er schließlich mürrisch. »Wo sollte ich denn um diese Zeit sonst sein?«

»Zum Beispiel hier, mein Junge«, erwiderte Cromwell leise. »Sind Sie wirklich sicher, dass Sie nicht hier waren?« Plötzlich begann er den Australier anzuschreien. »Lügen Sie mich doch nicht an, Dillon! Sie lagen um halb vier nicht im Bett! Wo waren Sie also?«

Der junge Mann war ganz bestürzt.

»Mein Gott - Sie denken doch nicht etwa...?« Der Schweiß trat ihm auf die Stirn; der plötzliche Umschwung im Benehmen des Chefinspektors hatte ihn völlig aus der Fassung gebracht. »Verdammt - Sie irren sich wirklich, wenn Sie annehmen, Mr. Cromwell...«

»Zerbrechen Sie sich nicht den Kopf über das, was ich annehme. Wo waren Sie um halb vier?«

»Ich konnte nicht schlafen«, sagte Dillon zerknirscht. »Ich musste immer an Nina denken - hielt es im Bett nicht aus...«

»Weiter!«

»So ging ich denn aus dem Haus und wanderte durch die Straßen. Ich weiß gar nicht mehr, wo ich überall herumlief. Ich ging einfach der Nase nach... grübelte, was aus mir werden sollte. Wie, wenn Sie nun nicht nachweisen können, dass Nina von jemand anders getötet wurde? Jeder wird doch dann fest davon überzeugt sein, dass ich sie umgebracht habe - wenn nicht mit voller Absicht, dann durch Unachtsamkeit. Aber wie kann ich unter solchen Umständen je eine neue Partnerin finden? Kein Mädchen wird doch zu mir - in mein Können - wieder Vertrauen haben! Und ich habe nie mit etwas anderem als Messerwerfen mein Brot verdient!«

»Hören Sie endlich auf, sich selbst zu bemitleiden, Dillon, und bleiben Sie bei der Sache!«, herrschte ihn Ironsides an, den das Benehmen des Australiers sehr unsympathisch berührte. »Sie gingen also spazieren, wanderten ziellos durch die Straßen. Wie spät war es, als Sie in Ihre Wohnung zurückkamen?«

»Ich weiß es nicht - nicht genau; so gegen drei.«

»Drei Uhr? Nicht später?«, fragte Cromwell scharf. »Mit Lügen kommen Sie nicht weiter, mein Freund!«

»Es war gegen drei, als ich auf meine Uhr sah«, gab Dillon zögernd zu. »Ich war schon lange unterwegs, und ich sah, dass ich sehr weit von meiner Wohnung war.«

»So gefällt es mir schon besser. Wo waren Sie denn um diese Zeit?«

»Ich weiß es nicht; irgendwo im Norden, weit hinter Edgware - also ganz weit von diesem verdammten Varieté entfernt.« Der junge Mann sah den Chefinspektor böse an. »Es war schon nach vier, als ich endlich nach Hause kam.«

»Nach vier...«, wiederholte Ironsides. »Das heißt also wohl Viertel nach vier oder noch später. Und das alles soll ich Ihnen nur auf Ihre Behauptung hin glauben! Jedenfalls waren Sie in der Zeit nicht in Ihrer Wohnung, und Sie können nur behaupten, aber nicht beweisen, dass Sie spazieren gegangen sind.«

Des Chefinspektors Ton war barsch. Dieser Mann, dessen Frau vor wenigen Stunden einen so tragischen Tod fand, hatte während seines angeblichen Herumwanderns ihr kaum einen Gedanken gewidmet. Nur seine eigene Zukunft hatte ihm Sorgen gemacht - die Befürchtung, dass es ihm vielleicht unmöglich sein werde, eine Partnerin zu finden, die seine Messer auf sich zufliegen ließ, ohne mit der Wimper zu zucken.

Oder hatte er nicht vielleicht an etwas ganz anderes gedacht? Konnte dieses Herumirren nicht einfach eine Lüge sein, die er sich zurechtgelegt hatte?

»Ich weiß, meine Behauptung ist nicht sehr überzeugend«, meinte Dillon unbehaglich. »Ich habe auch niemanden im Hausflur getroffen, als ich in meine Wohnung zurückkam. Ich kann also nicht beweisen, wann ich nach Hause kam.«

»Der Nachtwächter wurde hier gegen halb vier Uhr niedergeschlagen«, stellte Cromwell fest. »Was suchten Sie denn so verzweifelt in Ihrer Garderobe, Mr. Dillon?«

»Das ist nicht wahr!«, fuhr Dillon auf. »Ich habe den Nachtwächter nicht niedergeschlagen - bin überhaupt nicht hierhergekommen! Ich habe Ihnen die Wahrheit gesagt! Um halb vier war ich weit von diesem Hause entfernt!«

»Schön, mein Junge. Ich will nicht sagen, dass ich Ihnen gar nicht glaube, aber es ist ein Jammer, dass Sie für den fraglichen Zeitpunkt kein Alibi haben«, meinte der Chefinspektor. »Gehen Sie jetzt bitte in das Büro von Mr. Wallis, und geben Sie Inspektor Pretty Ihre Aussage zu Protokoll.«

»Kann ich nicht vorher noch einen Blick in meine Garderobe werfen?«, fragte der Australier. »Ich habe ja nicht die leiseste Ahnung, warum jemand bei mir einbrach. Da drin war nichts Wertvolles.«

Cromwell nickte nur und ging voran. Als er an der Garderobentür angelangt war, untersuchte er die abgerissenen Siegel.

»Schade, dass wir nicht eher .gekommen sind, Johnny«, murmelte er. »Dieser Narr, der Pretty, hätte doch eine Wache vor die Tür stellen müssen! Während er im Büro des Inspizienten sitzt, hätte ja jemand ohne weiteres hier eindringen können. Pretty ist wirklich ein Trottel!«

Ironsides öffnete die Tür, und sie traten ein. Dillon stieß einen Ruf des Erstaunens aus. In der Garderobe, die verhältnismäßig aufgeräumt gewesen war, als sie sie in der Nacht verlassen hatten, herrschte jetzt wilde Unordnung.

Ninas Schrankkoffer stand weit offen, alle Schübe waren herausgerissen, und ihr Inhalt war im ganzen Zimmer verstreut. Zwei schäbige Handkoffer sowie eine alte Kommode, die zum Mobiliar des Zimmers gehörte, hatten die gleiche Behandlung erfahren.

»Dieses Zimmer hat der Einbrecher wirklich gründlich durchsucht«, meinte Cromwell, als er in die Mitte des Raumes trat und sich umsah. »Das spricht eigentlich für Sie, junger Freund. Denn wenn Sie etwas aus Ihrer Garderobe hätten holen wollen, hätten Sie kaum eine solche Unordnung gemacht.«

»Wenn er das nicht absichtlich getan hat, um uns auf eine falsche Spur zu bringen«, meinte Johnny.

»Sie sind also auch gegen mich!«, murrte Dillon bitter. »Mir ist der Einbruch unerklärlich. Hier gab es doch nichts, gar nichts, was irgendeinen Wert hatte. Nur Kleidungsstücke von Nina und von mir und dergleichen. Unsere Sachen sind aber doch noch hier, nur herausgerissen und herumgeworfen. Sonst hatten wir hier, außer wertlosen Kleinigkeiten wie Briefen, Zeitungsausschnitten, Kritiken, ein paar Fotos, gar nichts. Und wer, zum Teufel, kann so etwas stehlen wollen?«

Er ging umher, sah sich hier und da um, war aber schließlich nicht einmal in der Lage zu sagen, ob er irgendetwas vermisste.

»Nun, Johnny«, sagte Ironsides, nachdem Dillon gegangen war, um seine Aussage niederzuschreiben, »was hältst du von seiner Geschichte? Hat er die Wahrheit gesagt oder gelogen? Glaubst du ihm, dass er heute Morgen um drei Uhr durch die Straßen geirrt ist?«

»Ja«, antwortete Johnny sehr kurz.

»Ich auch.«

»Warum jagst du dann dem armen Kerl solche Angst ein? Hast du nicht ein bisschen zu dick aufgetragen, Old Iron?«

»Ich wollte sehen, wie er darauf reagiert - und jetzt bin ich fest überzeugt, dass er die Wahrheit gesagt- hat«, erwiderte Cromwell ruhig. »Jemand anders hat den Nachtwächter niedergeschlagen und diesen Raum durchwühlt. Die Frage ist nur - was suchte der Betreffende hier? Dillon hat uns bei der Lösung dieser Frage nicht helfen können. Ich glaube nicht, dass er weiß, wer hier eingedrungen ist und was der Eindringling hier suchte.«

Langsam ging Ironsides umher, bückte sich einmal hier und einmal dort, hob etwas auf - er durchsuchte den Raum gründlich. Als er den abgerissenen Deckel einer Zigarettenschachtel aufhob, der unter den Schminkbüchsen der Toten lag, brummte er. Auf der weißen Rückseite des Deckels war mit Bleistift eine Telefonnummer notiert: *FLA 22356*.

»Das ist keine Nummer in Bayswater.« Ironsides dachte laut. »Es kann also nicht die Telefonnummer von Dillons Wohnung sein, falls Dillon dort überhaupt Telefon hat, was ich bezweifeln möchte. Hm... anscheinend ist es eine Nummer, die sich Nina Dillon merken wollte.« Er steckte das Stück Pappe ein. »Vielleicht bringt uns die Nummer weiter - wir werden ja sehen.« Nachdenklich stopfte er seine Pfeife. »Warum war Dillon so nervös, dass er nicht schlafen konnte, Johnny? Sicher nicht aus Kummer um seine tote Frau. Ich möchte auch bezweifeln, dass seine Schlaflosigkeit von der Sorge um seine ruinierte Nummer herrührte. Da hat er gelogen - uns etwas vorgemacht. Etwas ganz anderes liegt ihm auf dem Herzen, beunruhigt ihn wirklich.«

»Dessen kannst du doch nicht so sicher sein, Old Iron!«

»Ich habe genug Erfahrung, um zu merken, wenn jemand lügt«, brummte der Chefinspektor. »Aus irgendeinem Grunde will Dillon nicht mit der Sprache heraus. Mir gefiel seine Art gar nicht, als er uns erzählte, was er in der Nacht gemacht hatte - aber trotzdem bin ich überzeugt, dass er uns die Wahrheit sagte, als er behauptete, nicht hier in der Gegend des Theaters gewesen zu sein. Der Teufel soll diesen zugeknöpften Burschen holen! Was will er uns nur verheimlichen?«

Da die Durchsuchung der Garderobe nichts ergab, was einen Anhaltspunkt bieten konnte, gingen die beiden Beamten bald wieder. Cromwell war sehr unzufrieden - und er war stets gereizt, wenn er unzufrieden war. Auf dem Weg zum Büro des Inspizienten begegnete er Jim Sales, dem Requisitenverwalter.

»Um welche Zeit kommt Valentine für gewöhnlich ins Theater?«, fragte ihn Cromwell. »Ach, Moment mal - er erzählte mir gestern Abend, dass er zwischen neun und zehn Uhr herkommt. Ist er schon da?«

»Er kam vor zehn Minuten, Sir«, antwortete Sales. »Er ist der einzige, der so zeitig kommt. Er füttert nämlich seinen Schimpansen selbst. Heute ist er in einer ganz abscheulichen Laune.«

»Warum denn?«

»Wegen der Siegel an seiner Garderobentür«, antwortete Sales grinsend. »Als Sie sie gestern Abend anbrachten, war er ja schon fort, Mr. Cromwell; jetzt flucht er und sagt, es sähe Ihnen ähnlich, ihn aus seiner eigenen Garderobe auszusperren.«

»Wo ist er denn jetzt?«

»Sicherlich unten im Keller bei seinem Affen. Ein Trara macht er wegen dieses Tieres! Aber man kann es schon verstehen«, meinte Sales achselzuckend. »Ich würde mir auch gern von so einem Vieh mein Brot verdienen lassen. Der Affe ist ja ein Vermögen wert!«

Da Cromwell auch in den Keller gehen wollte, zeigte ihm Sales den Weg zu einer Tür am Ende eines kleinen Seitenganges. Hinter der Tür war eine Treppe. Als Ironsides und Johnny sie hinuntergestiegen waren, befanden sie sich unvermittelt in einer anderen Welt - tiefe, dunkle Nischen, die nur hie und da von einer nackten Glühbirne etwas spärlich erhellt waren. Modrige alte Kulissen lehnten an den Wänden, und es roch nach Staub und Fäulnis.

Überall standen verrostete und zerbrochene Bühnengeräte herum.

Als Ironsides um eine dicke Säule herumging, blieb er plötzlich stehen und starrte verwundert auf das Bild, das sich ihm bot. Valentine, der Bauchredner, beugte sich über einen Abfalleimer; in seiner Hand hielt er brennende Papiere, die er in den Eimer fallen ließ.

Fünftes Kapitel

Mit ein paar schnellen Schritten war Ironsides bei ihm.

»Was verbrennen Sie denn da, Mr. Valentine?«, fragte er scharf.

Der Bauchredner zuckte zusammen.

»Mein Gott, ich habe Sie ja gar nicht gehört... Nichts!«, sagte er dann, und seine Stimme war wieder ruhig und fest geworden. »Papiertüten, in denen ich Vick sein Fressen gebracht habe. Was geht Sie das übrigens an?«

»Vielleicht sehr viel«, fuhr ihn Cromwell an.

Er bückte sich über den Eimer, fuhr mit der Hand hinein und zog ein Papierstück, das noch nicht vollkommen verbrannt war, aus der Glut. Er blies die Flamme aus und schüttelte die Asche ab.

»Eine seltsame Art von Tüte«, sagte er ironisch.

Das Papier, das er in der Hand hielt, war ein Teil eines Briefbogens, der nicht völlig verbrannt war. Noch waren auf dem Papier Schriftzüge zu erkennen - die Schriftzüge einer Frau.

Adelaide, den 25. März.
Lieber Val! Überleg es dir noch einmal, oder...

Der Rest war unleserlich.

Als Cromwell aufsah, war sein Blick hart.

»Was hat denn das zu bedeuten, Mr. Valentine?«

»Das geht Sie gar nichts an«, erwiderte der Bauchredner kurz. »Oder muss ich Sie etwa um Erlaubnis bitten, wenn ich alte Briefe verbrennen will? - Übrigens möchte ich Sie etwas anderes fragen, Mr. Cromwell. Mit welchem Recht haben Sie eigentlich die Tür meiner Garderobe versiegelt? Das ist doch wirklich eine Unverschämtheit!«

»Bleiben wir lieber bei unserem Thema«, versetzte Ironsides. »Wer schrieb Ihnen diesen Brief?«

»Ein Mädchen, das ich einst in Australien kannte. Aber...«

»Wie heißt das Mädchen?«

»Sally Hubbard.«

»Warum schrieb sie Ihnen, dass Sie es sich noch einmal überlegen sollen?«

»Sie war der Ansicht, dass ich ihr einen Heiratsantrag gemacht hatte. Der irrtümlichen Ansicht!«, sagte Valentine ungeduldig. »Aber muss ich mir diese Ausfragerei eigentlich gefallen lassen?« Ganz deutlich war zu sehen, dass ihm Schweißtropfen auf die Stirn traten. »Überschreiten Sie nicht Ihre Befugnisse, wenn Sie mir solche Fragen stellen?«

Cromwell brummte nur. Valentine hatte einen Augenblick gezögert, bevor er *Sally Hubbard* gesagt hatte, aber diese Sekunde hatte dem Chefinspektor gezeigt, dass er den Namen einfach erfunden hatte.

»Pflegen Sie häufig alte Briefe hier zu verbrennen, Mr. Valentine?« Ironsides Stimme klang ironisch. »Ist das nicht recht unvorsichtig?«

»Nein, ich pflege das nicht zu tun«, entgegnete Valentine, der seine Ruhe zurückgewonnen hatte. »Ich tue es heute sogar zum ersten Male. Ich möchte Sie jedoch darauf aufmerksam machen, dass das Stück Papier, das Sie in der Hand haben, mein Eigentum ist.«

»Da es vernichtet worden wäre, wenn ich es nicht herausgezogen hätte, gedenke ich es aber zu behalten, mein

Freund«, antwortete Cromwell. »Möchten Sie sich nicht einmal die Aussage überlegen, die Sie soeben machten? Sind Sie ganz sicher, dass dieser Brief wirklich von einem Mädchen namens Sally Hubbard an Sie geschrieben wurde?«

Der Bauchredner lachte.

»Sie machen mir Spaß, Mr. Cromwell«, sagte er spöttisch. »Sie geben sich so krampfhaft Mühe, aus einem Nichts etwas zu machen. Wenn Sie gestatten, werde ich jetzt wieder zu Vick gehen. Er hat sein Frühstück noch nicht bekommen.«

»Einen Augenblick! Wo wohnen Sie denn in London?«

»Im Plaza-Hotel. Es ist scheußlich dort. Ich habe versucht, eine passende Wohnung zu finden, aber die Vermieter stoßen sich an Vick. Darum muss er leider noch hier unten im Keller bleiben. Doch nicht mehr lange - ab nächsten Montag hoffe ich eine Wohnung zu haben.«

Valentine hatte sich inzwischen beruhigt. Sein Benehmen war wieder aalglatt; sein Gesicht zeigte einen Ausdruck ironischer Herausforderung.

»Ich kann verstehen, dass Sie Ihren Schimpansen lieber in Ihrer Wohnung haben wollen«, meinte Cromwell. »Sie möchten ihn natürlich nicht aus den Augen lassen. Es ist ja auch wirklich ein außerordentlich wertvolles Tier. Ich sah Ihre Nummer und war von ihr sehr beeindruckt. Vick ist in der Tat ganz ungewöhnlich. Es muss Monate, vielleicht Jahre geduldigen Übens erfordert haben, um ihn so weit abzurichten, dass seine Lippenbewegungen mit Ihren Worten genau übereinstimmen.«

»Ja, da haben Sie recht, Mr. Cromwell, das hat viele Jahre gedauert.«

»Darum möchten Sie natürlich nicht, dass Vick etwas zustößt«, fuhr Ironsides fort. »Suchen Sie vielleicht das Tier auch nachts auf, um sich zu versichern, dass es ihm an nichts fehlt?«

Jetzt lachte Valentine dem Chefinspektor ins Gesicht - ein leises, sarkastisches Lachen, das nicht gerade angenehm klang.

»Sie machen mir immer mehr Spaß, Mr. Cromwell!«, meinte er, noch immer lachend. »Damit wollen Sie doch wohl andeuten, dass ich in den frühen Morgenstunden hier war und in Dillons Garderobe einbrach, nachdem ich den Nachtwächter niedergeschlagen hatte? Na, ich muss ja wirklich sagen - kann sich

Scotland Yard nicht etwas Besseres ausdenken als so einen Unsinn?«

»Waren Sie in den frühen Morgenstunden hier im Haus?«

»Nein, natürlich nicht.«

»Sie lassen also Ihren Schimpansen die ganze Nacht - und jede Nacht - allein? So ein wertvolles Tier?«

»Mir ist das zwar sehr unangenehm, aber ich kann es leider nicht ändern«, antwortete der Bauchredner. »Schließlich hat es Vick ja hier recht bequem. Er hat es warm, denn er schläft in der Nähe der Heizungsröhren, und sein Käfig ist sauber. Ich werde jedoch froh sein, wenn ich ihn zu mir nehmen kann. Bis dahin muss ich mich eben mit dem jetzigen Zustand abfinden.«

Cromwell trat an den großen Käfig heran, den der berühmte Schimpanse *bewohnte*. Wie Valentine gesagt hatte, wurde er von den Heizungsröhren angenehm erwärmt.

Vick saß in seinem Käfig auf einem Stuhl; er sah einem Menschen geradezu unheimlich ähnlich.

»Gehen Sie ruhig in den Käfig hinein, Mr. Cromwell«, meinte Valentine. »Er ist ganz harmlos. Ein wirklicher Gentleman. Er würde keiner Fliege etwas zuleide tun.«

»Nein, danke sehr«, erwiderte der Chefinspektor. »Ich glaube Ihnen aufs Wort.«

Das Maul des Affen öffnete sich, und seine Lippen bewegten sich.

»Scher dich zum Teufel!«, sagte er mit rauer Stimme.

Cromwell sprang einen Schritt zurück.

»Sehr geschickt gemacht, Mr. Valentine«, gab er widerwillig zu.

Ohne ein weiteres Wort drehte er sich um und ging, gefolgt von Johnny, fort.

»Wie hat er denn das bloß fertiggekriegt, Old Iron?«, fragte der junge Sergeant, als sie die Treppe hinaufstiegen, die aus dem Keller hinaufführte. »Das war doch wirklich unheimlich. Ich verstehe, dass das dressierte Tier während der Vorstellung die Lippen richtig bewegt - da macht er ja jeden Abend dieselben Bewegungen -, aber dass er das hier, so ganz unvorbereitet auch kann...«

»Ein Trick, mein Junge!«, erklärte ihm Ironsides mürrisch. »Hast du nicht gesehen, dass Valentine ihm ein Zeichen gab? Andere Leute vor uns haben den Schimpansen in seinem Käfig auch besucht, und darum hat Valentine dem Tier beigebracht,

die Lippen in bestimmter Weise zu bewegen, sobald er ihm ein entsprechendes Zeichen gibt.«

»Jedenfalls ist es sehr geschickt gemacht«, meinte Johnny. »Aber warum hast du den Kerl nicht gefragt, was er zwischen drei und vier Uhr nachts getan hat? Es ist doch ganz klar, dass er derjenige ist, der Dillons Garderobe durchsucht hat - und es ist ebenso klar, dass die Briefe, die er verbrannt hat, Briefe waren, die ihm früher einmal Dillons Frau schrieb.«

Bill Cromwell nickte.

»Da er wusste, dass wir heute Morgen die Sachen der Toten durchsuchen werden, und vermutete, dass sie seine Briefe aufgehoben hatte, schlich er sich nachts hier herein und holte sich diese Briefe. Das meinst du doch, Johnny, nicht wahr?«

»Sieht es nicht ganz danach aus?«

»Aber der Brief, von dem ich das Stück aus dem Feuer zog, war doch an Valentine gerichtet«, machte ihn Ironsides aufmerksam. »Er konnte also nicht aus Mrs. Dillons Besitz stammen!«

»Wahrscheinlich hat er zuerst seine eigenen Briefe und dann erst die ins Feuer geworfen, die er von ihr bekommen hatte!«, überlegte Johnny laut. »Er wird schön erschrocken sein, als er deine Siegel an Dillons Garderobentür sah.«

»Langsam, langsam, mein Junge! Ich habe dich schon früher davor gewarnt, deiner Phantasie die Zügel schießen zu lassen. Gewiss interessiere ich mich für alles, was Valentine tut. Aber es wäre Zeitverschwendung gewesen, ihn zu fragen, wo er heute Nacht gewesen ist. Er hatte die Antwort auf alle meine Fragen schon parat. Ein geriebener Hund, Johnny! Ihn jetzt scharf anzufassen würde mehr schaden als nützen.«

Sie fanden Dillon im Büro des Inspizienten vor. Der junge Australier, der verwirrt und ängstlich aussah, hatte soeben seine Aussage unterzeichnet. Offenbar hatte ihn Inspektor Pretty sehr schroff behandelt.

»Gott sei Dank, dass Sie gekommen sind, Mr. Cromwell!«, rief der Messerwerfer. »Bedeutet mein Verhör hier, dass ich wieder unter Verdacht stehe? Sie haben doch den Beweis erbracht, dass ich Nina nicht getötet habe, nicht wahr? Und ich war auch nicht heute Nacht hier im Hause!«

»In diesem Fall haben Sie nichts zu befürchten, Mr. Dillon«, antwortete Cromwell. »Was meinen Sie dazu, wenn ich Sie zu einer Tasse Kaffee einlade?«

»Gern«, antwortete Dillon.

Fünf Minuten später saßen sie alle drei in einer ruhigen Ecke in einem Café.

»Ich bin mit Ihnen hierhergegangen, junger Mann, weil ich mich mit Ihnen einmal freundschaftlich unterhalten möchte«, begann Ironsides, indem er sich seine Pfeife stopfte. »Wenn ich gestern Abend nicht im Theater gewesen wäre, dann wären Sie in eine böse Klemme geraten, denn dem Anschein nach war ja Ihre Frau durch Ihre Schuld ums Leben gekommen. Hätte ich Sie nicht daran gehindert, das verhängnisvolle Messer anzufassen und damit Ihre Fingerabdrücke auf ihm zu hinterlassen, wäre es Ihnen verdammt schwergefallen, jemanden davon zu überzeugen, dass Sie sie nicht getötet hatten - ob nun aus Versehen oder vorsätzlich.«

»Das weiß ich sehr wohl, Mr. Cromwell.«

»Schön. Dafür kann ich doch wenigstens verlangen, dass Sie mir gegenüber offen sind, mein Junge«, fuhr Cromwell fort. »Warum wollen Sie mir gegenüber den Geheimniskrämer spielen? Was war die Veranlassung Ihres Streits mit Ihrer Frau, und warum ließ sie Valentine nicht in Ruhe?«

»Sie lernte ihn vor Jahren in Australien kennen - wir beide lernten ihn damals kennen, wie ich Ihnen schon erzählt habe. Wir waren ja beide beim Zirkus Miller.« Dillon sah den Chefinspektor verlegen und unsicher an. »Er war eben ein alter Bekannter, und sie lief ihm nach.«

»Wer hasste - oder fürchtete - sie so, dass er sich in der dunklen Loge verbarg und von dort - davon bin ich überzeugt - das tödliche Messer warf?«, fragte Ironsides weiter. »Sie wissen doch, wer es war?«

»So wahr mir Gott helfe - nein!«, stieß Dillon hervor.

»Aber Sie haben doch einen Verdacht?«

»Nein, ich habe auch keinen Verdacht. Ich habe nicht die leiseste Ahnung, wer die Tat begangen haben kann.«

»War Valentine, als Sie ihn ihm Zirkus Miller kennenlernten, vielleicht auch Messerwerfer?«

»Ich kann Valentine nicht ausstehen, ich halte ihn für einen ganz gemeinen Kerl und einen Gauner - aber er hat Nina nicht ermordet«, sagte Dillon voll Überzeugung. »Ich glaube auch nicht, dass er Messer werfen kann. Ist Ihnen denn klar, wie schwer es ist, ein Messer mit solch tödlicher Genauigkeit zu werfen, Mr. Cromwell - im Dunkeln so zu zielen, dass die Spitze Nina genau in den Hals trifft? Das bringt doch nur ein Mann fertig, der eine langjährige Übung im Messerwerfen hat.«

»Und Sie kennen niemanden, bei dem das der Fall ist?«

»Nein.« Der Australier schüttelte hilflos den Kopf. »Das macht ja die ganze Sache so rätselhaft, denn dieser Mann muss nicht nur ein hervorragender Messerwerfer sein, er muss auch ein Motiv - und zwar ein starkes Motiv - gehabt haben, um Ninas Tod zu wollen. Und ich kenne niemanden, der ein solches Motiv hat.«

»Ihre Frau stand Ihnen nicht sehr nahe, nicht wahr?«

»Nein«, kam die Antwort leise zurück.

»Sie könnte also vor Ihnen Geheimnisse gehabt haben?«

»Kaum«, versetzte Dillon kopfschüttelnd. »Ich kannte alle ihre Tricks - sie konnte vor mir nicht viel verbergen. Ich ertrug ihre Schlechtigkeit, weil ich Nina für meine. Nummer brauchte. Ohne sie wäre ich erledigt gewesen!« Er ließ den Kopf hängen. »Was ich jetzt auch bin, denn ich zweifle daran, dass ich wieder ein Mädchen für meine Nummer finden werde; jedenfalls wird das eine Zeit dauern. Ich bin eben vollständig fertig.«

»Lassen Sie sich nicht unterkriegen«, sagte Ironsides, nicht unfreundlich. »Mit der Zeit werden Sie schon jemanden finden.«

»Das glaube ich nicht«, erklärte der Australier traurig. »Selbst wenn Sie den Mörder finden und beweisen, dass das todbringende Messer nicht von mir geworfen wurde, werden die Leute doch hinter meinem Rücken tuscheln und mir die Schuld geben. Sich als Ziel für einen Messerwerfer hinzustellen ist nicht gerade das, was sich ein Mädchen als ihr Ideal vorstellt, Mr. Cromwell. Es ist nämlich wirklich nicht leicht. Zunächst darf das Mädchen überhaupt keine Nerven haben...« Seine Stimme wurde bitter. »Na ja, eigentlich hatte auch Nina für diese Arbeit viel zu viel Temperament. Sie können sich gar nicht vorstellen, was für Schwierigkeiten ich manchmal mit ihr hatte!«

»Vorhin sprachen Sie von ihrer *Schlechtigkeit*. Was meinten Sie eigentlich damit?«

»Ich sage wirklich nicht gern etwas Hässliches über meine tote Frau, aber Sie verlangen ja, dass ich Ihnen die Wahrheit erzähle, und so sollen Sie sie auch zu hören bekommen«, erwiderte Dillon trotzig. »Sie war schlecht! Während der letzten ein, zwei Jahre war mein Leben mit ihr so miserabel, dass es mir zuwider ist, auch nur daran zu denken. Sobald wir verheiratet waren, merkte ich, dass sie eine unheilbare Lügnerin war. Aber damit hätte ich mich abfinden können. Ich hätte mich auch mit ihren Launen, ihrem ewigen Quengeln und Streiten abfinden können. Wo wir auch hinkamen, stets stritten wir uns mit den Zimmervermieterinnen, den Inspizienten, den Requisitenverwaltern - nichts als Zank und Streit! Sie konnte einfach nicht anders. Äußerlich das sanfte Täubchen, aber innerlich eine Furie - so war Nina.«

»Und - womit konnten Sie sich nicht abfinden?«

»Wissen Sie...« Dillon zögerte und wurde dann rot. »Verdammt noch mal, Mr. Cromwell, sie war eben mannstoll. Gewiss, es ist nicht- hübsch, so etwas sagen zu müssen. Aber wir waren noch keinen Tag an einem Ort, und schon hatte sie sich einen Mann gekapert. So ging das in jeder Stadt, in die wir kamen. Mein Gott, was für Auftritte gab es manchmal! Sie betrog mich ständig mit anderen Männern. Sie wollte immer teure Kleider - teurere Kleider, als ich sie ihr kaufen konnte -, und so verschaffte sie sie sich eben auf eine andere Art. Verdammt, muss ich mich denn noch deutlicher ausdrücken?«

»Aber trotzdem trennten Sie sich nicht von ihr, weil Sie sie für Ihre Nummer brauchten«, meinte Cromwell. »Diese Geduld muss ich wirklich bewundern, mein Junge.«

»Es war nicht nur das«, murmelte der Australier. »Wenn ich ihr einen Tritt gegeben hätte, wie sie es verdiente, wäre sie völlig in der Gosse gelandet. So konnte ich ihr wenigstens noch einen Rest von Halt geben.« Der Australier stand plötzlich auf. »Ich habe Ihnen jetzt schon mehr gesagt, als recht ist - und jetzt möchte ich gehen.«

Er griff nach Hut und Mantel und verließ das Café.

»Warum hast du ihn denn nicht zurückgehalten?«, fragte Johnny.

»Dass es eine Szene gibt, was? Er war nicht in der Stimmung, sich halten zu lassen!«, brummte Ironsides. »Jedenfalls hat er uns so viel gesagt, dass wir uns schon ein ziemlich klares Bild von der Toten machen können. Eine Frau dieser Art kann sich alle möglichen Menschen zu Feinden machen, Johnny. Eins ist jedenfalls klar - der junge Dillon betrauert sie nicht allzu sehr. Aber ich wiederhole noch einmal, dass er sehr viel mehr weiß, als er uns gesagt hat.«

Sie tranken nachdenklich ihren Kaffee und kehrten dann in das Varieté zurück. Cromwell hatte die Absicht gehabt, Valentine aufzusuchen, aber der Bauchredner erwartete ihn schon ungeduldig.

»Ich möchte in meine Garderobe gehen, aber Ihre verdammten Leute haben mich nicht hineingelassen, Mr. Cromwell!«. fuhr er ihn an. »Warum haben Sie meine Tür überhaupt versiegelt?«

»Sie sind indirekt in die Ermordung von Mrs. Dillon hineinverwickelt, und ich muss von Ihnen erwarten, dass Sie mich nach besten Kräften unterstützen, Mr. Valentine«, entgegnete Ironsides. »Ich hoffe, Sie haben nichts dagegen, wenn ich Ihre Garderobe durchsuche.«

»Ich habe zwar sehr viel dagegen, aber ich glaube nicht, dass Sie das hindern wird«, sagte der Bauchredner wütend. »Ich habe allerdings keine Ahnung, was Sie in meinem Zimmer suchen. - Vielleicht das fehlende Messer?«, fügte er ironisch hinzu. »Oder Briefe von Nina, in denen sie mich angstvoll anfleht, nicht mit Messern nach ihr zu werfen, wie?«

Cromwell überhörte seinen Ausbruch. Schweigend gingen sie zu der versiegelten Garderobe des Bauchredners und traten ein. Die Durchsuchung, die der Chefinspektor vornahm, war jedoch recht oberflächlich. Er sah sich zwar im Raum um und fuhr mit der Hand in die Taschen von Valentines Kleidungsstücken, aber er benahm sich dabei, als ob das nur eine Routineangelegenheit sei.

»Du bist nicht mit dem Herzen dabei gewesen, Old Iron«, meinte Johnny, als sie den Raum wieder verlassen hatten. »Hast du bemerkt, wie höhnisch der Kerl grinste, während wir uns in seiner Garderobe umsahen?«

»Ich wollte Mr. Valentine keinen Grund geben, sich über mich zu beschweren«, erwiderte Cromwell ruhig. »Später werde ich mit ihm schon abrechnen - wenn mir die Zeit dafür reif scheint. Aber heute Morgen möchte ich noch etwas anderes erledigen - etwas, das vielleicht wichtig ist.«

Er ging zum Telefon und ließ sich mit der Fernsprechaufsicht verbinden. Als er wieder zu Johnny zurückkehrte, hatte er einiges erfahren.

»Die Telefonnummer, die auf dem abgerissenen Deckel der- Zigarettenschachtel steht, ist die Nummer eines Mannes namens Theodore Halkins, der im Appartement zweihundertzwölf, im Alpha Court in Chelsea wohnt«, sagte Cromwell. »Wir werden hinfahren und feststellen, warum sich Nina Dillon die Telefonnummer von Mr. Halkins notiert hatte.«

»Nach dem, was wir von Dillon erfuhren, ist doch die Antwort auf diese Frage ziemlich klar, nicht wahr?«

»Anscheinend - aber das kann man nie genau wissen«, erwiderte Ironsides. »Es kann trotzdem nichts schaden, sich Gewissheit zu verschaffen, und es ist ja nicht weit.«

Sie fuhren in dem Polizeiauto - Johnny am Steuer - nach Chelsea.

»Vielleicht sind wir auf einer ganz falschen Fährte, Old Iron«, meinte Johnny unsicher. »Kann uns Dillon nicht angeschwindelt haben? Wie, wenn er gleichzeitig zwei Messer warf, von denen eins auf den Hals seiner Frau gezielt war?«

»Er mag ein guter Messerwerfer sein, mein Junge, aber so weit geht die größte Geschicklichkeit nicht«, erwiderte Cromwell. »Und warum waren in diesem Fall seine Fingerabdrücke nicht auf dem todbringenden Messer?«

»Entschuldige«, sagte Johnny zerknirscht. »Das hatte ich nicht bedacht.«

Als die Detektive beim Alpha Court ankamen, sahen sie, dass das Haus ein altmodisches Wohnhaus war - gut bürgerlich, aber in keiner Weise elegant. Hier gab es weder einen pompösen Portier noch einen Fahrstuhl. Sie gingen in den zweiten Stock hinauf und klopften an die Tür der Apartmentwohnung 212.

Johnny wartete voller Neugier - aber auch mit einem Vorgefühl des Widerwillens. Er glaubte, sich den Burschen vorstellen zu können, den sie gleich zu Gesicht bekommen würden.

Schließlich öffnete sich die Tür.

Aber es war gar kein Mann, der in ihrem Rahmen erschien, es war - Nina Dillon.

Sechstes Kapitel

Nina Dillon!

Johnny Lister starrte das junge Mädchen ungläubig an. Er fühlte, dass sein Herz wie ein Dampfhammer schlug, und glaubte eine Halluzination zu haben. Er hatte Nina doch noch am Abend zuvor auf der Bühne gesehen - ihre schlanke, graziöse Gestalt, ihr bezaubernd schönes Gesicht, ihre dunklen, blitzenden Augen, ihr welliges kastanienbraunes Haar. Er hatte aber auch gesehen, wie sie von einem blitzenden Messer am Hals getroffen wurde. Und doch stand sie nun hier vor ihm, einen fragenden, leicht verwunderten Ausdruck in ihrem Gesicht.

»Ja?«, fragte sie mit leiser Stimme.

»Polizei!«, fuhr Bill Cromwell sie so heftig an, dass Johnny zusammenzuckte. »Dürfen wir eintreten, Miss?«

Ohne ihre Erlaubnis abzuwarten, ging er an ihr vorüber in die kleine Diele und weiter in ein behagliches Wohnzimmer. Johnny schloss die Wohnungstür und folgte ihm. Das Mädchen, sichtlich verstört, blickte ängstlich auf Ironsides.

»Sie haben mir wirklich einen Schreck eingejagt«, sagte der Chefinspektor abrupt. »Sie heißen?«

»Barlowe - Kit Barlowe«, stotterte sie. »Eigentlich heiße ich Katharina Barlowe, aber jeder nennt mich Kit.«

»Sind Sie verwandt mit Mrs. Nina Dillon? Aber das brauche ich Sie wohl nicht zu fragen. Sie sind doch ihre Zwillingsschwester?«

»Ja«, flüsterte sie.

»Ach so...«, rief Johnny erleichtert aus.

Er schalt sich selbst einen Narren. Darauf hätte er doch auch kommen können - ebenso wie Cromwell. Nun betrachtete er das Mädchen genauer. Sie glich in jeder Einzelheit ihres Gesichts und ihrer Figur völlig Nina Dillon.

»Sie sagten doch... Polizei?«, fragte das Mädchen leise.

»Jawohl, Miss. Mein Name ist Cromwell - von Scotland Yard. Das ist mein Assistent, Sergeant Lister. Ist Ihnen bekannt, dass Ihre Schwester Nina Dillon gestern Abend auf der Bühne des Varietés *Olymp* ermordet wurde?«

»Ja«.

»Wann haben Sie das erfahren?«

»Heute Morgen.«

»Aus der Zeitung?«

»Ja.«

»Ist Barlowe Ihr richtiger Name?«

»Ja.« Sie zögerte. »Ist es denn wahr, dass Nina... ermordet wurde? Ich kann es nicht glauben! Die Zeitungen sprechen zwar nicht direkt von Mord - aber sie deuten es an.« Ihre Worte kamen wieder stockend. »Ich könnte ja verstehen, wenn eins der Messer von Rex fehlgeht - so etwas habe ich immer befürchtet, aber er kann sie doch nicht... vorsätzlich ums Leben gebracht haben! Das kann ich nicht glauben!«

Ihre Erregung war so groß, dass Cromwells strenger Gesichtsausdruck sich milderte.

»Es muss ein schwerer Schock Für Sie gewesen sein, Miss Barlowe, als Sie diese Nachricht in der Morgenzeitung fanden.«

»Ich weiß nur wenig von Nina«, antwortete sie mit leiser Stimme. »Woher wussten Sie denn von meiner Existenz? Wer hat Ihnen gesagt, dass Sie mich hier finden würden?«

Ihre Erregung steigerte sich noch mehr. Dabei fühlten Ironsides und Johnny ganz deutlich, dass Trauer um ihre Schwester bestimmt nicht das Gefühl war, das sie bewegte. Das Mädchen ängstigte sich aus irgendeinem Grund fast zu Tode.

»Woher ich diese Adresse weiß, ist im Augenblick nicht wichtig, Miss«, sagte Cromwell. »Ich kann Ihnen aber verraten, dass ich keine Ahnung von Ihrer Existenz hatte, bevor Sie mir auf mein Klopfen die Tür öffneten. Sie haben mir wirklich einen Schreck eingejagt! Ihre Ähnlichkeit mit Ihrer Zwillingsschwester ist in der Tat erstaunlich.«

»Ja, wir glichen uns äußerlich völlig; niemand konnte uns unterscheiden... natürlich außer...«

»...Ihren Angehörigen und Ihren Freunden«, vollendete Ironsides den Satz. »Das ist verständlich. Selbst eineiige Zwillinge unterscheiden sich in gewissen charakteristischen Kleinigkeiten, durch die man sie auseinanderhalten kann.«

»Bitte lassen Sie nichts davon bekanntwerden, dass ich mit Nina verwandt bin«, bat das Mädchen. »Sie werden es doch geheim halten können, nicht wahr?« An der Eindringlichkeit ihres Tons war zu erkennen, dass ihr an der Erfüllung dieses Wunsches sehr viel liegen musste. »Es besteht ja kein Grund, dass die Leute erfahren, dass Nina eine Zwillingsschwester hatte.«

Cromwell sah sie missbilligend an.

»Ihre Haltung ist eigentlich recht merkwürdig«, sagte er unfreundlich. »Sie und ihre Schwester waren Zwillinge, und ich glaubte immer, dass Zwillinge sehr intim miteinander stehen. Daher hätte ich erwartet, dass, sobald Sie von dem plötzlichen tragischen Tod erfuhren, sofort in das Varieté geeilt wären, um sich nach den näheren Umständen dieser Tragödie zu erkundigen. Aber das haben Sie nicht getan. Ich würde gern den Grund dafür wissen.«

Das Mädchen wurde blass und rot, unruhig rang sie die Hände, die sie in ihrem Schoß verschränkt hatte. Ihre Augen blickten zu Boden, als ob sie unfähig sei, ihrem Gegenüber ins Gesicht zu sehen.

»Aber... aber ich konnte doch nichts mehr ändern«, stotterte sie. »Ich war furchtbar erschüttert und wusste nicht, was ich anfangen sollte. Seit ich es in der Zeitung gelesen habe, bin ich ganz verwirrt und ängstlich.«

»Angst und Unsicherheit allein hätten Sie wohl kaum gehindert, an die Bahre Ihrer Schwester zu eilen«, antwortete Cromwell tadelnd. »Aber gestatten Sie mir eine andere Frage, Miss Barlowe. Wieso wusste im *Olymp* niemand, dass Nina eine Zwillingsschwester hatte?«

»Niemand? Rex wusste doch davon!«

»Das kann ich mir denken - Mr. Dillon ist jedoch ein Geheimniskrämer«, meinte Ironsides. »Aber warum wusste das sonst niemand? Gestern Nacht bei den Verhören hat mir niemand etwas von Ihrer Existenz verraten. Glauben Sie nicht, dass diese merkwürdige Tatsache eine Erklärung erforderlich macht?«

Sie stand auf, ging nervös zum Fenster und kehrte wieder um. Ihre Aufregung hatte sich gelegt, jetzt war in ihren Augen Trotz.

»Schön, ich werde es Ihnen sagen«, rief sie heftig aus. »Nina und ich, wir standen miteinander nicht so wie Zwillinge sonst. Ich weiß nicht, warum; ich habe es mir nie erklären können, und Mutter wunderte sich auch immer darüber. Zwischen Nina und mir bestand nie eine enge Verbundenheit - noch nicht einmal während unserer Kinderzeit. Ja, vielleicht hassten wir einander sogar. Denn sooft wir zusammenkamen, fingen wir sofort an, uns zu zanken. Nina hatte ein hässliches, heimtückisches Wesen und neigte dazu, alles in den Schmutz zu ziehen. Ich will damit nicht etwa behaupten, dass ich ein sehr viel besserer Mensch bin als sie, aber, offen gesagt, sie benahm sich stets in einer Weise, die mich geradezu mit Abscheu erfüllte. Sie log, sie betrog - auch den armen Rex. Sie war auch, was ich an ihr besonders hasste, grausam zu Tieren.«

»Das Bild, das Sie mir von Ihrer Schwester geben, ist nicht gerade sehr schmeichelhaft, Miss Barlowe.«

»Wollten Sie nicht die Wahrheit von mir hören?«

»Ja. Und ich bin froh, dass Sie mir die Wahrheit gesagt haben«, entgegnete der Chefinspektor. »Was Sie mir erzählen, passt durchaus zu dem, was ich von anderen erfahren habe. Sie lebten doch anscheinend eine Zeitlang mit Ihrer Schwester zusammen. Wie lange ist das her?«

»Etwa zwei Jahre.«

»Arbeiteten Sie damals beide als Artistinnen?«

»Wenn Sie es so nennen wollen«, erwiderte Kit und verzog das Gesicht. »Wir zogen mit dem Zirkus Miller durch Australien. Es ist kein sehr guter Zirkus. Sehen Sie, Mister...«

»Cromwell.«

»Sehen Sie, Mr. Cromwell, ich will nicht so tun, als ob der Tod meiner Schwester mir das Herz bräche«, sagte sie mit gepresster Stimme. »Ich bin keine Heuchlerin und werde keine Krokodilstränen vergießen. Nina war ein schlechter Mensch. Das weiß ich seit langem. In mancher Hinsicht ist es für mich sogar eine Erleichterung, zu wissen, dass sie niemandem mehr etwas Böses antun kann.

Wenn Sie mich nun für kalt und herzlos halten, kann ich das nicht ändern.«

Der Trotz, der in ihrer Stimme lag, hatte sich verstärkt, und sie warf den Kopf zurück, als ob sie damit eine Kritik herausfordern wollte. Aber die Reaktion auf ihren Ausbruch war ganz anders, als sie offensichtlich erwartet hatte. Cromwell war von ihrer Offenheit günstig beeindruckt, und auch Johnny Lister empfand Sympathie für sie, besonders wenn er in ihre offenen, ehrlichen Augen sah.

»Sie sind nicht verpflichtet, meine Fragen zu beantworten, Miss Barlowe, und ich möchte darauf aufmerksam machen, dass Sie mich aus Ihrer Wohnung weisen können, wenn Sie wollen«, sagte Ironsides freundlich. »Andrerseits sind Sie vielleicht in der Lage, mir Informationen zu geben, die mir helfen können, das Geheimnis um den Tod ihrer Schwester aufzuklären. Sind Sie dazu bereit?«

»Ich sehe nicht, wie...«

»Sie selbst erkennen das vielleicht nicht. Aber ich könnte von Ihnen etwas erfahren, dessen Bedeutung Sie selbst nicht ermessen. Ihre Schwester ist ja nicht durch einen Unfall umgekommen. Das Messer, das ihren Tod verursachte, wurde auch nicht von ihrem Mann geworfen.«

Sie sah ihn ganz erstaunt an.

»Aber... in den Zeitungen steht doch, dass eins seiner Messer sie am Hals traf«, sagte sie mit erstaunt aufgerissenen Augen. »Wer außer Rex kann es denn geworfen haben? Ein Bericht enthielt eine Andeutung, dass ihr Tod nicht unbedingt ein Unglücksfall sein müsse, wie es den Anschein hatte, und gerade dieser Bericht erschreckte mich furchtbar. Ich wusste in meinem Innersten, dass Rex sie unmöglich ermordet haben konnte. Er ist nicht der Mensch, etwas so Entsetzliches zu tun.«

»Was wissen Sie denn von Rex Dillon?«

»Ich kenne ihn schon, seit er zum Zirkus Miller kam«, antwortete sie. »Also seit mehr als drei Jahren. Damals arbeitete er mit einer Partnerin namens Josie, einer ungebildeten Person von vierzig Jahren. Sie machte ihm viel Sorgen, weil sie trank. Damals waren Nina und ich noch Teenager. Unsere Mutter war tot, und wir waren beim Zirkus geblieben, weil wir keine andere Möglichkeit hatten - außerdem waren die Millers auch sehr nett zu uns. Wir traten zusammen in einer Nummer auf - die *Doppelten Barlowes* -, aber mit unserer Nummer war nicht viel los. Wir tanzten einige Stepptänze und balancierten auf riesigen Gummibällen, die wir ein schräges Brett hinaufrollten.«

»Das war also vor mehr als zwei Jahren. Was veranlasste Sie, sich von Ihrer Schwester zu trennen?«

»Einmal Ninas Charakter, doch das war nicht entscheidend«, antwortete sie. »Aber sie war hinter Rex Dillon her. Oh, da konnte sie zuckersüß sein! Ganz Sanftmut und Freundlichkeit! Der arme Kerl, sie hat ihm schön Honig um den Mund geschmiert! Er hielt sie für anständig und ehrlich, und ich weiß, dass sie ihm Lügen auftischte, um ihn gegen mich aufzubringen. Sie hörte sogar auf, sich mit mir und den anderen Menschen in ihrer Umgebung zu zanken, um vor Rex ihr wirkliches Wesen zu verbergen. Eines Abends war Rex' Partnerin Josie so betrunken, dass sie nicht auftreten konnte. Sofort erbot sich Nina, für sie einzuspringen. Ich habe stets den Verdacht gehabt, dass sie damals Josie absichtlich betrunken machte, um Gelegenheit zu haben, an ihre Stelle zu treten.«

»Und sie trat an ihre Stelle - für dauernd?«

»Ja. Mr. Miller entließ die arme Josie auf der Stelle, und nun arbeitete Nina als Partnerin von Rex Dillon. Das ergab sich umso natürlicher, als er ihr inzwischen einen Heiratsantrag gemacht hatte.«

»Und Sie? Was wurde aus Ihrer gemeinsamen Tanznummer?«

»Ich tanzte Solo, und Mr. Miller erlaubte mir, dazu zu singen«, erwiderte Kit, und ihr Gesicht entspannte sich unter dem Eindruck einer angenehmen Erinnerung. »Ich hatte schon immer den Wunsch gehabt zu singen, aber nie die Gelegenheit dazu gefunden. Mr. Miller hatte mir erklärt, Gesang passe nicht in einen Zirkus. Jetzt, nachdem Nina zu Rex gegangen war, arbeitete ich mir eine eigene Nummer aus - eine Nummer, bei der ich zu meinem Tanz sang. Sie war viel erfolgreicher, als Mr. Miller erwartet hatte, und so blieb sie auf dem Programm.«

»Hätten Sie nicht außerdem Ihre gemeinsame Nummer mit Nina weiterführen können?«

»Das taten wir auch zuerst, aber meine eigene Nummer war so erfolgreich, dass Mr. Miller mich als Star herausstellte und mir sagte, sie sei zu gut, um noch die Sache mit den Bällen anzuhängen. Andrerseits behauptete Nina, dass ihre Nerven, wenn sie die Messer von Rex auf sich zufliegen sähe, so angespannt seien, dass sie sonst nichts arbeiten könne. Das war natürlich nur eine faule Ausrede, denn er hätte seine Messer auch mit verbundenen Augen werfen können, ohne sie dabei zu verletzen, so sicher war er.«

»Aber vor einer kleinen Weile sagten Sie mir doch, dass Sie immer Angst hatten, eins seiner Messer könne einmal fehlgehen.«

»Nicht immer. Diese Befürchtung hatte ich erst, nachdem die beiden vom Zirkus fortgegangen waren«, fiel sie rasch ein. »Ich fürchtete es, weil ich wusste, dass sie wie Hund und Katze lebten.«

»Woher wussten Sie denn, dass die Ehe so schlecht war?«

»Ich korrespondierte sowohl mit Nina als auch mit Rex«, erwiderte sie. »Wir blieben immer in Verbindung. Rex war von seiner Ehe sehr enttäuscht, und ich glaube, dass meine Briefe ihn aufrichteten.«

»Blieben Sie denn noch bei dem Zirkus, nachdem Ihre Schwester und Ihr Schwager ihn verlassen hatten?«

»Nein. Ich ging sogar noch vor ihnen fort«, sagte sie. »Das kam ganz unerwartet - es war geradezu dramatisch aufregend.« Ihre Augen begannen zu leuchten. »Ich erinnere mich noch lebhaft an diesen Nachmittag. Wir waren damals in Brisbane. Zufällig war gleichzeitig ein englisches Opernensemble auf Tournee dort; es gastierte im Theater. Der Leiter dieses Ensembles hatte etwas für den Zirkus übrig,. und so sah er sich eine Vorstellung bei uns an. Nachdem mein Auftritt vorüber war, erwartete er mich vor meiner Garderobe. Er sagte mir, ich sei im Zirkus fehl am Platze - sagte mir, meine Stimme sei gut genug für die Oper. Ich wollte meinen Ohren nicht trauen. Ich nahm an, dass diese Geschichte irgendeinen Haken haben müsste. Er sagte mir, durch eine richtige Ausbildung würde meine Stimme ausgezeichnet werden, und er ließ mich noch am selben Abend im Theater vorsingen.« Sie schloss die Augen. »Diese Nacht werde ich nie vergessen. Nach der Vorstellung saßen sie alle vor der Bühne - alle Solisten des

Opernensembles. Sie waren von meinem Gesang geradezu begeistert!«

»Ja, das muss für Sie sehr aufregend gewesen sein«, stimmte Cromwell zu. »Was war denn das Resultat Ihres Vorsingens?«

»Mir wurde sofort ein Engagement angeboten - für kleinere Nebenrollen - unter der Bedingung, dass ich mit nach England zurückfuhr, und das Ensemble fuhr schon vierzehn Tage danach zurück«, antwortete sie. »Natürlich griff ich mit beiden Händen zu, denn ich hatte schon immer davon geträumt, Sängerin zu werden. Wir waren Waisen, Nina würde bald Rex heiraten, und so war niemand da, der mir Hindernisse in den Weg legen konnte. Als ich hierher nach London kam, erhielt ich richtigen Gesangsunterricht. - Und jetzt bin ich an der Covent Garden Oper«, fügte sie hinzu.

»Covent Garden! Da muss ich Ihnen wirklich gratulieren, Miss Barlowe.«

»Ach, ich bin noch nichts Bedeutendes dort. Aber die Arbeit macht mir riesige Freude. Immerhin habe ich schon eine ganz gute Rolle in der Oper, die jetzt gespielt wird, und der Direktor sagt, ich hätte eine große Zukunft vor mir.« Sie sah besorgt die beiden Kriminalbeamten an. »Können Sie jetzt verstehen, ist es Ihnen jetzt klar, warum ich nicht bekanntwerden lassen will, dass Nina meine Schwester ist?«

»Sie meinen - weil sie ermordet wurde?«, fragte Johnny.

»Nicht nur deshalb. Ich möchte auch nicht bekanntwerden lassen, dass ich eine Zwillingsschwester hatte, die im Varieté auftrat«, sagte sie kurz. »Noch dazu eine Zwillingsschwester mit einem so schlechten Ruf wie Nina. Das würde mir sehr schaden. Alles war in schönster Ordnung, solange Nina und Rex in Australien waren; da waren sie so weit weg, dass es keine Rolle spielte. Aber als mir Rex schrieb, dass er mit Nina nach England kommen wolle, bat ich ihn in meinem Antwortbrief, in London niemandem gegenüber etwas von mir zu erwähnen. Darum habe ich auch heute Morgen, als ich in der Zeitung von Ninas Tod las, nichts unternommen. Denn Nina und Rex hatten meine Bitte erfüllt - von Nina weiß ich das mit Sicherheit und als ich von Ninas Tod las, hatte ich Angst, in einen üblen Zeitungstratsch hineingezogen zu werden.«

»Ich kann Ihren Standpunkt verstehen, Miss Barlowe.«

»Sie werden also meine Verwandtschaft mit Nina geheim halten? - Wem nützt es denn, wenn das bekannt wird«, fuhr sie eifrig fort. »Ich weiß ja auch eigentlich gar nichts von beiden. Ich habe sie, seit sie in London ankamen, nur ein einziges Mal gesprochen.«

»Und bei dieser Gelegenheit gaben Sie wohl Ihrer Schwester Ihre Telefonnummer?«, fragte Cromwell. »Wann war das?«

»Gestern. Ich läutete sie im *Olymp* an und fragte sie, ob sie mich nicht einmal besuchen wolle. Daraufhin bat sie mich um meine Telefonnummer, und ich sagte sie ihr.«

»Der Telefonanschluss ist unter dem Namen eines Mr. Theodore Halkins eingetragen. Wer ist dieser Mr. Halkins?«

Zum ersten Male lachte sie.

»Ich kenne ihn gar nicht«, antwortete sie. »Aber das hier ist seine Wohnung. Er ist Filmregisseur und ist mit seiner Frau auf ein Jahr nach Hollywood gegangen. Ich weiß das nur von dem Wohnungsvermittler, der mir diese Wohnung untervermietet hat.«

»Ich danke Ihnen, Miss Barlowe, dass Sie mir so behilflich gewesen sind«, sagte Cromwell. »Wenn Sie nichts mit dem tragischen Tod Ihrer Schwester zu tun haben, halte ich es für durchaus möglich, dass Ihre Verwandtschaft mit der Toten geheimgehalten werden kann. Übrigens«, fügte er mit der für ihn so charakteristischen Abruptheit hinzu, »was wissen Sie von einem gewissen George Pavlos?«

Sie fuhr zusammen.

»George... Pavlos?«, fragte sie mit gepresster Stimme. »Nichts! Nicht das geringste!«

»Aber Miss Barlowe...!«

»Ich habe den Namen noch nie gehört.«

»Bis jetzt haben Sie uns, glaube ich, die Wahrheit gesagt, mein liebes Kind. Fangen Sie bitte jetzt nicht an zu schwindeln!«, gab Ironsides schroff zurück. »Das wäre nämlich sehr töricht von Ihnen. Schweigen Sie lieber, bis Sie es sich überlegt haben und bereit sind, mir eine offene und ehrliche Antwort zu geben.«

»Nun schön. Ich weiß, dass *Pavlos* der bürgerliche Name von Valentine, dem Bauchredner, ist«, sagte sie leise. »Ich hasse diesen Menschen! Ich habe ihn stets gehasst! Er war mit uns zusammen im Zirkus Miller.«

»Warum hassen Sie ihn? Hat er Sie etwa einmal belästigt?«

»Nein, das nicht«, antwortete sie rasch. »So ein Mensch ist er nicht.« Sie erschauerte. »Es handelt sich um etwas ganz anderes. Bitte fragen Sie mich nicht danach. Er ist doch nicht etwa in Ninas Tod verwickelt?«

»Ich weiß es nicht - vielleicht.«

»Nein - damit hat er ganz sicher nichts zu tun«, fuhr sie, fast allzu schnell, fort. »Im Übrigen weiß ich von ihm gar nichts.« Sie presste ihre Lippen fest aufeinander. »Es hat keinen Zweck, mich über ihn zu befragen, denn ich kann Ihre Fragen nicht beantworten.«

Johnny Lister fragte sich, ob Ironsides wohl weiter in das Mädchen dringen werde. Er war geradezu erleichtert, als der Chefinspektor aufstand und nach seinem Hut griff.

»Schön, Miss Barlowe, wir wollen Ihre Wünsche respektieren«, sagte er brummig. »Übrigens werde ich in meinem Bericht - jedenfalls *vorläufig* - nichts davon erwähnen, dass Sie mit der Ermordeten verwandt sind. Sollten Sie den Wunsch haben, mir mehr zu sagen, können Sie mich in Scotland Yard erreichen. Ich hoffe, dass Sie Ihre Einstellung bald ändern und mich aufsuchen werden.«

Mit diesen Worten verließ er das Zimmer. Johnny folgte ihm; sie verabschiedeten sich nicht einmal. Als sie die Treppen hinuntergingen, machte Johnny seinem Vorgesetzten deshalb Vorwürfe. »War es denn nötig, so unvermittelt wegzugehen, Old Iron?«

»Himmeldonnerwetter!«, fluchte Bill Cromwell. »Was soll diese Geheimniskrämerei? Warum dieses Versteckspielen? Sie weiß etwas von Valentine, ebenso wie der junge Dillon etwas von ihm weiß! Dieser verdammte Bauchredner muss wohl so eine Art Zauberer sein! Worin besteht nur der Einfluss, den er auf all diese Leute ausübt? Warum haben sie Angst, mit der Sprache herauszurücken?«

»Angst?«

»Ja, verdammt noch mal Angst!«, schimpfte Ironsides. »Hast du die Angst nicht in ihren Augen aufleuchten sehen? Sobald ich nur den Namen George Pavlos aussprach, erstarrte sie. Mein Gott! Dieses Mädchen weiß verdammt viel mehr, als sie zugeben will, aber bevor ich mit ihr fertig bin, wird sie noch mit der Wahrheit herausrücken!«

Siebtes Kapitel

An diesem Abend klang in der Covent Garden Oper Kit Barlowes Stimme nicht so melodiös wie sonst. Sie hatte einen schlechten Tag hinter sich, war verängstigt, und das beeinträchtigte ihre Leistung. Aber sie hatte nur eine kleinere Partie zu singen, so dass dies kaum bemerkt wurde.

Bestrebt, peinliche Fragen ihrer Kollegen zu verkleiden, zog sie sich nach der Vorstellung rasch um und verließ das Theater schon vor allen anderen Sängern.

Es war eine graue, neblige Winternacht. Sie stieg in einen Autobus ein, der zum Sloane Square fuhr, und setzte sich auf einen der Plätze ganz hinten. Noch immer ging ihr der Gedanke an Nina nicht aus dem Kopf. Hätte sie diesem streng aussehenden Mann von Scotland Yard nicht noch so manches, ja, sehr vieles mehr sagen können und eigentlich auch sagen sollen? Er wusste bestimmt, dass sie ihm nicht alles gesagt hatte, was sie wusste - sie war sich ganz sicher, dass ihm bekannt war, dass sie ihm so manches verheimlicht hatte. Seit er ihre Wohnung verlassen hatte, lebte sie ständig in der ängstlichen Erwartung, er könne, nachdem er inzwischen von anderer Seite von gewissen Tatsachen Kenntnis bekommen habe, jeden Augenblick kommen, um sie weiter auszufragen. Dass das bisher nicht geschehen war, erhöhte nur ihr Angstgefühl. Auch jetzt, auf dem Heimweg vom Theater, war sie nervös und aufgeregt.

Sie konnte an Nina nicht ohne Bitterkeit denken. Solange Nina fern von England gewesen war, ging alles gut; sie hatte in ihrer Karriere geradezu bestürzende Fortschritte gemacht, und sie war das glücklichste Mädchen in ganz England gewesen. Wie durch Zauberei hatte sich alles gut gefügt. Ihre Stimme hatte sich so wunderbar entwickelt, dass die Kritik auf sie aufmerksam geworden war und begonnen hatte, sich über sie günstig zu äußern. Damit war auch ihre Gage gestiegen, dass sie in der Lage gewesen war, diese hübsche kleine Wohnung in Chelsea zu mieten. Es war allerdings nur eine kleine Zweizimmerwohnung, die von ihrem Besitzer, Mr. Halkins, nur benutzt worden war, wenn er mit seiner Frau so lange in London zurückgehalten wurde, dass eine Rückkehr in sein Haus auf dem Land nicht mehr in Frage kam.

Aber seit der Ankunft von Nina und Rex in London war alles anders geworden; Kits Seelenfrieden war nun gestört. Zuerst hatte sie befürchtet, dass sich Nina - besonders Reportern gegenüber - rühmen werde, die Schwester des aufsteigenden Opernstars zu Sein. Zu ihrer Erleichterung war diese Befürchtung unnötig gewesen, denn jetzt war Nina tot;- ermordet. Der Schaden für Kit, wenn es bekanntgeworden wäre, dass ihre Zwillingsschwester in einem Varieté auftrat, war unwesentlich im Vergleich zu der schrecklichen *Berühmtheit*, wenn sie in eine Mordgeschichte hineingezogen wurde.

Scotland Yard wusste - dank dem Spürsinn von Chefinspektor Cromwell - schon die Wahrheit. Wie lange würde er sein Wissen für sich behalten? Kit hatte Angst, eines Morgens ihren Namen in den Schlagzeilen der Zeitungen zu finden.

»Sloane Square!«

Die Stimme des Autobusschaffners unterbrach Kits Gedankengang, und sie sprang hastig auf. Eilig verließ sie den Bus und ging den Rest des Weges - nur ein kleines Stückchen - bis zu ihrer Wohnung. Der Nebel war dichter geworden, und die wenigen Menschen, die durch die stillen Straßen von Chelsea gingen, eilten rasch auf dem Bürgersteig an ihr vorbei. London war ihr noch nie so düster und unfreundlich erschienen.

Als sie vor ihrer Haustür angekommen war, zog Kit den Hausschlüssel aus ihrer Handtasche. Um elf Uhr nachts wurde die Tür abgeschlossen. Durch die Glasscheibe im oberen Teil der Haustür drang aus dem Treppenhaus ein schwacher Lichtschein auf die Straße heraus.

»Scheußlich!«, sagte Kit ärgerlich.

Da ihre Finger von der Kälte steif waren, hatte sie den Schlüssel zu Boden fallen lassen. Rasch bückte sie sich, um ihn aufzuheben - und diese plötzliche Bewegung rettete ihr das Leben. Denn in demselben Augenblick sauste etwas über ihre Schulter hinweg und grub sich in das Holz der Tür. Sie konnte sogar den Luftzug fühlen, den dieser Gegenstand verursachte.

»Mein Gott! Was war denn das?«

Verwundert, erschrocken richtete sie sich auf - und starrte wie hypnotisiert auf ein Messer, das im Holz steckte und noch zitterte. Sie erkannte in ihm sofort ein Wurfmesser.

Sie wandte sich um und spähte in das Dunkel. Aber die Straße lag einsam und verlassen da; kein menschliches Wesen war zu sehen. Erst nach einigen Sekunden wurde dem Mädchen klar, wie knapp sie dem Tod entronnen war. Wenn sie sich nicht zufällig gebückt hätte, um ihren Hausschlüssel aufzuheben, wäre ihr das Messer in den Nacken gefahren und hätte sie auf der Stelle getötet.

Jetzt erfasste sie Furcht - nackte, panische Furcht. Der Schlüssel, den sie halb unbewusst aufgehoben hatte, war noch in ihren zitternden Fingern. Schluchzend vor Angst versuchte sie, das Schlüsselloch zu finden. Zweimal wandte sie sich um und spähte nach dem unbekannten Angreifer aus. Aber schließlich fuhr der Schlüssel ins Loch und ließ sich drehen. Als die Tür aufging, fiel sie fast in den Hausflur hinein. Der Lichtschein aus dem Treppenhaus glitzerte auf der Klinge des Messers.

Automatisch, ohne klar zu denken, zog sie das Messer aus dem Holz, schlug die Haustür zu und rannte die Treppen zum zweiten Stock hinauf. Schwer atmend öffnete sie die Tür ihrer Wohnung und taumelte hinein. Ihre Beine waren ganz kraftlos, und nachdem sie im Wohnzimmer Licht gemacht hatte, sank sie erschöpft auf den nächsten Stuhl und presste die Hand auf ihr klopfendes Herz.

Jemand hatte versucht, sie zu ermorden! Auf die gleiche Weise zu ermorden, wie Nina ermordet worden war!

Es war für sie so unerwartet, so widersinnig, dass ihr Hirn nicht fähig war, die volle Bedeutung dieser Tatsache zu erfassen. Mit Grauen sah sie, dass sie das Wurfmesser immer noch in der Hand hielt. Rasch warf sie es auf den Tisch, als ob das Messer sie selbst jetzt noch verletzen könnte.

Warum wollte man sie ermorden?

Wer konnte nur draußen im Dunkel auf der stillen Straße gelauert und ihre Rückkehr erwartet haben - in der Absicht, das tödliche Messer auf sie zu werfen, während sie ihre Haustür auf schloss? Plötzlich wurde Ninas Tod, der ihr bis jetzt als etwas Fernes, etwas von ihrem eigenen Leben gänzlich Abgetrenntes erschienen war, zu etwas furchtbar Nahem. Wären ihre Finger nicht von der Kälte so klamm gewesen, dass sie den Schlüssel hatte fallen lassen, würde sie jetzt auch tot sein. Sie hätte, mit einem Messer im Nacken, vor der Schwelle ihrer Haustür gelegen-

»Nein, nein! Das ist ja nicht möglich!«, flüsterte sie bebend. »Wer sollte so etwas tun? Und warum gerade mich? Warum sollte mich jemand ermorden wollen?«

Allmählich erholte sie sich von dem ersten Schreck. Das Klopfen in ihren Schläfen wurde schwächer, und die Kraft begann in ihre Glieder zurückzukehren. Hatte sie die Wohnungstür fest zugeschlossen? Schnell stand sie auf, rannte in die Diele und zur Tür. Gott sei Dank, das Patentschloss war eingeschnappt! Sie war in Sicherheit! Niemand konnte hier bei ihr eindringen!

Aber bald erfüllten sie wieder Zweifel und Unschlüssigkeit. Sollte sie nicht die Polizei anläuten? Sollte sie nicht diesen Anschlag auf ihr Leben melden? Aber andererseits schreckte sie vor diesem Gedanken zurück. Das könnte womöglich dazu führen, dass sich die Zeitungen mit ihr beschäftigten - gerade in der Art beschäftigten, die sie unter allen Umständen vermeiden wollte. Man würde ihr Fragen stellen - sie wieder und wieder mit Fragen bestürmen. Dabei würde man alles Mögliche aus ihr herausholen, sie dazu bringen, Dinge zu erzählen, von denen sie unter keinen Umständen sprechen wollte.

Die Türklingel läutete.

Sie sprang auf.

Sie hatte keine Ahnung, wie lange sie hier im Zimmer gesessen und nachgedacht hatte. Es mochten fünf Minuten - aber es konnten ebenso gut zwanzig Minuten gewesen sein. Sie beugte sich vor und starrte auf die Tür.

Die Klingel läutete wieder. Wer konnte sie um diese Stunde aufsuchen? Sonst besuchte sie um diese Zeit doch niemand. Ihr Instinkt riet ihr, ruhig sitzenzubleiben und das Klingeln unbeachtet zu lassen. Aber ihre Neugier war stärker als dieser Instinkt, und bald schlich sie sich auf Zehenspitzen zur Wohnungstür und lauschte, die Hand auf ihr wild klopfendes Herz gepresst.

Wieder läutete die Klingel - und jetzt war das Läuten von einem lauten Klopfen begleitet. Am liebsten hätte sie aufgeschrien. Stattdessen drehte sie - wie töricht das war, wurde ihr erst später klar - den Knopf des Sicherheitsschlosses herum und öffnete die Tür einen Spalt breit.

»Wer ist da?«, flüsterte sie.

»Kit! Was ist denn los?«, hörte sie eine überraschte Stimme. »Du sprichst ja so eigenartig...«

Jetzt kreischte sie in panischer Angst auf.

»Geh fort!«, schrie sie.

Sie warf sich mit ihrem ganzen Gewicht gegen die Tür und bemühte sich, sie wieder zu schließen. Vor Angst war sie jetzt fast hysterisch, denn vor. der Tür stand ihr Schwager Rex Dillon, der Mann, der Messer mit tödlicher Genauigkeit werfen konnte.

»Zum Teufel, was...?«

Er hatte einen Fuß in den Türspalt geschoben, so dass sie die Tür nicht schließen konnte. Sie stemmte sich trotzdem mit aller Kraft dagegen.

»Wage nicht, hier einzudringen!«, stieß sie hervor.

Aber sie taumelte zurück, als die Tür mit brutaler Gewalt geöffnet wurde. Schreiend rannte sie in das Wohnzimmer und blickte ihn, die Hände abwehrend vorgestreckt, mit flackernden Augen an. Sie fühlte, dass sie einer

Ohnmacht nahe war. Dann hörte sie die Wohnungstür zuschlagen... Schritte.

»Um Gottes willen, Kit, was ist denn los?«

Ohne Hut, mit wirrem Haar, stand Rex Dillon vor ihr; in seinem Gesicht spiegelten sich Verwunderung und Besorgnis. Aber als er einen Schritt auf sie zutrat, wich sie ängstlich vor ihm zurück. Ihr Gesicht war leichenblass.

»Rühr mich nicht an!«, rief sie.

»Aber Kit! Was ist denn?«

»Rühr mich nicht an! Vorhin hast du versucht, mich umzubringen, und jetzt willst du wohl dein Werk vollenden, wie?«

Sie wollte um Hilfe rufen, aber kein Laut drang aus ihrer Kehle. Sie konnte ihn nur wie hypnotisiert anstarren.

»Du träumst wohl, Kit?«, fragte Rex, erschreckt durch ihre Worte und durch ihr Benehmen. »Ich soll versucht haben, dich zu ermorden? Wie kannst du nur auf so einen Gedanken...« Er hielt inne, weil sein Blick auf das Messer fiel, das er hinter dem zitternden Mädchen auf dem Tisch sehen konnte. »Nanu! Zum Teufel...!«

Sie wusste sofort, was er meinte.

»Du hast es doch auf mich geworfen, als ich die Haustür aufschließen wollte«, flüsterte sie. »Wenn ich nicht meinen Schlüssel hätte fallen lassen, wäre ich jetzt tot. Du hast Nina umgebracht, und jetzt bist du hergekommen, um auch mich zu ermorden!«

Sie stürzte zur Tür, obgleich sie überzeugt war, dass sie sie nie erreichen würde. Jetzt, zu spät war ihr klar, wie töricht sie gewesen war, ihm die Wohnungstür zu öffnen. Jetzt hatte sie nur noch den einen verzweifelten Gedanken: ihm zu entrinnen.

»Verdammt noch mal!«, rief Rex Dillon wütend.

Er packte sie so fest am Arm, dass sie vor Schmerz aufschrie. Dann schleuderte er sie in den einzigen Sessel im Zimmer; sie sank, am ganzen Leibe zitternd, schlaff hinein.

»Kit, du Närrin!«, sagte er sanft und beugte sich über sie. »Weißt du denn nicht, dass ich dich liebe? Weißt du denn nicht, dass ich mir schon seit Jahren darüber klar bin, dass ich die falsche Zwillingsschwester geheiratet habe? Warum, um Gottes willen, sollte ich dich denn umbringen wollen?«

Mit weitaufgerissenen Augen starrte sie zu ihm hinauf.

»Du hast doch das Messer auf mich geworfen...«, flüsterte sie.

»Du bist ja wahnsinnig! Mein Gott, Kit, sei doch vernünftig!« Seine unwillige Stimme wurde zärtlich. »Ich habe nicht versucht, dich zu töten, habe kein Messer auf dich geworfen! Ich könnte dir doch niemals ein Haar krümmen! Ich hätte dir auch nicht gestanden, dass ich dich liebe, wenn du mich nicht durch dein Verhalten dazu gezwungen hättest. Ich war entschlossen zu warten, bis... Ach, verdammt, was habe ich bloß angestellt!«

Ihre panische Angst begann zu weichen, aber sie war noch immer zutiefst verstört.

»Das Messer war auf meinen Nacken gezielt - und wenn ich mich nicht gebückt hätte, wäre ich jetzt tot«, sagte sie mit zitternder Stimme. »Irgendwie gelang es mir noch, ins Haus zu kommen und hierherauf zu rennen. Wer außer dir hätte das Messer mit so tödlicher Genauigkeit werfen können? Wie bist du denn überhaupt ins Haus hereingekommen?« Wieder weiteten sich angstvoll ihre Augen. »Ja, wie hast du denn das gemacht? Ich hatte doch die Haustür hinter mir zugeworfen - ich hörte doch, wie sie ins Schloss fiel.«

»Ich weiß nicht, wie du das gehört haben kannst«, entgegnete er, »denn ich fand die Tür halb offen. Darum brauchte ich ja auch nicht unten zu läuten. Wahrscheinlich bildest du dir nur ein, dass du sie ins Schloss geworfen hast, oder vielleicht warfst du sie so fest zu, dass sie wieder aufsprang. Aber ist denn das wichtig? Kit, ich habe kein Messer auf dich geworfen!« Sein Ton wurde hart. »Aber anscheinend jemand anders. Gott sei Dank traf er nicht.«

Sie fing an zu schluchzen.

»So ist es recht«, meinte er. »Das wird dir guttun. Etwas Alkohol kann dir auch nicht schaden.« Er fand auf dem Büfett Gin und Zitronensaft und mixte beides in einem Glas. »Hier, trink das! Das ganze Glas!«

Sie trank folgsam und verschluckte sich beinahe dabei.

»Rex... entschuldige bitte... ich dachte...«

»Ich kam in einem Taxi und stieg direkt vor dem Hause aus«, sagte er. »Wann ist denn... das passiert? Wie lange ist es her?«

»Ich weiß es nicht. Ich kann mich nicht mehr genau entsinnen.« Und nun begann sie, ihm ihr Erlebnis im Einzelnen zu berichten.

»Dann hat dich also nur der Zufall mit dem Schlüssel gerettet«, murmelte er. »Und als ich dann gleich darauf kam - kein Wunder, dass du annahmst... Das Widerwärtige ist ja, dass ich nicht beweisen kann, dass ich es nicht getan habe. Ich hätte doch ohne weiteres ein Stückchen weiter gehen, mir ein Taxi nehmen und hier Vorfahren können, als ob ich von nichts eine Ahnung hätte. Aber ich habe es wirklich nicht getan, Kit! Ich komme geradewegs aus dem Lyons-Restaurant in der Coventry Street.«

»Ach, ich bin doch eine Närrin!«, sagte sie und betupfte sich mit dem Taschentuch ihre feuchten Augen. »Ich hätte ja wissen müssen, dass du so etwas nie tun würdest, Rex. Aber da du Messer mit so tödlicher Sicherheit werfen kannst, dachte ich, als du gleich hinter mir hierherkamst... Bitte verzeih mir, Rex! Mir ist jetzt besser, und ich kann schon wieder klarer denken.«

Aber erst nachdem sie sich zehn Minuten auf der Couch ausgeruht hatte, fühlte sie sich wieder einigermaßen normal. Jetzt wurde das Schweigen zwischen ihnen wieder in anderer Weise beängstigend. Immer wieder gingen ihr die Worte durch den Kopf, die Rex unter dem Druck der dramatischen Situation entschlüpft waren. Erst jetzt wurde ihr klar, welch tiefer Ernst in diesen Worten gelegen hatte.

»Hör mal, Kit, wir können das nicht einfach auf sich beruhen lassen«, begann er schließlich nach einem längeren Schweigen verlegen. »Es war doch ein Mordversuch, und wir müssen die Polizei benachrichtigen.«

»Nein, nein - bitte nicht!«

»Warum nicht? Der Kerl kann es doch wiederholen!«

»Die Polizei war schon heute Morgen hier«, sagte sie und sah ihm fest in die Augen. »Zwei Beamte in Zivil. Einer von ihnen sagte, er heiße Cromwell.«

»Das stimmt. Cromwell ist der Beamte, dem die Nachforschungen wegen des Mordes an Nina übertragen sind. Was wollte er denn hier? Woher wusste er überhaupt etwas von dir?«

»Er fand wohl meine Telefonnummer in Ninas Garderobe«, antwortete sie. »Ach, Rex, du hättest nur ihre erstaunten Gesichter sehen sollen, als ich ihnen die Tür öffnete!«

»So überrascht waren sie? Cromwell wusste also nichts davon, dass Nina noch eine Zwillingsschwester hatte?«

»Bevor er mich sah, nicht. Er sprach hier vor, um herauszufinden, wieso Nina meine Telefonnummer hatte. Ich bat ihn, mich nicht in den Fall hineinzuziehen, und das versprach er auch so halb und halb. Aber was wird er tun, wenn wir ihm von diesem Anschlag auf mich erzählen? Mein Name wird durch die Sensationspresse geschleift werden...«

»Der Teufel soll die Presse holen!«, unterbrach er sie unwillig. »Du musst dich vor dem Verbrecher schützen, der dich ermorden wollte. Das ist schließlich viel wichtiger als die Frage, ob dein Name in ein paar Zeitungen erscheint oder nicht. Wir müssen der Polizei Bescheid sagen!«

»Aber vielleicht werden sie dich dann verhaften«, meinte sie unentschlossen. »Ich muss ihnen doch auch sagen, dass du fast unmittelbar nach dem Mordversuch hierherkamst! Und sie wissen doch, dass du Messer werfen kannst.«

»Ja, das ist unangenehm, aber eben nicht zu ändern«, erklärte er entschlossen. »Die Hauptsache, dass du Polizeischutz bekommst. Aber ich frage mich...«

Er hielt inne; die beiden sahen einander an.

»Du denkst doch nicht etwa an - Valentine?«

»An wen sonst? Dieser Lump!«

»Aber... aber... wenn er mich ermorden wollte, so bedeutet das doch, dass er auch Nina ermordet haben muss«, sagte sie atemlos. »Würde er denn wirklich so weit gehen?

Und warum versuchte er dann nicht, dich umzubringen, anstatt das Messer auf mich zu werfen?«

»Es wird mir auch schwer, so etwas von Valentine anzunehmen«, sagte Dillon. »Weißt du, was ich jetzt tun werde?«, fügte er schroff hinzu. »Ich fahre ins *Olymp* - und zwar sofort. Ich muss herausfinden, was Val in der vergangenen Stunde getan hat. Wenn er nicht im Theater war...«

Er hielt inne. Sie sah ihn mit erneuter Furcht an.

»Sei vorsichtig, Rex«, bat sie ihn. »Lass dich nicht zu einem Streit mit ihm hinreißen. Mich schaudert, wenn ich an diesen Menschen denke! Er hat so etwas... etwas Abstoßendes. Ich kann es dir nicht erklären, aber ich weiß, dass dieser Mensch gefährlich ist.«

»Wenn man jemandem zur Vorsicht raten muss, Kit, so bist du es!«, erwiderte er besorgt. »Versprich mir wenigstens, dass du heute Nacht deine Wohnung nicht mehr verlässt.«

»Natürlich nicht! Sobald du fort bist, gehe ich zu Bett.«

»Vielleicht wird man versuchen, dich durch irgendeinen Trick von hier fortzulocken. Wenn das Telefon läutet, so melde dich einfach nicht - oder lege auf, wenn du die Stimme des Anrufenden nicht erkennst!« Er stand vor ihr und sah ihr mit zärtlicher Besorgnis ins Gesicht. »Und öffne niemandem die Tür! Versprichst du mir das?«

»Ja, das verspreche ich dir. Und... Rex - du nimmst mir doch nicht mehr übel...«

»Ach, das ist schon in Ordnung«, antwortete er brummend.

Rex Dillon eilte fort. Er war in der richtigen Kampfstimmung, als er ein Taxi anhielt und sich zum *Olymp* fahren ließ. Der Mensch, der versucht hatte, Kit zu ermorden, hatte beinahe Erfolg gehabt. Aber inzwischen musste er wissen, dass sein Versuch fehlgeschlagen war - und das bedeutete, dass er ihn wiederholen würde.

Rex war wütend auf sich selbst, weil er von seinen Gefühlen Kit gegenüber so offen zu ihr gesprochen hatte. Er hatte nicht die Absicht gehabt, von seiner Liebe zu sprechen, ja, er hätte sie ihr vielleicht für immer verheimlicht. Denn sie war ja erfolgreich - am Beginn einer glänzenden Karriere. Er hingegen war gar nichts. Selbst seine Messerwerfer-Nummer war erledigt.

Aber sie hatte zu seinem Gefühlsausbruch nichts gesagt, und das machte ihn andererseits auch wieder froh. Vielleicht war es töricht, sich einzubilden, dass seine Worte ihr etwas bedeutet hatten. Das traf vielleicht gar nicht zu. Er unterdrückte seinen Wunsch, noch weiter darüber nachzudenken, und beschäftigte sich stattdessen in Gedanken mit Valentine. Er befürchtete, dass dieser das Varieté schon verlassen hatte. Es war ja inzwischen schon spät geworden.

Als er ankam, fand er den Bühneneingang noch offen. Auch Jerry Bowers, der Portier, saß noch in seinem Verschlag.

»Sie kommen noch so spät, Mr. Dillon?«

»Sind denn schon alle gegangen, Jerry?«

»Nicht alle.«

»Ist Mr. Valentine schon fort?«

»Nein.« Jerry schnaufte verächtlich. »Er ist wohl noch unten im Keller bei seinem Affen. Ich habe für Affen nicht viel übrig.«

»Könnte Mr. Valentine schon fortgegangen sein, ohne dass Sie ihn gesehen haben?«

»Möglich ist das schon«, meinte der Portier. »Ich habe auch Mr. Wallis nicht fortgehen sehen. Ich kann ja nicht immerfort auf die Tür starren, Mr. Dillon. Wenn Fremde kommen, fällt mir das schon auf. Aber Leute wie Mr. Wallis oder Mr. Valentine können ohne weiteres kommen oder gehen, ohne dass ich das bemerke.«

Rex nickte. Valentine hätte also das Haus verlassen und später wieder zurückkommen können, ohne dass Jerry Bowers davon auch nur das Geringste gemerkt haben musste.

»Ich will mal nachsehen«, sagte Rex.

»Aber nehmen Sie sich dabei in acht, Sir«, warnte ihn Jerry. »In diesem verdammten Hause passieren alle möglichen und unmöglichen Dinge. Gestern Abend wurde Ihre arme Frau getötet, heute Nacht hat Ned eins über den Schädel gekriegt, und jetzt ist plötzlich Mr. Wallis spurlos verschwunden.«

»Was sagen Sie da? Mr. Wallis ist verschwunden?«

»So ist es, Sir. Er hätte doch beim großen Finale zur Stelle sein müssen, aber er war nirgends zu finden«, sagte der Portier. »Mr. Bishop war fuchsteufelswild. Merkwürdigerweise hängen Hut und Mantel von ihm noch in seinem Büro, und niemand hat gesehen, wie er aus dem Hause ging.«

»Sie meinen, man hat nach ihm gesucht?«

»Nun, Mr. Dillon, es ist doch eigenartig, dass er ohne Hut und Mantel weggegangen sein sollte - besonders heute, wo es doch so bitterkalt ist.«

Aber Rex dachte schon nicht mehr an Wallis, als er den Gang entlang zu Valentines Garderobe ging. Der Inspizient konnte ja auch schließlich nichts mit den rätselhaften

Ereignissen zu tun haben, die sich seit gestern hier ereignet hatten.

Valentines Garderobentür war verschlossen.

»Suchen Sie diesen Burschen?«, fragte Bishop, der Assistent des Inspizienten, der gerade vorbeikam. »Ich glaube, er ist schon nach Hause gegangen. Vielleicht ist er auch im Keller bei seinem Affen. Aber was suchen Sie denn heute hier, Dillon? Ihre Nummer fällt doch aus!«

»Glauben Sie etwa, dass ich das nicht weiß?«, fragte Rex bitter.

»Entschuldigen Sie, alter Freund, ich hätte das nicht sagen sollen. Verzeihen Sie mir! Aber, wissen Sie, ich habe den Kopf wirklich voll. Heute Abend ging tatsächlich alles durcheinander. Wallis war zum Finale nicht da, und kein Mensch weiß, was mit ihm los ist. Sie haben ihn wohl nicht gesehen?«

»Ich bin ja eben erst gekommen«, antwortete Rex.

Er trat durch die Tür, die zur Kellertreppe führte, tastete sich in der Dunkelheit die Stufen hinunter und dann an der Mauer entlang durch die finstern Höhlen dieser Bühnenunterwelt. Im ganzen Keller brannten nur ein oder zwei nackte Glühbirnen, die jedoch diese ausgedehnten Räume nicht erhellen konnten.

Bei dem großen Affenkäfig angekommen, spähte Rex durch das Gitter. Der Schimpanse lag in seinem Bett - einem richtigen Bett -, öffnete verschlafen die Augen und gähnte. Er hatte wohl schon sein Abendbrot bekommen, war zu Bett gebracht und zugedeckt worden.

»Verdammt!«, fluchte Dillon.

Valentine war also schon fort. Wahrscheinlich war er jetzt schon in seinem Hotelzimmer. Schön, sagte sich Rex, dann würde er ihn eben dort aufsuchen. Sein Argwohn war noch stärker geworden, es sah so aus, als ob Vick schon länger als eine Stunde im Bett läge. Also hatte Valentine das Varieté wohl schon vor mehr als einer Stunde verlassen und daher auch reichlich Zeit gehabt...

Dillons Gedanken schlugen eine andere Richtung ein, denn aus einer finstern Nische nicht weit vom Käfig des Affen war ein unheimlicher Laut an sein Ohr gedrungen. Der Australier fühlte, wie ihm eine Gänsehaut über den Rücken lief.

»Was ist denn das, verdammt noch mal?«, murmelte er unsicher.

Er bemühte sich, das tiefe Dunkel mit seinem Blick zu durchdringen. Nun ertönte dieser Laut wieder. Jetzt klang er wie ein Stöhnen.

»Wer ist dort?«, fragte Rex laut.

Vorsichtig ging er in die Nische hinein und zündete im Gehen ein Streichholz an. Die kleine Flamme leuchtete auf; er schützte sie mit der Hand und konnte die verkrümmte Gestalt eines Mannes vor sich auf dem Boden liegen sehen.

Es war Wallis, der Inspizient - mit blutüberströmtem Gesicht und einer hässlichen Wunde am Kopf.

Achtes Kapitel

Rex Dillon glaubte zuerst, dass Wallis tot sei. Auf dem Boden waren Lachen geronnenen Blutes. Das Stöhnen hatte ganz aufgehört. Leichenblass und regungslos lag der Unglückliche da.

Das Streichholz begann Rex schon die Finger zu verbrennen, und er ließ es rasch fallen.

»Großer Gott!«, murmelte er erschüttert.

Sein erster Impuls war, zunächst Wallis Erste Hilfe zu leisten - wenn das überhaupt noch Sinn hatte. Aber ihm wurde rasch klar, dass er in der Finsternis, nur beim Licht von Streichhölzern, nicht viel ausrichten konnte, So rannte er durch den dunklen Keller und die Treppe hinauf.

»Hilfe!«, brüllte er. »Schnell! Zu Hilfe!«

Bishop erschien als erster, unmittelbar gefolgt von dem alten Portier. Artisten, die noch nicht fortgegangen waren, öffneten die Türen ihrer Garderoben und schauten heraus.

»Dillon! Was ist denn mit Ihnen los?«, rief Bishop.

»Wallis... unten im Keller... ich glaube, er stirbt«, stieß Rex hervor. »Ich habe ihn eben gefunden. Er liegt in einer dunklen Ecke. Ganz blutig. Jemand muss ihm den Schädel eingeschlagen haben!«

»Großer Gott, also darum...« Bishop hielt inne und wandte sich zu dem Portier um. »Jerry, benachrichtigen Sie Mr. Eccles, er ist noch in seinem Büro. Bringen Sie ihn so schnell wie möglich her.«

»Gewiss.« Jerry Bowers' Stimme zitterte. »So etwas! Noch einer...«

»Und jetzt kommen Sie, Dillon, rasch!«, sagte Bishop.

»Wir brauchen Licht! Dort unten ist es dunkel wie in der Hölle!«, keuchte Rex. »Ich sah ihn nur im Licht eines Streichholzes. Wollen Sie nicht einen Krankenwagen kommen lassen? Und die Polizei benachrichtigen?«

»Ja, später. Sehen wir ihn uns zuerst einmal an.«

Bill Bishop war ein junger, aber tatkräftiger Mann. Rasch stieg er mit dem Australier in den Keller hinab. Am Fuß der Treppe hantierte Bishop an ein paar Hebeln - er wusste hier Bescheid -, und schon waren die Kellerräume hell erleuchtet.

»Der arme Guy!«, sagte der Assistent des Inspizienten einen Augenblick später, als er auf die regungslose Gestalt am Boden

hinabsah. »Kein Wunder, dass er beim Finale fehlte. Wer mag das getan haben? Und warum?«

Er kniete nieder und hob vorsichtig Wallis' Kopf hoch.

»Guy muss schon über eine Stunde hierliegen«, murmelte er. »Das Blut ist fast geronnen. Hier - in der Nähe der Schläfe - ist die Wunde. An der gleichen Stelle wie bei Ned Harris. Aber bei ihm sieht sie böser aus. Wenn es ein Schädelbruch ist...«

»Lebt er noch?«

»Ja, sein Herz schlägt«, erwiderte Bishop, nachdem er den Puls gefühlt hatte. »Dort an der Wand ist ein Wasserhahn, Dillon. Suchen Sie mir ein Gefäß, und bringen Sie mir Wasser.«

Als darin Mr. Eccles in Begleitung mehrerer anderer Männer erschien, hatte Bishop schon den größten Teil des Blutes von Wallis' Gesicht abgewaschen.

»Ich habe die Polizei angeläutet«, sagte der Direktor. »Man wird auch einen. Krankenwagen herschicken. Wie geht es ihm denn? Weiß jemand, wie das geschah?«

»Ich fand ihn vor zehn Minuten, als ich mich hier unten nach Valentine umsah«, antwortete Rex. »Ich hörte ihn stöhnen.«

»Ist er transportfähig?«, erkundigte sich Eccles. »Dann bringen Sie ihn doch in sein Büro hinauf! Ist denn überhaupt noch jemand hier in diesem Hause seines Lebens sicher?«

Zehn Minuten später lag Wallis auf der Couch in seinem Büro. Man hatte ihm einen Notverband angelegt, und die ersten Anzeichen, dass er das Bewusstsein wiedererlangte, machten sich bereits bemerkbar.

Die Ankunft der Leute vom Krankenhaus - zwei Sanitäter und ein junger Arzt - nahm den lastenden Druck von den Anwesenden. Während Wallis langsam wieder zu sich kam, gab der Arzt sein vorläufiges Untersuchungsergebnis bekannt.

»Es ist nicht so schlimm, wie es aussieht«, meinte er. »Ein hässlicher Schlag, ziemlicher Blutverlust, aber kein Schädelbruch. Wir werden ihn zu genauerer Untersuchung ins Krankenhaus mitnehmen, aber ich glaube nicht, dass wir ihn dortbehalten müssen.«

»Gott sei Dank!«, rief Eccles erleichtert aus. »Wie fühlen Sie sich denn, Guy?«, fügte er hinzu, als er sah, dass Wallis die Augen aufschlug. »Strengen Sie sich nicht unnötig an. Sprechen Sie nicht, wenn Ihnen das schwerfällt.«

»Ich verstehe gar nicht...«, murmelte Wallis und versuchte sich aufzurichten, sank aber mit einem leisen Stöhnen wieder zurück. »Mein Gott, was ist denn mit meinem Kopf? Habe ich einen Unfall gehabt?«

»Wissen Sie denn nicht, was Ihnen zugestoßen ist?« erkundigte sich der Arzt.

Schritte im Gang verkündeten die Ankunft von Bill Cromwell und Johnny Lister. Die Meldung von dem Überfall auf den Inspizienten war vom Polizeirevier sofort an Scotland Yard weitergegeben worden, und Ironsides und Johnny, die noch in ihrem Büro waren, hatten sich daraufhin unverzüglich auf den Weg ins Varieté *Olymp* gemacht.

»Was ist denn nun schon wieder los?«, fragte Cromwell mit beißender Schärfe.

Daraufhin wurde ihm berichtet.

»Vielleich wird uns der Zweck dieses Überfalls klar, wenn wir gehört haben, was Mr. Wallis uns zu sagen hat«, meinte Ironsides. »Wie fühlen Sie sich denn, mein Lieber? Haben Sie eine Ahnung, wie das passiert ist?«

Inzwischen war es Wallis im Kopf wieder klarer geworden. Er nickte - und verzog das Gesicht, weil diese Bewegung ihm starke Schmerzen verursachte.

»Daran war nur dieser verdammt Schimpanse schuld«, sagte er wütend. »Kurz vor dem Finale ging ich gerade an der offenen Kellertür vorbei, als ich den Schimpansen laut quietschen hörte. Sofort kam mir der Gedanke, dass Valentine das arme Tier wohl misshandelte. Ich wusste ja, dass der Bauchredner unten war und Vick sein Abendbrot gab, und ich habe immer vermutet, dass er Vick mit rohen Mitteln dressiert. Grausamkeit gegenüber Tieren ist aber etwas, was mir in der Seele verhasst ist. Ich eilte also in den Keller hinunter, aber als ich zu dem Käfig kam, fand ich, dass Vick ganz vergnügt aussah - und allein war. Von Valentine war überhaupt nichts zu sehen. Eigenartig, dachte ich mir, ich muss mich wohl geirrt haben. Aber dann überlegte ich weiter. Was mochte den Schimpansen veranlasst haben, solche Schmerzenslaute von sich zu geben? Ich betrachtete den Affen gerade durch das Gitter seines Käfigs, da hörte ich einen schlurfenden Laut. Ich drehte mich um...«

»Sahen Sie dabei jemanden?«, fragte Cromwell schnell.

»Nur einen Schatten - die verschwommenen Umrisse einer Gestalt. Und das ist alles, woran ich mich erinnern kann. Ich weiß gar nicht, dass ich einen Schlag abgekriegt habe. Ich habe gehört, dass man Sterne oder Flammen sieht, wenn man einen Schlag auf den Kopf bekommt. Aber bei mir war das nicht so. Ich habe auch gar keine Ahnung, was geschah, bis ich hier aufwachte.«

»Kann es Valentine gewesen sein, der Ihnen diesen Schlag versetzte?«, fragte Cromwell.

»Das kann ich nicht sagen. Ich habe nichts Genaues gesehen«, antwortete Wallis. »Wenn ich überhaupt einen Eindruck habe, so den, dass der Mann größer und breiter war als Valentine. Aber vielleicht habe ich mir das auch nur eingebildet.«

Auf seine Worte folgte betretenes Schweigen. Die Menschen, die um ihn versammelt waren, warfen einander unsichere Blicke zu. Vor ihrem geistigen Auge stand das schattenhafte Bild eines Unholds, der in den Kellergewölben lauerte.

»Warum sollte mich Valentine auch überfallen?«, fuhr der Inspizient verwundert fort. »Mir ist der Mann zwar nicht sympathisch - und er weiß dies auch -, aber das ist doch noch kein Grund, dass er versucht, mich umzubringen. Wo ist denn Valentine?«

»Wir wissen es nicht - niemand von uns hat ihn gesehen«, antwortete Eccles. »Er wird wohl in sein Hotel gegangen sein. Ich verstehe einfach nicht... Nun, was ist denn?«, fragte er ungeduldig, als er eine heisere Stimme von der Tür her hörte. »Was ist denn, Jerry?«

»Er ist gerade gekommen - und in seine Garderobe gegangen«, flüsterte ihm der Portier aufgeregt zu.

»Meinen Sie Valentine?«, fuhr ihn Eccles an.

»Jawohl, Sir.«

»Bill, holen Sie ihn her! Er soll sofort herkommen!«, befahl der Direktor.

Der Auftrag war überflüssig, denn schon drängte sich Valentine an Jerry Bowers vorbei in das Büro. Er war so ruhig wie immer; sein Gesicht trug die Maske völliger Undurchdringlichkeit.

»Was ist denn geschehen?«, erkundigte er sich neugierig. »Ich wundere mich, dass der alte Jerry wie ein Kaninchen vor mir davonlief, als ich das Haus betrat. Sie sind auch wieder hier, Mr. Cromwell? Zu dieser Nachtzeit? Und Sie, Mr. Wallis, haben Sie etwa einen Unfall gehabt?«

»Wissen Sie denn nichts davon?«, fragte ihn Wallis misstrauisch.

»Aber, mein lieber Freund, woher sollte ich etwas davon wissen?«

»Ich möchte gern erfahren, wo Sie sich bis jetzt aufgehalten haben, Mr. Valentine«, fragte ihn Cromwell ohne Umschweife. »Nachdem Ihr Auftritt vorüber ist, versorgen Sie doch für gewöhnlich Ihren Schimpansen, nicht wahr? Warum taten Sie das heute nicht?«

»Aber ich habe es doch getan«, erwiderte Valentine freundlich. »Ich gab ihm sein Abendbrot und brachte ihn zu Bett wie immer. Ich behandele eben Vick noch rücksichtsvoller und freundlicher, als ich mein eigenes Kind behandeln würde. Und wenn Sie wissen wollen, wo ich gewesen bin« er blickte zu Rex Dillon hin -, »brauchen Sie bloß diesen Herrn da zu fragen. Er weiß das nämlich ganz genau.«

Rex sah ihn höchst erstaunt an.

»Ich?«, rief er aus.

»Sie werden das doch nicht ableugnen wollen«, fuhr ihn Valentine verächtlich an. »Ich habe zwar keine Ahnung, was für ein eigenartiges Spiel Sie spielen, aber...«-

»Zum Teufel, was meinen Sie damit - *ein eigenartiges Spiel?*«

»Grade als ich Vick zu Bett gebracht hatte, kam ein Bühnenarbeiter zu mir und sagte, ich würde am Telefon verlangt«, entgegnete Valentine; seine Stimme klang jetzt drohend. »Sie waren am Apparat, Dillon! Sie erzählten mir, Sie seien in Chelsea...«

»Chelsea!«, stieß Rex hervor und zuckte zusammen.

»Sagen Sie, was soll das Theater? Wollen Sie vielleicht das Unschuldslamm spielen?«, fragte ihn der Bauchredner scharf. »Sie sagten mir, Sie wären im Restaurant *Acacia* auf der King's Road in Chelsea, und baten mich, unverzüglich zu Ihnen zu kommen. Sie behaupteten, Sie hätten mir etwas von größter Bedeutung mitzuteilen, das Sie mir unmöglich am Telefon erklären könnten.«

»Aber, verdammt noch mal, ich habe doch nie...«

»Ich ging in dieses Restaurant, aber Sie waren nicht dort!«, fuhr Valentine fort. »Ich wartete eine halbe Stunde -

nein, sogar vierzig Minuten. Als Sie auch dann noch nicht aufgetaucht waren, fuhr ich hierher, um herauszufinden...«

»Mein Gott«, unterbrach ihn Rex. »Sie waren also in Chelsea?«

»Gewiss, das habe ich Ihnen ja soeben erzählt!«

»Also in Chelsea!«, stöhnte Dillon. »Dann könnten Sie ja auch ganz leicht...« Das Blut stieg ihm ins Gesicht. »Was glauben Sie eigentlich mit diesem Märchen zu erreichen, Valentine? Ich habe Sie nämlich ganz bestimmt nicht von Chelsea aus angeläutet! Ich weiß noch nicht einmal von der Existenz dieses Restaurants.«

Valentine starrte ihn erstaunt an.

»Sie leugnen also? Lügen Sie doch nicht so unverschämt!«, herrschte er ihn an. »Ich kenne doch Ihre Stimme!«

Aber jetzt legte sich Bill Cromwell ins Mittel.

»Beruhigen Sie sich nur - alle beide«, sagte er freundlich. »Einer von Ihnen muss sich natürlich irren. Sind Sie sich ganz sicher, dass es Dillon war, der Sie anrief, Mr. Valentine?«

»Selbstverständlich!«

»Das ist eine verdammte, gemeine Lüge!«, brauste Rex auf.

»Langsam - langsam, mein Lieber!« Ironsides hob die Hand. »Könnten Sie sich nicht doch geirrt haben, Mr. Valentine? Man kann doch auch Stimmen nachahmen - besonders am Telefon. Jemand anders als Dillon hat vielleicht den Wunsch gehabt, Sie von hier fortzulocken.«

»Lächerlich!«, erwiderte Valentine verächtlich. »Wer sollte mich denn von hier fortlocken wollen?«

Cromwell wandte sich an Rex.

»Und Sie behaupten steif und fest, Mr. Dillon, dass Sie Mr. Valentine nicht angeläutet und mit ihm keine Verabredung getroffen haben?«

»Jawohl!«, antwortete Rex mit Nachdruck.

»Wo waren Sie denn überhaupt zu der fraglichen Zeit?«

»Wie? Wo ich war?« Der Australier hielt verdutzt inne. »Ist denn das wichtig?« Seine Verwirrung war unverkennbar. »Hören Sie, Mr. Cromwell, ich muss Sie sprechen, dringend sprechen - aber unter vier Augen«, fuhr er eifrig fort. »Hier geht etwas verdammt Eigenartiges vor...«

»Später, mein Junge«, sagte Ironsides.

»Ist es nicht möglich«, schaltete sich Johnny Lister ein, »dass jemand im Keller lauerte - und zwar auf Valentine als Wallis hinunterkam und an den Käfig des Schimpansen trat? Vielleicht hielt ihn dieser Kerl irrtümlich für Valentine. Das ist in dem Dunkel dort sehr leicht möglich. Erst nachdem er ihm einen Schlag auf den Kopf versetzt hatte, fand er seinen Irrtum heraus.«

»Ja, bei Gott, das ist sehr gut möglich«, sagte Wallis erleichtert. »Kein Mensch würde mich doch mit Vorbedacht anfallen! Die Erklärung des Sergeanten ist sogar die einzig logische!«

»Hm... ich weiß nicht«, dachte Cromwell laut. »Dieser mysteriöse Mensch könnte doch in keinem Fall der gewesen sein, der anrief und Valentine nach Chelsea lockte. Durch diese Annahme wird die Sache also nur noch verwickelter.«

»Außer Ihnen macht niemand den Fall verwickelter, Mr. Cromwell!«, wandte Valentine wütend ein. »Dillon war es, der mich von Chelsea aus anläutete! Dillon und kein anderer! Wo war denn Dillon, als Wallis überfallen wurde? Kann er diese Frage beantworten?«

Nun wurde auch Ironsides ärgerlich.

»Wenn Sie gestatten, Mr. Valentine, möchte ich der einzige sein, der hier Fragen stellt«, versetzte er scharf. »Im Übrigen wird es Zeit, dass Mr. Wallis ins Krankenhaus kommt. Kann ihn nicht jemand dorthin begleiten?«

»Ich werde mitfahren, Sir«, sagte Bishop. »Sind Sie fertig?«, fügte er, zu dem Arzt gewandt, hinzu. »Ja? Also - fahren wir! Ich hoffe nur, sie werden dich nicht dabehalten, Guy!«

Wallis wurde trotz seines Protestes auf die Tragbahre gelegt und zu dem wartenden Krankenwagen getragen. Inzwischen ging Valentine mit Eccles in den Keller, um sich zu vergewissern, dass Vick nichts zugestoßen war. So blieb Dillon für kurze Zeit mit Ironsides und Johnny allein.

»Wollten Sie mir nicht etwas erzählen, mein Junge?«, fragte Cromwell und sah Dillon misstrauisch an. »Sie haben mir die Frage noch nicht beantwortet, wo Sie sich zur kritischen Zeit aufhielten. Warum nicht? Haben Sie etwa Angst?«

»Ich wollte es nicht vor Valentine sagen«, antwortete Rex. »Das Schlimme ist nämlich, dass ich tatsächlich um die Zeit, die Valentine angab, in Chelsea war. Aber nicht im Restaurant *Acacia*! Hören Sie, Mr. Cromwell, hier wird etwas Teuflisches gespielt! Valentine hat uns allerdings, wie ich glaube, hinsichtlich dieses Anrufs eine freche Füge erzählt. Warum sollte jemand meine Stimme nachahmen? Er versuchte wohl nur, sich selbst ein Alibi zu verschaffen - und das aus sehr triftigen Gründen!«

»Fahren Sie nur fort!«, ermunterte ihn Ironsides.

»Sie wissen doch von Kit Barlowe, nicht wahr? Der Zwillingsschwester meiner Frau...«

»Wer hat Ihnen denn das verraten?«

»Kit selbst. Ich besuchte sie heute Abend und fand sie in wilder Panik. Als sie ihre Haustür aufschließen wollte, warf jemand ein Messer auf sie - und sie entging dem Tod nur durch Zufall. - Und noch etwas, Mr. Cromwell...«, fügte Rex mit gepresster Stimme hinzu. »Als Kit auf mein Klopfen die Tür öffnete, glaubte sie, ich hätte das Messer geworfen. Es kostete mich verdammte Mühe, sie davon zu überzeugen, dass sie mich zu Unrecht verdächtigte.«

Ironsides und Johnny wechselten einen Blick.

»Das ist ja merkwürdig - und nicht gerade schön«, meinte Cromwell stirnrunzelnd. »Jemand versuchte also, auch die Zwillingsschwester der Ermordeten zu töten? Erzählen Sie mir doch Näheres davon, mein Junge.«

Dillon kam dieser Aufforderung nach.,

»Sie wurde also nur gerettet, weil ihr der Schlüssel aus den Fingern fiel?«, fragte Johnny, als Rex geendet hatte. »Mein Gott, das war aber Glück! Haben Sie einen bestimmten Verdacht, Mr. Dillon?«

»Valentine war in Chelsea - das hat er uns ja selbst gesagt«, erwiderte Rex. »Ich habe zwar nie vermutet, dass er Messer werfen kann, aber er war ja beim Zirkus, und es ist immerhin möglich, dass er diese Kunst erlernt hat, ohne dass ich davon weiß. Er war ja auch noch bei einem anderen Zirkus, bevor er zu Miller kam. Entscheidend ist doch, Mr. Cromwell, dass er zur fraglichen Zeit in Chelsea war.«

»Sie aber auch, junger Mann - und dass Sie Messer werfen können, weiß ich genau«, entgegnete Ironsides. »Ich will Ihnen damit keineswegs den Anschlag auf Ihre Schwägerin zur Last legen - ich will Ihnen nur zeigen, dass Sie als Verdächtiger genauso in Betracht kommen wie Valentine. Vielleicht sogar in noch höherem Maße. Haben Sie denn keine Ahnung, wer dieser geheimnisvolle Attentäter sein kann? Kannte übrigens Valentine Miss Barlowe?«

»Ja. Kit und Nina traten zur selben Zeit im Zirkus Miller in ihrer gemeinsamen Nummer auf, als Valentine als Bauchredner und ich als Messerwerfer dort waren«, erwiderte Dillon.

»Haben Sie mir sonst noch etwas mitzuteilen?«

»Nein. Ich glaube nicht.«

»Nun, überlegen Sie es sich noch einmal.« Ironsides sah ihn scharf an. »Sie könnten mir nämlich erheblich mehr erzählen - wenn Sie nur wollten. Warum verheimlichen Sie mir etwas, Dillon? Wie soll ich den Mörder Ihrer Frau finden, wenn Sie mir nicht alle Tatsachen angeben?«

»Ich verheimliche Ihnen nichts, Mr. Cromwell - nichts, was auch nur die geringste Beziehung zu Ninas Tod haben könnte«, erwiderte Rex eingeschüchtert. »Aber ich weiß selbst nicht, was hier eigentlich vorgeht. Selbst Kit glaubt noch so halb und halb, dass ich das Messer auf sie geworfen habe. Aber wer, um Gottes willen, kann nur Kit ermorden wollen?«

»Und Nina?«, fragte Cromwell streng.

»Ich fange bald an zu glauben, dass in diesem Varieté ein Verrückter sein Unwesen treibt«, erwiderte der junge Australier verzweifelt. »Jemand, den wir überhaupt nicht verdächtigen. Wahnsinnige sind doch in manchem sehr schlau, nicht?«

»Keineswegs immer, mein Freund - und jedenfalls sind sie leicht herauszufinden«, erwiderte Ironsides. »Aber Sie sind sich doch darüber klar, dass Miss Barlowe in Gefahr schwebt? Heute Nacht will ich sie nicht mehr stören, aber morgen werde ich sie nochmals aufsuchen. Vielleicht kann sie mir doch etwas sagen, was mir weiterhilft«, fügte er hinzu. »Dieses Attentat war doch, Ihrer Schilderung nach, gründlich vorbereitet. Jemand möchte sie also unter allen Umständen aus dem Wege räumen, und dem müssen wir vorbeugen.«

Der Chefinspektor ging zum Telefon und gab Anweisungen, Kit Barlowes Wohnung unter ständige Überwachung zu stellen. Rex fühlte sich dadurch sehr erleichtert.

»Sie wird von nun an Polizeischutz haben, Dillon, so dass Sie sich wegen ihrer Sicherheit keine grauen Haare wachsen zu lassen brauchen«, sagte Cromwell, als er den Hörer aufgelegt hatte. »Ich gehe jetzt. Wenn Sie mir endlich reinen Wein einschenken wollen, so wissen Sie, wo Sie mich finden können.«

Die beiden Beamten verließen das Varieté und stiegen in ihren Wagen. Ironsides gab Johnny Anweisung, zum Restaurant *Acacia* in Chelsea zu fahren.

»Wir müssen Valentines Angaben über den Telefonanruf nachprüfen«, erklärte Cromwell. »Er war in Chelsea und könnte auch das Messer auf Miss Barlowe geworfen haben. Soweit ich sehen kann, hat er nicht die Spur von einem Alibi.«

Das Restaurant war eines jener ruhigen Speiselokale, wie sie in Chelsea häufig sind. |is war noch offen. Der Geschäftsführer war höflich und zuvorkommend; er hörte sich aufmerksam die Beschreibung an, die ihm Cromwell von Valentine gab.

»Aber ja - ein Mann, wie Sie ihn beschreiben, kam vor einer Stunde in unser Restaurant«, sagte er sofort. »Es ist wohl sogar schon länger her. Er wollte nicht essen, sondern sagte, er erwarte einen Freund. Er bestellte sich nur einen Kaffee und wartete.«

»Wie lange?«

»Eine halbe Stunde - nein, länger«, sagte der Geschäftsführer. »Schließlich wurde er ungeduldig, und ich bemerkte, dass er häufig auf seine Uhr sah. Dann zahlte er, sagte, sein Freund müsse wohl die Verabredung vergessen haben, und ging fort.«

»Na ja«, meinte Johnny, als sie wieder in ihrem Wagen saßen, »Valentine war also wirklich in diesem Restaurant. Seine Darstellung stimmt also.«

»Das kann ebenso gut eine List sein«, brummte Ironsides. »Er hatte reichlich Zeit, das Haus, in dem Miss Barlowe wohnt, zu beobachten, bevor er in das Restaurant ging - und offenbar weiß er, wann sie für gewöhnlich nach Hause kommt. Der Teufel soll das alles holen, Johnny! Bis jetzt haben wir keine großen Fortschritte gemacht!«

Neuntes Kapitel

Johnny Lister beachtete diese Bemerkung Cromwells gar nicht. Er kannte den verschlagenen Chefinspektor schon zu lange, um über seine Gewohnheit nicht Bescheid zu wissen, wichtige, aber nicht völlig eindeutige Entdeckungen zunächst für sich zu behalten. Vielleicht war es auch in diesem Fall so. Jedenfalls deutete die Tatsache, dass Cromwell sich, zu Hause angekommen, sofort zu Bett legte und einschlief, nicht darauf hin, dass er sich besondere Sorgen machte.

Am nächsten Morgen beklagte er sich, wie üblich, über alles - über das Frühstück, das Johnny bereitet hatte, über das elende Wetter, über das Fehlen von Spuren im Mordfall Nina Dillon. Das war ihm eine liebe alte Gewohnheit, und darum beachtete es Johnny gar nicht.

Als sie, pünktlich um neun, ihr Büro in Scotland Yard betraten, wurde Ironsides ausgerichtet, Valentine habe aus dem Varieté *Olymp* angerufen und ihn dringend verlangt.

»Was soll das nun wieder heißen?«, brummte Ironsides. Er rief das Varieté an und ließ Valentine an den Apparat holen.

»Mr. Cromwell?« Die Stimme des Bauchredners überschlug sich fast vor Aufregung. Alle Arroganz war aus ihr verschwunden. »Können Sie sofort herkommen? Ich bin ganz außer mir! Bitte sofort, Mr. Cromwell!«

»Nur ruhig, Mr. Valentine. Was ist denn geschehen?«

»Mein Schimpanse ist verschwunden!«

»Nun, das ist jedenfalls, mild ausgedrückt, unerwartet«, meinte Cromwell stirnrunzelnd. »Verschwunden? Wann denn? Unter welchen Umständen?«

»Ist denn das wichtig?« Valentines Stimme klang geradezu hysterisch. »Vick ist fort! Die Polizei muss ihn finden und mir zurückbringen! Sie selbst müssen diesen Fall übernehmen, Mr. Cromwell...«

»Ich werde in zehn Minuten bei Ihnen sein«, unterbrach ihn der Chefinspektor und legte auf.

»Wer ist verschwunden?«, fragte Johnny neugierig.

»Vick, der verdammte Affe! Dieser Fall wird allmählich wirklich völlig verrückt«, sagte Ironsides mürrisch. »Ermordete Frauen genügen nicht. Es muss auch noch ein Affe verschwinden!«

Als sie in das Varieté kamen, fanden sie dort einen deprimierten Valentine vor, der gerade dabei war, Ned Harris, dem Nachtwächter, Vorwürfe zu machen.

»Aber ich sage Ihnen doch, Mr. Valentine, dass ich die ganze Nacht keinen Laut gehört habe! Es war totenstill im Flause!«

»Wo waren Sie denn?«, fragte ihn Valentine böse. »Vick hat sich doch bestimmt nicht wegschleppen lassen, ohne Krach zu schlagen. Sie haben eben geschlafen!«

»Das ist nicht wahr!«, protestierte der Nachtwächter entrüstet. »Das lasse ich nicht auf mir sitzen. Ich ging wie immer meine Runden, aber natürlich war ich dabei öfters ein gutes Stück vom Keller entfernt. Gerade in so einem Augenblick muss der Affe gestohlen worden sein. Aber ich lasse mir den Vorwurf nicht gefallen, dass ich während meines Dienstes geschlafen habe!«

Valentine hörte ihm jedoch schon gar nicht mehr zu. Er hatte die beiden Beamten kommen sehen, eilte auf Cromwell zu und fasste ihn am Arm.

»Sie müssen ihn schleunigst finden, Mr. Cromwell!«, flehte er ihn an. »Meine ganze Nummer ist ja ruiniert! Ich muss Vick noch vor heute Abend zurückhaben! Ohne ihn ist meine Nummer erledigt!«

»Da ich Ihre Nummer gesehen habe, kann ich Ihre Aufregung schon verstehen, Mr. Valentine«, meinte Ironsides. »Aber vielleicht handelt es sich nur um einen Schabernack. In diesem Hause hat sich wirklich schon Schlimmeres ereignet...«

»Vick ist ein Vermögen wert!«, unterbrach ihn der Bauchredner. »Wenn ich daran denke, dass ihm etwas zustoßen könnte, erstarrt mir das Blut in den Adern! Die vielen Jahre der Dressur! Ohne Vick kann ich doch gar nicht auftreten!«

»Na ja, ohne Vick können Sie nur den weniger sensationellen Teil Ihrer Nummer bringen«, musste Cromwell zugeben. »Und das ist für dieses Varieté wohl nicht gut genug. Sie streichen doch auch eine hübsche Gage ein, Mr. Valentine?«

»Fünfhundert Pfund die Woche«, sagte der Bauchredner, und etwas von seiner abstoßenden Arroganz schwang wieder in seiner Stimme mit. »Eine Menge Geld - mehr als je ein anderer Bauchredner verdient hat. Aber das ist aus und vorbei, wenn ich Vick nicht zurückbekomme.« Sein Druck auf Cromwells Arm wurde stärker. »Und was wird aus meinem Gastspiel in Amerika? In zwei Monaten fahre ich nach den USA; dort ist meine Gage noch höher. Auch

Hollywood bemüht sich schon um mich - ebenso wie die amerikanischen Fernsehsender.«

Ironsides pfiff leise durch die Zähne.

»Ihr Schimpanse ist wirklich ein *goldener Affe*«, sagte er. »Ich habe gar nicht geahnt, dass er eine solche Goldgrube ist. Dann ist es wohl falsch, was ich von einem Schabernack sagte. Offenbar hat noch jemand erkannt, was Ihr Schimpanse wert ist.«

Valentine trat der Schweiß auf die Stirn.

»Das ist es ja, was ich befürchte«, murmelte er. »Das Tier ist entführt worden! Um Gottes willen, tun Sie etwas, Mr. Cromwell!«

»Zunächst einmal werde ich mich ruhig in das Büro von Mr. Wallis setzen und mir anhören, was Sie mir an Einzelheiten zu belichten haben«, erwiderte der Chefinspektor ungerührt. »Wie geht es übrigens Mr. Wallis? Wissen Sie etwas?«

»Ach, von mir aus kann Wallis der Teufel holen!«, schimpfte Valentine.

Diese hässliche Bemerkung war für den Bauchredner charakteristisch; Cromwell presste nur die Lippen zusammen, ohne etwas zu entgegnen. Dann gingen sie in das Büro des Inspizienten. Hier trafen sie Guy Wallis an, der - abgesehen von einem großen Pflaster auf dem Kopf und seinem blassen Gesicht - schon wieder recht munter aussah.

»Ich bin gerade gekommen, Mr. Cromwell - und habe soeben von dem Schimpansen gehört«, empfing er sie aufgeregt. »Das erklärt doch den Überfall auf mich, nicht wahr? Valentine hatte ganz recht, man hat ihn gestern Nacht durch den Anruf aus dem Theater locken wollen!

Zweifellos hat ihn derselbe Mann angerufen, der dann den Schimpansen entführt hat.«

»Dieser Anruf kam von Dillon«, stellte Valentine kurz fest.

»Schön - lassen wir das für den Augenblick«, meinte Ironsides und setzte sich. »Ich freue mich, dass man Sie nicht im Krankenhaus behalten hat, mein Junge. Wie geht es Ihnen?«

»Ich bin noch ein bisschen benommen, aber sonst schon wieder ganz mobil«, erwiderte Wallis ungeduldig. »Aber haben Sie denn nicht verstanden, Mr. Cromwell, was ich soeben gesagt habe?«

»Gewiss, es liegt nahe«, stimmte ihm der Chefinspektor zu. »Nachdem Mr. Valentine seinen Schimpansen zu Bett gebracht hatte, wurde er durch einen Telefonanruf aus dem Theater fortgelockt. Während seiner Abwesenheit ging jemand - wer, wissen wir noch nicht - in den Keller und versuchte, den Schimpansen zu stehlen. Aber das ging nicht so einfach...«

»So ist es!«, fiel Wallis höchst erregt ein. »Der Schimpanse sträubte sich, er kreischte auf...«

»...und durch einen unglücklichen Zufall hörten Sie diesen Aufschrei«, vollendete Ironsides. »Sie stiegen also in den Teller hinunter und störten dadurch den Entführer, der Sie zu Boden schlug.«

»Gestern Nacht hatten wir keine Ahnung, dass es sich um die Entführung von Vick handelte. Darum war ja der Überfall auf mich so unerklärlich! Aber warum nahm der Mann den Schimpansen nicht sofort mit, nachdem er mich niedergeschlagen hatte?«

»Er bekam es wohl mit der Angst zu tun - die Störung durch Sie hatte ihm den Mut genommen. Er fürchtete, es könne noch jemand in den Keller hinunterkommen, und hielt es daher für geraten, zu verschwinden.«

»Ja, er wollte wohl warten, bis alles wieder ruhig war«, meinte Wallis, »und so kam er erst mitten in der Nacht wieder zurück. Ich wünschte nur, dass er die Entführung von vornherein erst mitten in der Nacht unternommen hätte!«, fügte er bitter hinzu. »Dann brauchte ich jetzt das Pflaster hier nicht zu tragen.«

Aber Valentine interessierten die Leiden des Inspizienten nicht.

»Sie verschwenden nur Ihre Zeit, Cromwell«, sagte er, und seine Augen glitzerten böse. »Wie wollen Sie meinen Affen finden, wenn Sie hier gemütlich im Büro sitzen und sich unterhalten? Und Sie müssen ihn finden! Ich muss ihn noch vor heute Abend wiederhaben! Das verstehen Sie doch hoffentlich?«

»Soweit ich weiß, bin ich in erster Linie hier, um einen Mordfall aufzuklären«, erwiderte Ironsides abweisend. »Ich kann Ihre Gefühle zwar verstehen, aber für mich ist ein entführter Schimpanse von zweitrangiger Wichtigkeit.«

Valentine sah aus, als wäre er einem Schlaganfall nahe. Seine gewohnte Ruhe war völlig zum Teufel gegangen.

»Zweitrangige Wichtigkeit!«, stieß er heiser hervor.

»Aber vielleicht ist das gar nicht richtig«, fuhr Cromwell freundlicher fort. »Könnten nicht alle die Gewalttaten, die hier im Hause geschehen sind, nur ein Vorspiel zu der Entführung Ihres Schimpansen gewesen sein? Dann wäre allerdings Ihr Affe eng mit dem Mordfall verknüpft. - Und jetzt möchte ich einmal einen Blick in den Keller werfen«, schloss er und ging zur Tür.

Sie stiegen in den Keller hinab. Aber hier war alles in Ordnung. Der Käfig von Vick war zwar leer, aber alles in ihm stand auf seinem richtigen Platz.

»Gestern Nacht kreischte der Schimpanse auf. Mr. Wallis hörte es«, meinte Cromwell nachdenklich. »Ist anzunehmen, dass das Tier wieder schrie, als es geraubt werden sollte?«

»Er ist ein freundlicher Bursche, der keiner Fliege etwas zuleide tut«, antwortete Valentine. »Trotzdem wird er sich wohl gewehrt haben, als der Fremde nach ihm griff.«

»Der Nachtwächter hörte nichts. Bei der absoluten Stille, die nachts hier herrschte, hätte er aber hören müssen, wenn das Tier geschrien hätte«, meinte Ironsides nachdenklich. »Das deutet doch darauf hin, dass Vick die Person, die ihn entführte, vertraut war. Der Entführer war also jemand, den er kannte. Aber wer? Und warum wurde er überhaupt entführt?«

»Das ist kein bösartiger Scherz mehr; jemand will mich ruinieren«, sagte der Bauchredner verzweifelt. »Mich um die Früchte jahrelanger Arbeit bringen! Mein Gott, wenn Vick etwas zugestoßen ist...!«

»Der Mann, der den Schimpansen entführte, war auch mit diesem Theater vertrauter kannte die Gepflogenheiten des Nachtwächters«, folgerte Ironsides, der die Unterbrechung durch Valentine überging. »Es kostete ihn nur Minuten, das Theater durch den Bühneneingang zu betreten - und er betrat es in einem Augenblick, in dem, wie er wusste, der Nachtwächter auf der anderen Seite des Hauses war. In ein paar weiteren Minuten hatte er das Tier herausgeholt und war mit ihm in einem Auto fortgefahren. Denn auf seinen Armen fortgetragen hat er den Schimpansen ja wohl kaum.«

»Auch das Auto konnte er unschwer in Bereitschaft halten«, fügte Valentine hinzu und starrte verzweifelt auf den leeren Käfig. »Hinter dem Theater ist eine Gasse, in der ein Auto unbemerkt parken kann. Was für ein Narr war ich doch, Vick unbeaufsichtigt im Theater zu lassen!« Seine Augen blitzten böse. »Aber woher sollte ich wissen, dass sie hier einen Nachtwächter haben, der im Dienst schläft?«

Cromwell, dem Valentine mehr und mehr unsympathisch wurde, ging wortlos fort. Johnny folgte ihm. Als sie wieder in ihrem Auto saßen, brummte Ironsides vor sich hin.

»Dieser Mensch ist mir geradezu widerlich! Der mit seinem blöden Schimpansen! Aber im Übrigen stehe ich wirklich vor einem Rätsel, Johnny. Diese neue Entwicklung passt gar nicht zu, meinen Theorien. Sie passt weder zu dem Mord an Nina Dillon noch zu dem Mordversuch an Kit Barlowe. Diese Entführung ist so etwas wie ein Täfelchen, das zu einem ganz anderen Puzzlespiel gehört.«

»Was willst du tun, um den Schimpansen wieder herbeizuschaffen, Old Iron?«

»Gar nichts - im Augenblick. Es kann Valentine nur guttun, wenn ich ihn in seiner Angst schmoren lasse. Fahr mich nach Chelsea, Johnny - zur Wohnung von Kit Barlowe. Ich möchte die junge Dame noch einmal verhören. Gestern Nacht kam sie beinahe ums Leben - und denke immer daran, dass wir ja einen Mordfall aufzuklären haben.«

»Warum hat der Mörder auch auf die Zwillingsschwester sein Messer geworfen?«, fragte Johnny, als er den Wagen anließ.

»Das sieht doch fast nach einer Familienfehde aus, Old Iron. Anders gibt das Ganze doch keinen Sinn.«

»Gibt bei diesem verdammten Fall überhaupt etwas einen Sinn?«, erwiderte Cromwell mürrisch.

Als Kit Barlowe auf Cromwells Klingeln hin die Tür ihrer Wohnung öffnete, erschrak sie sichtlich beim Anblick der beiden Kriminalbeamten. Die dunklen Schatten unter ihren Augen zeigten auch, dass sie eine schlaflose Nacht hinter sich hatte.

»Guten Morgen, Miss Barlowe!«

»Oh!«, sagte sie, und das Blut stieg ihr ins Gesicht.

»Dürfen wir hineinkommen?«, fragte Cromwell, als sie zögernd auf der Schwelle stehenblieb.

»Ich bin... ich bin ganz allein...«

»Nun, Miss, Sie brauchen nicht zu befürchten, dass wir das ausnützen, um zudringlich zu werden«, meinte Ironsides.

Ohne ihre Aufforderung abzuwarten, trat er ein, gefolgt von Johnny. Kit Barlowe, noch verlegener als zuvor, folgte ihnen in das Wohnzimmer, nachdem sie die Tür geschlossen hatte.

»Entschuldigen Sie meine Unhöflichkeit«, bat sie. »Aber ich bin furchtbar nervös. Nach dem, was sich gestern Nacht ereignete... Ich danke Ihnen sehr dafür, dass Sie mir Polizeischutz gegeben haben, aber irgendwie macht mich das nur noch nervöser.«

Sie forderte die beiden Männer auf, Platz zu nehmen, und setzte sich ebenfalls, sprang aber sofort wieder auf und ging zum Fenster. Ihre Ruhelosigkeit war ganz unverkennbar.

»Sie sollten sich zusammennehmen, Miss Barlowe«, sagte Ironsides freundlich. »Sie haben doch keine Veranlassung zu solcher Nervosität. Ich werde Sie nicht lange aufhalten. Ich möchte ihnen nur ein paar Fragen stellen.«

»Fragen? Ich habe keine Ahnung, wer gestern Nacht das Messer geworfen hat«, entgegnete sie. Sie blickte dabei unsicher zu der halboffenen Tür hin und versuchte vergeblich, sich zu sammeln. »Entschuldigen Sie, dass alles hier so unordentlich ist, aber ich habe noch keinen Besuch erwartet. Ich sehe ja auch ganz abscheulich aus...«

»Nun, dann kann ich Ihnen nur verraten, Miss Barlowe, dass sich die meisten Damen wünschen würden, so auszusehen wie Sie«, gab Cromwell galant zurück. »Und ich kann hier auch keine Unordnung bemerken. - Sagen Sie, was ist eigentlich der
wahre Grund für Ihre Nervosität?«, fügte er in seiner abrupten Art hinzu, die auf seinen Gesprächspartner stets wie ein Überfall wirkte.

»Ich... ich habe eben das Erlebnis von gestern Nacht noch nicht überwunden«, erwiderte sie, aber es klang nicht überzeugend. »Vielleicht werden Sie mich deshalb für sehr töricht halten...«

Cromwell erwiderte darauf nichts, und so entstand eine Pause, die plötzlich von einem Klirren unterbrochen wurde - so, als ob auf der anderen Seite der Diele Glas oder Porzellan zerbräche.

»Aber stellen Sie mir nur Ihre Fragen, Mr. Cromwell«, sagte sie rasch. »Ich werde mich bemühen, sie zu beantworten, so gut ich kann.«

»Einen Augenblick!«

Mit verbissenem Gesicht rannte Ironsides aus dem Zimmer und riss eine Tür auf der anderen Seite der Diele auf. Vor ihm stand Rex Dillon; er war höchst verlegen.

»Wissen Sie, Mr. Cromwell«, entschuldigte er sich, »ich wollte mich ja nicht im Badezimmer verstecken, aber Kit befürchtete, Sie könnten meine Anwesenheit hier falsch auffassen. Nun ist alles umso peinlicher geworden.«

»Das braucht Ihnen doch nicht peinlich zu sein, junger Mann«, erwiderte Cromwell und kehrte ins Wohnzimmer zurück. »Schließlich kann doch jemand seiner Schwägerin zu dieser späten Morgenstunde einen Besuch machen.«

Rex folgte ihm in das Wohnzimmer.

»Es tut mir furchtbar leid, Rex«, sagte das Mädchen, das über und über rot geworden war. »Ich weiß gar nicht, was sich Mr. Cromwell jetzt denken wird – und dabei ist alles meine Schuld. Mir ist das entsetzlich peinlich.«

»Ich kam erst kurz vor Ihnen, Mr. Cromwell«, erklärte Rex verlegen. »Bitte nehmen Sie nicht etwa an...«

»Beruhigen Sie sich nur, mein Junge«, unterbrach ihn Ironsides, »und auch Sie, Miss – ich denke mir gar nichts Böses. Ich frage mich nur, wann Sie beide gewillt sein werden, mir bei den Nachforschungen über den Tod Ihrer Schwester wirklich zu helfen.« Er sah Kit scharf an. »Denn ich bin ganz sicher, dass es da noch so manches gibt, was Sie mir mitzuteilen hätten.«

»Aber nein – wirklich nicht!«, stieß sie erregt hervor. »Ich kann mir gar nicht vorstellen, dass überhaupt jemand –

irgendjemand - den Drang verspürt hat, Nina umzubringen. Sie war ja ein bisschen wild, aber sie hatte doch keinen wirklichen Feind. Ihr Tod ist für uns beide ein schreckliches Geheimnis.«

»Das ist die volle Wahrheit«, fügte Dillon hinzu.

»Sie haben also nicht daran gedacht, dass Valentine...«

»Gewiss - natürlich!«, fiel Rex ihm ins Wort. »Wir dachten beide sofort an Valentine. Aber das ist doch zu unwahrscheinlich! Er ist zwar ein übler Kerl, aber ich kann mir trotzdem nicht vorstellen, dass er das Messer auf Nina geworfen hat - und ebenso wenig kann ich mir vorstellen, dass er bei Nacht und Nebel vor diesem Haus lauerte und wartete, bis Kit nach Hause kam.«

»Immerhin war Valentine gestern Nacht in Chelsea - keine fünf Minuten von diesem Haus entfernt - , und zwar im kritischen Augenblick«, gab ihm Cromwell zu bedenken. »Er hielt sich tatsächlich, wie er angab, eine halbe Stunde im Restaurant *Acacia* auf, aber als Alibi ist dies völlig wertlos. Was wissen Sie denn von Valentine, was Sie mir bisher verheimlicht haben?«

Die beiden jungen Leute sahen einander an und verstummten. Obwohl Cromwell sie noch weiter ausfragte, schwiegen sie auf alle seine Fragen verbissen.

»Gestern Nacht kamen Sie doch beinahe ums Leben, Miss Barlowe«, erinnerte Ironsides das Mädchen. »Ich kann Ihnen zwar Polizeischutz geben, aber ich kann nicht garantieren, dass dieser Schutz hundertprozentig ist. Sie sollten also schon in Ihrem eigenen Interesse alles tun, um mir bei der Aufklärung des Mordes an Ihrer Schwester zu helfen.«

»Leider können wir Ihnen aber nicht helfen«, sagte Kit; sie weinte beinahe. »Bitte glauben Sie uns das doch, Mr. Cromwell!«

Aber statt einer Antwort brummte Ironsides nur, dann ging er wortlos fort. Er war in einer scheußlichen Laune, als er mit Johnny wegfuhr.

»Wenn dieses Mädchen ermordet wird, so ist sie selbst daran schuld!«, sagte er wütend. »Warum, zum Teufel, hat sie kein Vertrauen zu uns, Johnny? Nur, weil sie Angst hat. Wir sind die Polizei, und sie verheimlicht uns etwas, was, wie sie glaubt, ihr unangenehm werden kann. Was ist das, was uns Dillon und seine Schwägerin verheimlichen?«

»Bist du denn sicher...«, begann Johnny.

»Und ob ich das bin!«, schnaufte ihn Cromwell an.

Kurze Zeit später wurde Valentine im Varieté benachrichtigt, dass ihn jemand am Telefon zu sprechen wünsche. Er ging in Wallis' Büro, das im Augenblick leer war, um das Gespräch entgegenzunehmen.

»Ja?«, meldete sich der Bauchredner.

»Sind Sie es, Valentine?«, tönte ihm aus dem Hörer eine merkwürdig dumpfe Stimme entgegen.

»Ja, ja! Wer ist denn dort?«

»Ihr Schimpanse ist in Sicherheit!«, schallte es zurück. »Es ist ihm nichts geschehen, und es geht ihm gut. Sie können ihn unter gewissen Bedingungen zurückerhalten.«

»Mein Gott, wer sind Sie denn?«, stieß Valentine hervor.

»Sie müssen allerdings einen Vertrag unterzeichnen, dass Sie uns für die Rückgabe des Tieres die Hälfte Ihrer gegenwärtigen wie die Hälfte Ihrer zukünftigen Gagen zahlen werden.«

»Hören Sie«, schrie der Bauchredner, »Sie haben zwar Ihre Stimme verstellt, aber ich kenne Sie doch! Ich weiß, wer Sie sind!«

»Das glaube ich kaum. Am Telefon kann man sehr leicht Stimmen nachahmen. Hören Sie lieber genau zu, Mr. Valentine. Ich gebe Ihnen jetzt meine Instruktionen, und nur, wenn Sie diese Instruktionen ganz genau ausführen, werden Sie Vick wiedersehen. Hören Sie?«

»Der Teufel soll Sie holen!«, stieß Valentine hervor. »Was haben Sie denn mit Vick gemacht? Von wo läuten Sie denn an? Ich weiß, wer Sie sind...«

Er brach ab, denn er sah Bill Cromwell in der Tür stehen.

»Später!«, sagte er rasch in die Muschel. »Läuten Sie mich später noch einmal an!«

Er warf den Hörer auf die Gabel und schickte sich an, das Zimmer zu verlassen - aber Ironsides vertrat ihm den Weg.

»Wozu die Eile, Mr. Valentine? Mit wem haben Sie denn jetzt am Telefon gesprochen?«

»Das geht Sie gar nichts an!«, antwortete der Bauchredner mit erzwungener Ruhe.

»Nein? Die Worte, die Sie sprachen, waren aber recht interessant, Mr. Valentine«, entgegnete Cromwell finster. »Sie sagten nämlich: *Ich weiß, wer Sie sind!* Und wenn Sie das wissen, so sollten Sie das auch mir verraten.«

»Ich habe Ihnen nichts zu verraten, Mr. Cromwell.« Valentine hatte seine gewohnte Arroganz schon wiedergewonnen. »Oder ist es vielleicht auch Ihre Aufgabe, private Telefongespräche zu bespitzeln? Ich unterhielt mich mit einem Freund, und wenn Sie nichts dagegen haben, so werde ich jetzt gehen.«

»Ich möchte Sie darauf aufmerksam machen, dass ich noch etwas anderes hörte, was Sie sagten, und zwar: *Was haben Sie denn mit Vick gemacht?* Also, mit anderen Worten«, fuhr ihn Ironsides an, »Sie sprachen mit dem Mann, der Ihren Schimpansen entführt hat!«

»Wirklich?«, höhnte Valentine. »Dann haben Sie mich eben missverstanden, Mr. Cromwell. Ich unterhielt mich mit einem Freund, und ich lasse mir Ihre Einmischung in meine Privatangelegenheiten nicht gefallen.«

»Großer Gott! Soll ich mich denn bei jedem Schritt hindern und mir einen Knüppel zwischen die Beine werfen lassen?«, brüllte ihn der Chefinspektor an, der bösartiger denn je aussah. »Vor noch nicht einer Stunde baten Sie mich, Ihren verdammten Affen aufzuspüren und ihn Ihnen unversehrt zurückzubringen. Jetzt haben Sie Nachricht erhalten, wo man das Tier versteckt hat - und alles, was Sie tun, ist, mir faustdicke Lügen aufzutischen. Wenn Sie nicht gewillt sind, mit der Polizei zusammenzuarbeiten...«

»Mit Brüllen, verschwenden Sie nur unnütz Zeit«, fiel ihm Valentine mit einem Achselzucken ins Wort. »Ich bedaure, dass Sie diese Haltung gegen mich einnehmen, Mr. Cromwell, aber ich kann Ihnen versichern, dass Sie sich irren.«

»Wo, glauben Sie denn, sind wir hier? Etwa in Amerika?«, schrie ihn Ironsides, jetzt wirklich am Ende seiner Geduld, an. »Dort sind Entführungen mehr an der Tagesordnung, aber auch dort verderben die Opfer alles durch ihre Feigheit. Ein Kind wird entführt, die Eltern erhalten eine Forderung auf Lösegeld - und von diesem Augenblick an sind sie gegen die Polizei und weigern sich, ihr zu helfen. Und warum? Weil sie fürchten, dass vielleicht die Gerechtigkeit siegt, aber ihr Kind ermordet wird.«

»Leider entgeht mir die Pointe Ihres Vergleichs«, sagte Valentine kühl.

»Vor drei Minuten sprachen Sie mit dem Mann, der Ihren Schimpansen entführt hat - aber als Sie mich erblickten, legten Sie sofort auf«, erinnerte ihn Ironsides. »Sie hatten eben Angst, mich um Hilfe zu bitten - und zwar aus den gleichen Gründen wie die Eltern in Amerika, von denen ich vorhin sprach. Sie fürchten, Ihren Schimpansen nie mehr wiederzusehen. Aber das ist doch offensichtlich Wahnsinn, Mr. Valentine! Sie haben die Stimme des Mannes erkannt, mit dem Sie am Telefon sprachen. Nennen Sie mir seinen Namen! Ich kann Ihnen nur helfen, wenn auch Sie mir helfen.«

Aber der Bauchredner lachte nur.

»Sie machen aus einer Mücke einen Elefanten, Mr. Cromwell«, meinte er ironisch. »Was Sie mit anhörten, war der Schluss eines Scherzes zwischen mir und meinem Freund.«

Diesmal drängte er sich mit Gewalt an Ironsides vorbei; er warf Johnny Lister einen verächtlichen Blick zu, als der Sergeant beiseitetrat, um ihn vorbeizulassen. Dafür hatte sich Johnny eine ganze Serie von Schimpfworten Cromwells anzuhören.

»Dieser Dummkopf - dieser blöde, arrogante Dummkopf!«, fauchte Ironsides. »Plötzlich macht er den Mund nicht mehr auf! Aus Angst! In diesem Falle will überhaupt keiner den Mund aufmachen! Aber wie, zum Teufel, kann ich weiterkommen, wenn jeder bestrebt ist, mir Hindernisse in den Weg zu legen?«

»Ja, es ist wirklich schwer für dich, Old Iron!«, stimmte Johnny ihm zu. »Aber schließlich kann man Valentines Standpunkt verstehen. Er hütete diesen Schimpansen wie seinen Augapfel und will unter allen Umständen verhindern, dass ihm etwas zustößt.«

»Du fängst also auch so an!«, fuhr Cromwell auf ihn los. »Aber ich werde ihn schon zum Sprechen bringen, bevor ich mit ihm fertig bin! Genau wie die beiden in der Wohnung in Chelsea! Bei Gott, jetzt verliere ich aber wirklich die Geduld!«

Zehntes Kapitel

In diesem Augenblick steckte Bill Bishop, der Assistent des Inspizienten, den Kopf zur Tür herein.

»Valentine soll doch hier sein, Mr. Cromwell.«

»Er ist gerade fortgegangen«, erwiderte ihm Ironsides finster. Bishop grinste.

»Fällt er Ihnen auch auf die Nerven, Sir?«, fragte er. »Jaja, Valentine ist nicht gerade jedermanns Liebling. - Er soll sofort ins Hauptbüro kommen, denn dort findet jetzt eine Konferenz statt.

Wegen der heutigen Abendvorstellung. Was nützt uns eine Starnummer, wenn der Star fehlt?«

»Meinen Sie damit Vick, den Schimpansen? Nun, das sind Ihre Kopfschmerzen und nicht meine«, sagte Cromwell. »Ich suche einen Mörder - aber keinen entlaufenen Affen.«

Als er das Theater verließ, war seine Stirn noch drohender gerunzelt, klang seine Stimme noch bösartiger als sonst.

»Fahr mich noch einmal zu Miss Barlowe«, beauftragte er Johnny. »Hoffentlich treffen wir auch Dillon noch dort an. Ich werde mit den beiden jetzt einmal Fraktur reden. Diese Heimlichtuerei habe ich gründlich satt. Sie werden mir jetzt sagen müssen, was Sie wissen, oder ich übergebe den ganzen Fall Pretty!«

Johnny lächelte heimlich, sagte aber nichts.

Die Hoffnung, Rex Dillon anzutreffen, sollte allerdings vergebens sein, denn im gleichen Augenblick betrat der Australier, der sich von Kit verabschiedet hatte, ein altmodisches Wohnhaus in Bayswater. Das Haus Colby Terrace 43 war in Kleinwohnungen auf geteilt; dort hatten sich Rex und Nina im ersten Stock für drei Monate eingemietet, da sie annahmen, dass ihre Nummer so lange laufen werde. Das Gebäude sah ziemlich schäbig und verwahrlost aus. Die Haustür stand den ganzen Tag offen, und es gab keinen Portier. Die ausgetretenen Treppenstufen, noch nicht einmal mit Linoleum, geschweige denn mit einem Läufer belegt, ließen das Haus noch ärmlicher erscheinen. Trotzdem hatte Rex für seine muffige kleine Wohnung eine relativ hohe Miete zu zahlen.

Er schloss die Wohnungstür auf und blickte sich missmutig in dem unaufgeräumten Wohnzimmer um. Überall lagen Ninas Sachen herum, noch ganz so, wie sie sie hingeworfen hatte, bevor sie sich auf den Weg ins Theater gemacht hatte. Rex verzog das Gesicht, als er die Zigarettenstummel auf dem Fußboden, die schmutzigen Gläser auf dem Tisch, die Nylonstrümpfe auf der Lehne eines Stuhls sah.

Er musste hier aufräumen - und er musste auch packen, denn er wollte nicht in dieser Wohnung bleiben. Es war ja viel besser, sich ein Zimmer in einem ruhigen Hotel zu nehmen. Aber ein paar Tage musste er mit seinem Umzug wohl noch warten.

In seinen Gedanken wurde er plötzlich durch ein leises Geräusch hinter sich - dem Knacken des Fußbodens - unterbrochen. Überrascht wandte er sich um, denn er war ja ganz allein in der Wohnung.

Bums! Etwas Weiches und Schweres schlug mit großer Kraft gegen seine Schläfe. Ohne einen Laut von sich zu geben, sank er zu Boden.

Er war eben doch nicht allein in der Wohnung gewesen.

Kit Barlowe kam aus dem Badezimmer gelaufen, als sie das Telefon läuten hörte.

»Kit!«, hörte sie Rex Dillons erregte Stimme. »Hier ist Rex! Hier ist etwas passiert! Komm bitte sofort zu mir herüber!«

»Was ist denn, Rex?«, fragte sie besorgt. »Deine Stimme klingt ja so merkwürdig! Und du hast mich doch so dringend ermahnt, meine Wohnung nicht zu verlassen, bis...«

»Ich weiß. Ich kann dir das am Telefon nicht erklären.« Dillons Stimme wurde immer erregter. »Aber es ist äußerst wichtig! Du musst sofort hierherkommen! Du weißt doch die Adresse, nicht wahr? Colby Terrace dreiundvierzig, im ersten Stock! Frag jetzt nicht weiter, sondern komm sofort her!«

»Ist es denn etwas Schlimmes, Rex?«

»Schlimm nicht gerade - aber sehr dringend«, kam die Antwort. »Um Gottes willen, beeil dich!«

Es knackte; der Hörer war aufgelegt worden. Kit hatte nicht gemerkt, dass der Mann am anderen Ende der Leitung nicht Rex Dillon gewesen war. Seine Stimme war sehr geschickt nachgeahmt worden, sogar den australischen Akzent des Messerwerfers hatte der Sprecher täuschend getroffen.

Kit verlor keine Zeit. Rasch zog sie einen warmen Mantel an und setzte einen Hut auf. Sie verließ ihre Wohnung und ging zur King's Road, wo sie bald ein Taxi fand. Sie bemerkte gar nicht den unauffälligen Mann in einem Privatauto, der jede ihrer Bewegungen beobachtete - und ihr in seinem Auto nachfuhr, als das Taxi sich in Bewegung setzte.

An der Colby Terrace stieg sie aus; das Taxi fuhr weiter. Das andere Auto fuhr an dem schäbigen Haus vorüber und parkte in einer schmalen Nebenstraße. Der unauffällige Mann am Steuer stieg ebenfalls aus, schlenderte bis zur Ecke und blieb dort stehen.

Kit lief in den ersten, Stock hinauf und klopfte an die Tür. Bald wurde ihr geöffnet - aber nur ein paar Zentimeter weit. Undeutlich war eine Gestalt im Türspalt zu sehen.

»Was ist denn, Rex?«, fragte sie und fühlte plötzlich eine unerklärliche Furcht in sich aufsteigen. »Warum machst du denn die Tür nicht richtig auf?«

Daraufhin öffnete sich die Tür weit - und gab den Blick frei auf eine Gestalt in einem schwarzen Mantel, deren Kopf und Gesicht von einer Maske bedeckt waren. Ein Arm schoss vor, und Kit wurde in die Wohnung hineingezerrt.

Sie konnte nur einen erstickten Schrei ausstoßen - dann verlor sie die Besinnung. Mit einem leisen Knacken schloss sich die Tür hinter ihr.

Der Maskierte murmelte vor sich hin: »Besser hätte es gar nicht gehen können. Brauchte nicht einmal zuzuschlagen.«

Von diesem Augenblick an war jeder Handgriff des Unbekannten schnell und wohlüberlegt. Ohne eine Sekunde Zeit zu verlieren, schleifte er Kit in die unaufgeräumte kleine Küche. Dort lag Rex schon auf dem Boden - mit dem Kopf im Gasherd. Es war kein Gasgeruch im Raum wahrzunehmen; der Unbekannte war noch bei seinen Vorbereitungen.

Nun wurde das ohnmächtige Mädchen neben Rex auf den Boden gelegt - ebenfalls mit dem Kopf in den Gasherd. Jetzt lagen die beiden Seite an Seite.

Der Mann in der Maske, der abgetragene Lederhandschuhe trug, sah sich aufmerksam um; er vergewisserte sich, dass er keine Spuren seiner Anwesenheit hinterlassen hatte. Mit einem langen Seufzer der Befriedigung stellte er fest, dass alles genauso gegangen war, wie er es geplant hatte.

Er nahm die Maske ab und stopfte sie in die Tasche. Dann öffnete er die Hähne des Gasherdes; laut zischte das ausströmende Gas in den Raum. Der Mann verließ die Küche. Ruhig und gelassen ging er dann zur Wohnungstür, öffnete sie, schloss sie wieder vorsichtig hinter sich und schritt die Treppe hinunter. Nicht mehr als vier Minuten waren seit Kitts Ankunft verstrichen. Und nun strömte in der Wohnung in der ersten Etage schon das todbringende Gas aus.

Im gleichen Augenblick standen Bill Cromwell und Johnny Lister vor der Tür von Kit Barlows Wohnung in Chelsea. Auf ihr Klingeln hin hatte sich nichts gerührt. Wenn noch etwas gefehlt hatte, um dem Chefinspektor die Laune völlig zu verderben, so war es dieser Fehlschlag.

»Was für einen Trick haben die beiden sich jetzt ausgedacht?«, fragte er wütend. »Wahrscheinlich haben sie uns von einem der Fenster aus kommen sehen und stellen sich jetzt taub. Wenn die glauben, mit mir diese faulen Mätzchen machen zu können...!«

»Vielleicht sind sie fortgegangen«, wandte Johnny ein. »Das lässt sich ja feststellen, indem wir unseren Mann unten vor dem Haus fragen. Er beobachtete das Haus wohl von einem Auto aus?«

»So lautet sein Auftrag«, antwortete Cromwell und wurde plötzlich unruhig. »Ich habe ihn gesehen, als wir vor ein paar Stunden hier waren, aber ich kann mich nicht erinnern, ihn auch jetzt... Überzeugen wir uns, mein Junge!«

Sie eilten auf die Straße hinab, aber hier stand kein Auto.

»Na siehst du!«, rief Johnny und grinste. »Sie sind fortgegangen, und unser Mann beschattet sie.«

»Hm...«, brummte Ironsides. »Ein guter Mann, der Sergeant Rutter.« Er setzte sich in das Auto, das mit einem Funksprechgerät ausgestattet war. »Ich werde jetzt im Yard anrufen und mich erkundigen, ob Rutter etwas durchgegeben hat.«

Das hatte Sergeant Rutter getan. Er hatte gemeldet, dass Miss Barlowe aus dem Haus gekommen war, sich ein Taxi genommen hatte und zur Colby Terrace 43, in Bayswater, gefahren war. Dort war sie ins Haus gegangen und hatte es bisher nicht wieder verlassen. Außer ihr hatte niemand dieses Haus betreten oder verlassen. Rutter erwartete neue Instruktionen.

»Eigenartig«, murmelte Cromwell, nachdem er Johnny den Bericht mitgeteilt hatte. »Als wir von hier fortgingen, war Dillon noch bei Miss Barlowe. Jetzt ist sie zu ihm in die Wohnung gegangen. Was treiben die beiden eigentlich? Ich habe dieses Theater satt! Fahr mich nach Bayswater zur Colby Terrace!«

Johnny startete den Wagen.

»Was soll uns dieses Herumrasen eigentlich einbringen?«, meinte er. »Schließlich darf doch wohl Miss Barlowe ihren Schwager besuchen. Offensichtlich ist er, kurz nachdem wir fort waren, in seine Wohnung gegangen. Jetzt hat sie ihn dort aufgesucht. Was ist daran verdächtig?«

»Dein Fehler, Johnny, ist, dass du zwar hören, aber das Gehörte nicht einordnen kannst«, erwidert Cromwell. »Bei unserem Besuch heute Morgen hast du wohl deine fünf Sinne nicht beisammen gehabt, sonst würdest du jetzt nicht so dumm fragen.«

»Schön, spiel weiter den Geheimnisvollen«, brummte Johnny.

»Mir mag etwas entgangen sein, aber warum kannst du mir dann nicht offen sagen, was mir entgangen ist? Bin ich dein Assistent oder ein dummer Junge? - Weißt du«, fügte er hastig hinzu, »gib mir lieber auf diese Frage keine Antwort.«

Cromwell saß während der kurzen Fahrt mit finsterer Miene und schweigend im Wagen. Aber seine Augen leuchteten bösartig auf, als der Wagen gegenüber dem altmodischen Haus in der Colby Terrace hielt - denn der Mann, der gerade in der offenen Haustür auftauchte, war Valentine, der Bauchredner.

»Haben Sie etwas auf dem Herzen, Mr. Valentine?«

Ironsides war aus dem Wagen gesprungen; seine Frage kam wie aus der Pistole geschossen. Valentine war so geistesabwesend, so in Gedanken versunken gewesen, dass er das vorfahrende Auto gar nicht bemerkt hatte. Jetzt blieb er erschrocken stehen. Sein Gesicht wirkte geradezu verfallen', und seine Mundwinkel waren nach unten gezogen. Er sah wie ein Mann aus, der aufs tiefste deprimiert ist.

»Wenn Sie hergekommen sind, um Dillon zu sprechen, so verschwenden Sie nur Ihre Zeit«, sagte er mürrisch. »Ich war gerade oben, aber auf mein Klopfen öffnete mir niemand. Er ist nicht zu Haus.«

»Wollten Sie ihn aus einem bestimmten Grunde sprechen?«

»Warum ich ihn sprechen wollte, ist wohl meine Sache«, erwiderte Valentine kühl und ging ohne ein weiteres Wort an ihnen vorbei.

Cromwell sah ihm mit einem Gesichtsausdruck nach, der Johnny veranlasste, ihn äußerst interessiert anzuschauen.

»Heraus mit der Sprache, Old Iron!«, sagte er. »Dir ist jetzt wohl ein Licht aufgegangen, was?«

»Nein. Ich bin nur verwundert. Auch nachdenklich«, murmelte Cromwell und zog die Stirn kraus. »Zum Teufel, was wollte Valentine bei Dillon?«

»Ja, das ist wirklich sonderbar«, stimmte Johnny ihm zu. »Als wir vor kurzer Zeit das Varieté verließen, suchten dort alle nach ihm, weil er bei einer wichtigen Konferenz gebraucht wurde. Bishop beklagte sich doch, dass er ihn nicht finden könne. Verständlich, denn sicher ging er noch vor uns aus dem Haus.«

»Es kostete ihn nicht viel Zeit, hierherzukommen«, dachte Ironsides laut, und die Runzeln auf seiner Stirn vertieften sich. »Aber vielleicht hat er uns angeschwindelt, als er uns sagte, Dillon sei nicht zu Haus. Ich werde das feststellen.«

»Warte doch einen Augenblick! Rutter hat uns gesehen und kommt her, um Bericht zu erstatten.«

Der unauffällige Mann, der Kits Taxi in einem Auto gefolgt war, das genauso unauffällig war wie er selbst, kam ihnen langsam entgegen.

»Ist meine Meldung an Sie durchgegeben worden, Sir?«, fragte er leise. »Hier gibt es nichts Neues. Miss Barlowe ist noch nicht aus dem Haus herausgekommen.«

»Ist irgendjemand hineingegangen?«

»Nein, Sir.«

»Und der Mann, der gerade das Haus verlassen hat?«

»Muss wohl einer der Mieter aus dem Haus sein.«

»Er ist nicht einer der Mieter, und er kann nicht lange im Haus gewesen sein!«, herrschte ihn Ironsides an. »Wieso haben Sie ihn nicht hineingehen sehen?«

Rutter sah den Chefinspektor betroffen an.

»Auf dieser Straße ist ziemlich viel Verkehr, Sir, und mein Blickfeld wurde manchmal von vorüberfahrenden Lastwagen verdeckt«, antwortete er. »Der Mann muss wohl in einem solchen Augenblick das Haus betreten haben.«

»Sie wissen also nicht, wann er hineinging?«, fragte Cromwell. »Schnell, Johnny!«

Sie traten ins Haus. Cromwell, der ungewöhnlich nervös war, blieb in dem düsteren Treppenhaus stehen.

»Geh rasch zu Dillons Wohnung hinauf und klopfe!«, befahl er Johnny.

Der Sergeant, der fühlte, dass Ironsides von einer ganz ungewöhnlichen Erregung erfasst war, stürmte die Treppe hinauf. Cromwell ging in den dunklen Winkel neben der Treppe und fand hier zwei Türen. Die eine führte ins Souterrain; als Cromwell die zweite öffnete, erblickte er einen ungepflegten Garten - eine von Unkraut überwachsene Wildnis, in der Büsche in großer Zahl wucherten.

Er schloss diese Tür wieder und machte die andere auf.

»Hallo! Ist hier jemand?«

Einen Augenblick später hörte er das Quietschen einer Tür und dann das Geräusch schlurfender Schritte. Bald darauf erschien ein älterer Mann in einer schmutzigen grünen Schürze am Fuß der Treppe.

»Was wollen Sie denn?«, fragte der Mann mürrisch.

»Kommen Sie herauf, und ich werde es Ihnen sagen.«

»Ich denke gar nicht dran! Kommen Sie doch herunter!«

»Polizei!«

»Ach verflixt - das konnte ich doch nicht wissen«, sagte der Hausmeister. »Polizei?« Der Mann kam schnaufend die Treppe herauf. »Sie sehen mir aber gar nicht nach Polizei aus«, fügte er mit einem misstrauischen Blick auf Cromwells abgetragenen .Mantel hinzu. »Um was handelt's sich denn?«

In diesem Augenblick kam Johnny zurück.

»Oben meldet sich niemand, Old Iron«, berichtete er.

»Wie viele Leute haben heute Morgen die Wohnung im ersten Stock aufgesucht?«, fragte Cromwell, während er dem misstrauischen Hausmeister seinen Polizeiausweis zeigte. »Die Wohnung von Mr. Dillon.«

»Das ist doch der, dessen Frau ermordet wurde, wie?«, fragte der Hausmeister, und in seiner Stimme lag jetzt ein gewisser Respekt. »Jetzt verstehe ich, was Sie hier wollen, Sir. - Wie viele Leute ihn auf gesucht haben? Das kann ich nicht sagen.« Er schüttelte den Kopf. »Ich bin heute die meiste Zeit im Keller gewesen. Ich habe sowieso keine Ahnung, wer alles kommt und geht.«

»Schön - dann geben Sie mir den Schlüssel zu Mr. Dillons Wohnung.«

»Kann ich nicht - ich habe ihn ja nicht«, wandte der Hausmeister ein. »Er hat ihn ja.«

»Reden Sie keinen Unsinn!«, fuhr ihn Ironsides an. »Sie haben, doch einen zweiten Schlüssel! Wenn Sie ihn nicht bei sich haben, holen Sie ihn sofort!«

Der Mann brummte zwar, stieg aber gehorsam die Stufen hinunter.

»Gehst du nicht ein bisschen zu weit, Old Iron?«, sagte Johnny leise. »Dillon wird wahrscheinlich einen Mordskrach schlagen, wenn er hört, dass du in seine Wohnung eingedrungen bist.«

»Glaubst du etwa, ich würde es tun, wenn ich nicht meine Gründe dafür hätte?«, fauchte ihn Cromwell an.

»Entschuldige«, murmelte Johnny.

Als jetzt der Hausmeister mit dem Schlüssel zurückkam, riss Ironsides ihm diesen aus der Hand und stürmte, gefolgt von Johnny, in den ersten Stock hinauf. Der Hausmeister humpelte langsam hinter ihnen drein. Oben angekommen, steckte Cromwell den Schlüssel ins Schloss und öffnete die Tür.

»Großer Gott!«, rief er. Ein starker Gasgeruch drang ihnen entgegen. Cromwell hielt sich ein Taschentuch vor den Mund und eilte in die Wohnung. Er warf einen kurzen Blick ins Wohnzimmer. Dann wandte er sich zur Küche. Aber als er die Küchentür aufgemacht hatte, blieb er wie angewurzelt stehen. Johnny Lister, auch mit einem Taschentuch vor dem Mund, stieß ihn nach vorn.

»Mein Gott, Johnny, wir kommen zu spät!«, rief Cromwell.

Elftes Kapitel

Beide starrten auf die regungslosen Gestalten, die da vor ihnen auf dem Boden lagen, die Köpfe im Gasherd.

Erschüttert sah Johnny Lister auf den jungen Australier und das graziöse Mädchen hinab.

»Gemeinsamer Selbstmord«, murmelte er. »Was mag sie dazu veranlasst haben, Old Iron?«

Cromwell, der rascher dachte und auch schneller reagierte als sein Assistent, hatte versuchsweise das Taschentuch von Mund und Nase fortgenommen.

»Johnny! Hier drin ist gar nicht so viel Gas, dass es tödlich wirken könnte.«

»Wie...«

»Hör doch!«, fuhr der Chefinspektor fort. »Das Gas zischt ja gar nicht!«

»Mein Gott, du hast recht!«

»Mach das Fenster auf - schnell!«

Während Johnny zum Fenster eilte, beugte sich Ironsides über die vermeintlichen Selbstmörder. Schon auf den ersten Blick sah er, dass beide noch lebten; beide atmeten hörbar.

»Hilf mir, Johnny - zuerst das Mädchen!«, rief er Lister zu. »Wir wollen sie zum Fenster bringen.«

Sie legten Kit unmittelbar unter dem Fenster auf den Fußboden und schleppten dann Rex Dillon ebenfalls dorthin.

»Sie sind nicht tot?«, meinte Johnny. »Ich verstehe das gar nicht, Old Iron. Ihre Köpfe waren doch weit in dem Gasherd drin, und sie hätten nach wenigen Minuten tot sein müssen. Offenbar hatten sie doch geplant, gemeinsam aus dem Leben zu scheiden.«

»Rede keinen Unsinn und telefoniere lieber nach einem Arzt und nach einem Krankenwagen«, wies ihn Cromwell zurecht.

Während der Sergeant ins Wohnzimmer eilte, wo das Telefon stand, öffnete Cromwell die Wohnungstür, so dass ein Durchzug entstand, der bald den größten Teil des Gases hinauswehte. Ironsides und Johnny fühlten sich zwar leicht schwindlig, aber es bestand nicht mehr die Notwendigkeit, sich das Taschentuch vor Mund und Nase zu halten.

Dann machte sich Cromwell daran, bei Kit künstliche Atmung anzuwenden. Als Johnny vom Telefon zurückkam, zeigte das Mädchen schon Zeichen wiederkehrender Besinnung.

»Es ist gar nicht so schlimm, wie ich dachte, Johnny. Sie wird bald wieder zu sich kommen. Hilf mir bei Dillon. Aber überzeuge dich vorher, dass der Gashahn geschlossen ist.«

»Donnerwetter, er ist ja offen - dabei strömt aber kein Gas aus!«

»Dann dreh den Hahn zu!«

Nun begann Kit Barlowe sich zu erbrechen; die beiden Männer hoben sie vorsichtig hoch und trugen sie in das Wohnzimmer, wo sie sie in einen großen Sessel setzten. Dann kehrten sie zu Rex zurück und begannen auch bei ihm mit künstlicher Atmung.

»Sobald wir den Australier wieder in Form gebracht haben, werden wir uns den Gasmesser ansehen, mein Junge«, meinte Ironsides. »Es gibt doch nur eine logische Erklärung für diese Situation: Der Mörder war eben in solcher Eile, dass er etwas Entscheidendes übersah.«

»Der Mörder?«, wiederholte Johnny ganz erstaunt. »Was redest du da? Die beiden versuchten doch Selbstmord zu begehen!«

»Unfug! Konnte sich Dillon etwa selbst einen Schlag auf den Kopf versetzen, bevor er sein edles Haupt in den Gasherd steckte? Hier - direkt über der Schläfe ist eine Schwellung. - Nein, das ist ein klarer Mordversuch! Warum sollten sie sich auch das Leben nehmen wollen?«

»Großer Gott, Old Iron, ich glaube, du hast recht!«, rief Johnny aus. »Erst Nina, dann gestern Abend Kit - und jetzt das! Das passt doch alles...«

»Sprich weniger und tu dafür lieber was!«, unterbrach ihn Cromwell.

Rex begann schon kräftiger zu atmen; die beiden Beamten konnten mit der künstlichen Atmung aufhören.

»Ich, glaube, wir können ihn jetzt sich selbst überlassen!«

stöhnte Ironsides. »Durch einen Zufall - einen ebenso unwahrscheinlichen Zufall wie den, dass sich das Mädchen gestern Abend bückte - sind die beiden dem Tode entronnen. Miss Barlowe muss wirklich einen Schutzengel haben. Eine zufällige Rettung - na schön, das ist eben Glück. Aber zwei solche Zufälle innerhalb von vierundzwanzig Stunden - das ist ja kaum noch zu glauben!«

»Wieso sind die zwei denn eigentlich davongekommen?«, fragte Johnny. »Was ist denn das Entscheidende, das der Mörder vergaß?«

»Nachdem er sie niedergeschlagen und mit den Köpfen in den Gasherd gesteckt hatte, drehte er wohl den Hahn auf - und ich zweifle nicht daran, dass Gas ausströmte -, aber diese altmodischen Wohnungen haben, sehr oft jedenfalls, Gasautomaten, in die man einen Schilling einwerfen muss.«

»Ach so! Und du meinst, seit Dillon das letzte Mal einen Schilling einwarf, wurde bereits die Hälfte der Gasmenge verbraucht; der Rest war bald ausgeströmt, und dann hörte natürlich die Gaszufuhr auf.«

»Es war wohl weniger als die Hälfte, Johnny - viel weniger. Aber der Mörder wird nur ein paar Sekunden in der Wohnung geblieben sein, nachdem er seine Opfer so hingelegt hatte, wie wir sie auffanden. Er hörte das Gas zischen - und ging befriedigt fort. Ein Glück, dass er nicht noch eine Minute länger wartete!«

»Wie konnte er nur so nachlässig sein?«

»Vieles weist darauf hin, dass der Mordplan in höchster Eile ausgearbeitet und durchgeführt wurde«, sagte Cromwell. »Es war also weniger Nachlässigkeit als Zeitmangel, der ihn hinderte, alle Möglichkeiten zu überdenken. Er schlug seine Opfer besinnungslos, steckte sie mit dem Kopf in den Herd, drehte den Hahn auf, hörte das Gas ausströmen...«

»...und vergaß, sich den Zähler anzusehen - sich zu überzeugen, ob es nicht etwa ein Münzgasmesser war«, vollendete Johnny den Satz. »Nun, sag was du willst - ich kann das einfach nur ein Wunder nennen. Übrigens - woher wusstest du denn, dass hier so etwas vorgeht?«

»Ich wusste es gar nicht.«

»Aber du wittertest so etwas - sonst würdest du dir wohl kaum gewaltsam Eintritt in die Wohnung verschafft haben.

Was für ein verschlagener Bursche bist du doch, Old Iron! Warum hast du mir denn nicht gesagt...«

»Hör auf, Unsinn zu schwätzen!«, unterbrach ihn Cromwell unwillig. »Ich hatte nicht die geringste Ahnung von einem Mord oder Mordversuch. Als ich die beiden sah, war ich genauso überrascht wie du!«

»Warum hast du dann...«

»Jemand ist an der Tür. Sieh nach, wer es ist!«

Es war der aufgeregte Hausmeister, der ihnen die Ankunft des Krankenwagens mitteilte. Eine Minute später erschienen Männer in weißen Kitteln - zusammen mit einem Polizisten, der bei der Ankunft des Krankenwagens es für seine Pflicht gehalten hatte, nachzusehen, was hier vorging.

»Ich bin Doktor Stafford«, stellte sich der eine der Männer vor.

»Ein Mädchen liegt dort im Wohnzimmer - und ein Mann hier in der Küche«, erklärte ihm Cromwell. »Kümmern Sie sich bitte um die beiden. Es ist wohl nicht gefährlich, aber tun Sie für sie, was Sie können.«

Der Polizeibeamte salutierte hastig.

»Ich wusste nicht, dass Sie hier sind, Mr. Cromwell«, sagte er, als er den berühmten Chefinspektor von Scotland Yard erkannte. »Ich kam mit, weil ich annahm, ich könnte vielleicht gebraucht werden.«

»Das war ganz richtig. Aber ich brauche Sie hier nicht. Wir werden schon allein fertig.«

Kit erlangte als erste die Besinnung wieder - und fing sogleich an zu schluchzen. Man trug sie in das Schlafzimmer und überließ sie zunächst einmal sich selbst. Rex, der sich erbrochen hatte, saß ganz benommen am Küchentisch.

»Was ist denn geschehen, Mr. Cromwell?«, fragte er und hielt sich den schmerzenden Kopf. »Ich kann mich gar nicht erinnern...«

»Später«, unterbrach ihn der Chefinspektor. »Erholen Sie sich erst einmal. Kannst du uns nicht einen starken Mokka brauen, Johnny? Das ist doch in Ordnung, Doktor - oder etwa nicht?«

»Heißer Tee ist besser«, meinte der Arzt. »Aber ich glaube nicht, dass wir sie ins Krankenhaus bringen müssen. Die rasche Anwendung von künstlicher Atmung ersparte den beiden die schlimmsten Nachwirkungen. - Wie kam es übrigens zu der Gasvergiftung?«, fügte er mit leiser Stimme hinzu. »War es ein Selbstmordversuch?«

»Nein, ein Mordversuch«, brummte Ironsides. »Aber sprechen Sie bitte nicht darüber.«

Nach einer Weile fuhr der Krankenwagen mit den Männern in den weißen Kitteln ab. Der Hausmeister, der immer noch in der Wohnung herumlungerte, wurde nun hinausgeschickt und die Wohnungstür geschlossen.

»Und jetzt, Mr. Dillon, können Sie uns erzählen, was Sie erlebt haben«, meinte Cromwell - in einem Ton, den Johnny für unnötig streng hielt. »Was taten Sie, nachdem wir Miss Barlowes Wohnung verlassen hatten?«

»Kit - ist sie in Sicherheit?«

»Wir haben sie in Ihr Schlafzimmer gebracht. Sie ist außer Gefahr. Aber Sie haben meine Frage noch nicht beantwortet.«

Rex zögerte.

»Ich... ich blieb noch eine Weile bei Kit und ging dann nach Hause«, antwortete er. »Ich schloss die Wohnungstür auf, kam herein und sah mich hier um, als ich hinter mir die Diele knacken hörte. Ich drehte mich um und bekam einen Schlag auf den Kopf. Das ist alles, an was ich mich erinnern kann.«

»Sonst an nichts?«

»Nein.«

»Sie haben Ihren Angreifer nicht gesehen?«

»Nein, überhaupt nicht. Das nächste, woran ich mich erinnern kann, ist, dass ich mich übergeben musste. Was hat denn das alles eigentlich zu bedeuten, Mr. Cromwell?«

»Warten Sie hier.«

Ironsides ging ins Schlafzimmer; er sah, dass Kit, obwohl noch blass und sehr mitgenommen, sich inzwischen beruhigt hatte. Nur ihre Augen blickten noch immer verängstigt, und sie war offenbar erleichtert, als sie ins Wohnzimmer kam und sah, dass Rex nichts Ernstliches zugestoßen war.

»Miss Barlowe, Sie sind jetzt wohl kräftig genug, um mir zu sagen, was Ihnen...«

»Das weiß ich selbst nicht«, unterbrach sie ihn und starrte Rex an. »Ich glaube, ich wurde ohnmächtig - und als ich erwachte, fühlte ich mich so elend...« Ihr Blick war, während sie sprach, nicht von Rex gewichen. »Warum hast du mich denn angerufen?«, fragte sie ihn plötzlich misstrauisch. »Warum hast du mir gesagt, dass ich hierherkommen soll?«

»Ich dich angerufen?«, wiederholte Rex verständnislos. »Aber das habe ich doch gar nicht getan, Kit. Ich weiß nicht...«

»Einen Augenblick!«, fiel ihm Cromwell ins Wort. »Fahren Sie nur fort, Miss Barlowe. Sie glauben also, dass Mr. Dillon Sie angerufen hat?«

»Natürlich hat er mich angerufen!«, beharrte sie auf ihrer Behauptung. »Er bat mich, schnell zu ihm zu kommen - sagte, es sei sehr dringend. Aber als ich herkam - als sich die Tür öffnete -, stand ein Mann mit einer Maske, die sein Gesicht völlig bedeckte, im Türrahmen. Er griff nach mir und zerrte mich in die Wohnung hinein - und in diesem Augenblick muss ich wohl ohnmächtig geworden sein. Ich kann mich nur noch an seine Maske erinnern, die so aussah, wie ich es auf Aufnahmen von Ku-Klux-Klan-Leuten gesehen habe.«

Cromwell seufzte.

»So habe ich mir das gedacht. Sie sahen also von dem Mörder nur seine Maske? Jawohl, Miss Barlowe, ich wiederhole: von dem Mörder! Denn dies ist binnen vierundzwanzig Stunden der zweite Anschlag auf Ihr Leben - und diesmal war Ihr Schwager mit in den Plan eingeschlossen. Das hört sich nicht gerade sehr freundlich an, nicht wahr?«

»Es ist... grauenhaft«, flüsterte sie zitternd. »Aber ich verstehe es immer noch nicht. Warum hast du mich angerufen, Rex? Und wo warst du, als dieser Mann mich in die Wohnung zerrte?« Sie wandte sich an Ironsides. »Und wenn jemand versuchte, uns umzubringen, Mr. Cromwell, warum sind wir dann eigentlich nicht tot?«

»Nur weil dieser schlaue Herr wollte, dass Ihr Tod als gemeinsamer Selbstmord erscheinen sollte«, erwiderte der Chefinspektor brummig. »Es war sehr geschickt arrangiert - nur eine Kleinigkeit hatte der Mörder übersehen. Er war schon in der Wohnung und wartete hier auf Mr. Dillon.

Wie er sich Einlass verschaffte, braucht uns jetzt nicht zu kümmern. Aber er wartete hier - und wandte die gleiche Methode an, die er schon gegen den Nachtwächter und den Inspizienten im *Olymp* angewandt hatte. Er betäubte Mr. Dillon durch einen Schlag auf den Kopf. Dann rief er Sie an, Miss Barlowe, wobei er die Stimme Ihres Schwagers nachahmte. Er veranlasste Sie, schnellstens herzukommen, wo er Sie schon erwartete, als Sie eintraten. Dann brauchte er Sie nur neben Dillon auf den Fußboden in die Küche zu legen, Sie beide mit den Köpfen in den Gasherd zu stecken und den Hahn aufzudrehen.«

»Mein Gott!«, rief Dillon, von Grauen gepackt. »Aber woher wussten Sie das, Mr. Cromwell? Wieso kamen Sie so rechtzeitig hierher, dass Sie uns noch retten konnten?«

»Nicht mir haben Sie Ihre Rettung zu verdanken«, entgegnete Ironsides, »sondern dem Umstand, dass es der Mörder unterließ, einen Blick auf den Gasmesser zu werfen. So war er sich nicht darüber klar...«

»Ja, hier in der Wohnung ist ein Gasautomat«, fiel ihm Rex aufgeregt ins Wort. »Nur deshalb also...« Er sah Cromwell fragend an. »Aber das erklärt immer noch nicht, wieso Sie so schnell hierherkamen.«

»Einer meiner Leute beobachtete Miss Barlowes Wohnung«, antwortete Ironsides ungeduldig. »Er folgte ihr, als sie mit dem Taxi hierherfuhr. Ich fuhr ihm nach, und dann ließ uns Ihr Hausmeister mit seinem Zweitschlüssel ein.« Sein Ton wurde fast grob. »Aber nun wollen wir keine Zeit mehr verlieren. Sie beide haben sich jetzt hinreichend erholt, um mir endlich reinen Wein einzuschenken!«

»Glauben Sie... glauben Sie denn, dass Valentine das getan hat?«, fragte ihn Rex.

»Die Gelegenheit dazu hatte er jedenfalls«, versetzte der Chefinspektor. »Als ich mit Lister ankam, verließ er gerade das Haus. Und dabei sah er verdammt schuldbewusst aus. Der Beamte, der Miss Barlowe nachgefahren war, hatte ihn nicht ins Haus hineingehen sehen, aber er kann durch den Garten und die Hintertür gekommen sein. Jedenfalls war die Hintertür nicht verschlossen, und aus dem Garten führte eine weitere Tür auf ein Gässchen. Selbstverständlich musste ein Mann, der entschlossen war, Sie beide umzubringen und Ihren Tod als Selbstmord zu frisieren, das Haus möglichst unauffällig betreten.«

»Aber es auch ebenso unauffällig verlassen!« warf Johnny Lister ein. »Und doch kam Valentine, als wir ihm begegneten, ganz offen aus der vorderen Haustür heraus.«

»Vielleicht konnte er nicht durch den Garten gehen, weil sich dort jemand aufhielt - aber das werden wir später noch untersuchen«, meinte Cromwell. »Zunächst einmal wollen wir uns mit diesen beiden jungen Herrschaften hier etwas intensiver beschäftigen.«

»Also Valentine...«, murmelte Rex. »Mein Gott - wenn er das Haus gerade verließ, als Sie kamen, Mr. Cromwell, so muss er ja der Täter sein! Ich hätte nicht im Traum daran gedacht, dass er so weit gehen könnte. Dann war er wohl auch derjenige, der Nina ermordet hat?«

»In diesem Fall gibt es verschiedenes, was ich noch nicht verstehe - aber ich werde es verstehen, noch bevor ich diese Wohnung verlasse«, antwortete Ironsides entschlossen. »Beantworten Sie mir zunächst diese Frage, Mr. Dillon: Haben Sie heute Morgen Valentine im Varieté *Olymp* angerufen?«

Rex rutschte auf seinem Stuhl unruhig herum.

»Nein - warum sollte ich so etwas tun? Ich habe nicht...«

»Keine Ausflüchte, mein Freund. Heraus mit der Wahrheit!«

»Wie ich sehe, wissen Sie es schon - oder ahnen sie wenigstens«, sagte Rex. »Also schön - ich habe ihn angerufen!«

»Weswegen?«

»Ich hatte eine private Angelegenheit mit ihm zu besprechen.«

»Verdammt noch mal, es gibt keine privaten Angelegenheiten in einem Mordfall!«, fuhr ihn Ironsides an. »Ich muss von Ihnen die Wahrheit erfahren! Und zwar die ganze Wahrheit! Sie riefen Valentine wegen seines Schimpansen an, nicht wahr?«

Rex warf Kit, die ihn bestürzt ansah, einen besorgten Blick zu.

»Es hat gar keinen Zweck, ihr Blicke zuzuwerfen, Mr. Dillon!«, herrschte ihn Cromwell an. »Sie hat doch den verdammten Affen in ihrer Wohnung, nicht wahr? Aber lassen wir das für den Augenblick. Ich möchte jetzt hinter das Geheimnis kommen, das Ihre tote Frau umgibt. Das hat doch auch mit Valentine etwas zu tun, nicht wahr?«

Wieder wechselten die beiden jungen Leute einen Blick. Cromwells Feststellung hinsichtlich des Schimpansen hatte sie schwer erschüttert. Kit nickte Dillon fast unmerklich zu.

»Nun, Mr. Cromwell«, sagte Rex resigniert, »da Sie schon so viel wissen, will ich Ihnen auch den Rest erzählen.«

Ironsides, der bis jetzt gestanden hatte, setzte sich nun, und sein Gesichtsausdruck verlor etwas von seiner abweisenden Strenge.

»Endlich!«, sagte er und zog seine Pfeife heraus. »Sie hätten mir viel Arbeit erspart, wenn Sie mir diese Geschichte von Anfang an erzählt hätten. Aber besser spät als nie.« Er stopfte sich umständlich die Pfeife. »Also schießen Sie los, mein Junge - aber lassen Sie nicht etwa die Hälfte aus.«

»Ich muss drei Jahre zurückgehen«, begann Rex. »Damals waren wir in Australien alle zusammen im Zirkus Miller, wo ich als Messerwerfer mit einer Partnerin namens Josie auftrat. Sie hatte zu viel für den Alkohol übrig - aber sie hatte wenigstens gute Nerven. Kit und Nina Barlowe arbeiteten dort als Stepptänzerinnen und balancierten auf großen Gummibällen. Sie machten eine der üblichen Zirkusnummern. Jim Barlowe, ihr Bruder...«

»Ein Bruder? Nanu!«

»Ja. Er führte dressierte Bären vor«, erwiderte Rex. »Er hatte eine wunderbare Art, mit Tieren umzugehen; so etwas habe ich überhaupt noch nie gesehen. Die Mädchen waren damals noch sehr jung, und Jim vertrat an ihnen sozusagen Vaterstelle.«

»Was war denn aus den Eltern der Zwillinge geworden?«

»Unser Vater war Akrobat, Mr. Cromwell«, fiel Kit ein, und ihre Augen leuchteten. »Wir Zwillinge waren noch Kinder, als er einen Unfall hatte und starb. Unsere Mutter überlebte ihn nicht lange; während einer kurzen, nicht sehr erfolgreichen Tournee mit dem Zirkus in England starb sie auch. So blieb uns nur Jim.«

»Damals hattet ihr schwere Zeiten durchzumachen.« Dillon nickte ihr zu. »Ich selbst kam erst später zu dem Zirkus - als er in Australien war. Kit und Nina waren noch nicht sechzehn, als ihre Mutter starb. Der Zirkus war von Kanada nach England gegangen, aber bevor er Kanada verließ, brach sich Nina das Bein und musste in Kanada im Krankenhaus Zurückbleiben. Sie kam erst wieder zum Zirkus, als er - auf dem Weg nach Australien - nach Südafrika gekommen war. Und da war ihre Mutter schon tot.« Rex hielt inne und zuckte die Achseln. »Aber das ist ja für Sie ohne Interesse, Mr. Cromwell. Wichtig ist doch nur, was sich dann in Australien ereignete.«

»Sie können gar nicht beurteilen, was für mich von Interesse ist«, wies ihn Ironsides zurecht. »Erzählen Sie mir nur alles, und lassen Sie nichts aus.« Er wies mit seiner Tabakspfeife auf Rex. »Jetzt wird mir die Sache schon ziemlich klar. Die Eltern waren tot, und die Zwillinge waren mit ihrem Bruder noch bei dem Zirkus, wo Sie - mit Ihrer Partnerin, dieser Josie. - als Messerwerfer auftraten.«

»Ja«, stimmte Rex ihm zu. »Auch dieser Pavlos war dabei - mit einer Bauchrednernummer. Er war keineswegs besonders gut, sondern höchstens Durchschnitt. Damals nannte er sich *Pavlos der Große* - aber das einzige, was an ihm groß war, war seine Überheblichkeit. Er hielt sich für ganz hervorragend - dabei waren seine Witze billig, seine Puppe war schäbig, und er konnte noch nicht einmal seine Lippenbewegungen völlig unterdrücken. Er wohnte in einem Wagen mit Jim Barlowe zusammen. Und jetzt kommen wir zu dem Wichtigsten.«

Der starke Tee hatte Rex belebt; seine Erzählung wurde immer flüssiger.

»Jim Barlowe hatte auch einen Schimpansen«, fuhr Rex fort, und sein Gesicht verdüsterte sich. »Jawohl, dieser Schimpanse war Vick; er war damals noch klein. Ich habe Ihnen ja schon gesagt, dass Jim mit Tieren sich in geradezu wunderbarer Weise verstand. Weder die Zwillinge noch ich wussten damals davon - ich werde Ihnen noch zu schildern haben, wie wir es herausfanden -, dass Jim sich in den Kopf gesetzt hatte, den Schimpansen zu dressieren, so dass er in der Nummer von Pavlos als eine Art lebende Puppe auftreten könnte. Er wollte den Schimpansen so dressieren, dass er sich in den Bewegungen seines Mauls und seiner Lippen nach bestimmten Schlüsselworten richtete, die Pavlos dem Tier sprechen würde. Pavlos war sehr skeptisch. Er hielt so etwas für ganz unmöglich und bemühte sich, Jims Enthusiasmus zu dämpfen. Aber Jim ließ sich nicht beirren. Er meinte, es könne zwei oder drei Jahre dauern, aber es sei der Mühe wert, denn wenn er seine Idee verwirklichen könne, würde er die sensationellste Bauchrednernummer der Welt schaffen - eine Nummer, mit der sich wirklich Geld machen ließ.«

»Damit hatte er ja auch ganz recht - wie der Erfolg beweist.«

»Jim hielt seinen Plan sehr geheim«, fuhr Rex fort. »Ich wusste gar nichts, und die Zwillinge hatten nur eine ganz vage Vorstellung davon, was ihr Bruder im Sinn hatte. Jim und Pavlos dressierten das Tier in der Abgeschlossenheit ihres Wohnwagens. Damals verliebte ich mich Hals über Kopf in Nina... Narr, der ich war. Sie und Kit sahen einander so ähnlich, dass ich sie niemals unterscheiden konnte. Äußerlich ähnlich, meine ich, denn ihr Charakter... Erst als es zu spät war, erkannte ich, dass ich mich in den falschen Zwilling verliebt hatte.«

Er hielt verlegen inne, und das Blut stieg ihm ins Gesicht, als er einen Blick auf Kit warf, die mit rotem Kopf und gesenktem Blick dasaß.

»Ich will Ihnen auch sagen, warum ich mich in den falschen Zwilling verliebte«, fuhr der junge Australier fort. »Kit war ehrlich und offen und gab sich, wie sie war. Nina aber war verschlagen und wusste sich zu verstellen, zu verbergen, was für ein niedriger Charakter sie war. Sie führte mich vollkommen hinters Licht. Mir gegenüber war sie ganz Honig und Zucker, ganz hingebende Liebe und Zärtlichkeit. Im Vergleich mit ihr erschien Kit kalt und herzlos. Wie konnte ich - in meiner Verliebtheit - wissen, dass Nina mir nur Theater vorspielte? Weiß Gott, ich war doch keine besondere Partie - nur ein Messerwerfer in einem drittklassigen Zirkus. So erschien mir Nina als das herrlichste Mädchen auf der ganzen Welt, und ich bat sie, meine Frau zu werden.«

Bill Cromwell brummte.

»Sie sind keineswegs der erste, der auf diese Art eingefangen wurde«, sagte er brummig. »Sie brauchen sich deshalb gar nicht zu entschuldigen, Mr. Dillon. Nur allzu oft ist es das berechnende Mädchen, das den Mann einfängt.«

»Oh, ja, Nina wusste sich zu verstellen«, meinte Rex bitter. »Eines Abends war Josie so betrunken, dass sie nicht mehr aufrecht stehen konnte. Mr. Miller entließ sie auf der Stelle - und Nina nahm ihren Platz ein. Ich bewunderte ihren Mut. Sie zuckte nicht einmal zusammen, wenn die Messer neben ihrem Gesicht in das Holz fuhren. Und das ist wirklich sehr schwer für jemanden, der so etwas noch nie getan hat. -

Jedenfalls trat Nina seitdem mit in meiner Nummer auf. Eine Zeitlang trat sie auch noch mit Kit zusammen auf, aber dann wurde ihr das zu viel, und Kit arbeitete sich eine Einzelnummer aus, in der sie beim Tanzen sang. Sie überraschte uns alle; niemand von uns - auch Mr. Miller nicht - hatte eine Ahnung gehabt, dass sie eine so schöne Stimme besaß.

Der Zirkus gastierte in Brisbane. Damals hatte ich schon herausgefunden, dass Nina mich belog und betrog, denn sobald wir geheiratet hatten, ließ sie die Maske fallen und zeigte mir ihren wahren Charakter. Während wir in Brisbane waren, gastierte dort auch ein Opernensemble aus England. Der Direktor hörte Kit singen...«

»Das hat mir Miss Barlowe schon erzählt, mein Junge; man ließ sie Vorsingen und nahm sie später nach England mit. Erzählen Sie mir lieber, was im Zirkus geschah, als sie fort war.«

»Allerhand«, entgegnete Rex, und die Bitterkeit in seiner Stimme nahm zu. »Für Nina war Kits Abreise das Signal, die Maske gänzlich fallen zu lassen. Sie wurde noch etwas Schlimmeres als nur eine Lügnerin und Betrügerin.« Er warf Kit einen verstohlenen Blick zu. »Entschuldige, dass ich so von deiner Schwester spreche, Kit, aber Mr. Cromwell verlangte doch von mir...«

»Schon gut, Rex«, sagte sie ruhig und sah zu ihm auf. »Du erzählst ja nichts, was ich nicht schon weiß. Solange dir Nina Theater vorspielte - bevor du sie geheiratet hattest gab es zwischen uns beiden oft schreckliche Szenen; ich warf ihr vor, dass sie dich an der Nase herumführte. Aber wie hätte ich dir etwas davon verraten können? Du hättest mir ja sowieso nicht geglaubt. Wahrscheinlich hättest du meine Motive nur missverstanden.« Sie wurde rot. »Vielleicht hättest du angenommen, ich sei eifersüchtig.«

»Jedenfalls hatte ich Ninas Launen zu ertragen«, fuhr Rex fort. »Und ihre Launen wurden immer schlimmer. Ich genügte ihr als Ehemann auch nicht mehr. Sie war extravagant, und meine Gage erlaubte mir nicht, ihr all das zu kaufen, was sie haben wollte. So ließ sie sich von anderen Männern Geld geben - ich brauche ja wohl nicht deutlicher zu werden. Das alles war furchtbar schmutzig und hässlich.«

Er hielt inne und schluckte heftig.

»Und Vick?«, fragte Cromwell. »Wir sind ganz von dem Affen abgekommen.«

»Jim fuhr unermüdlich mit seiner Dressur fort, und schließlich begann Pavlos einzusehen, was für Möglichkeiten in einer Bauchrednernummer mit Vick lagen«, antwortete Rex. »Pavlos gelang es endlich, seine eigenen Lippenbewegungen völlig zu unterdrücken, und der Schimpanse fing an, in ganz erstaunlicher Weise auf Jims großartige Dressur zu reagieren. Trotz der Geheimnistuerei, mit der sie das Ganze umgaben, kam Nina schließlich dahinter. Natürlich erzählte sie auch mir davon. Bedenken Sie, was für Aussichten sich uns hier eröffneten! Jims Schimpanse und Pavlos! Das musste ja eine ganz sensationelle Nummer werden, mit der sich das Geld geradezu scheffeln ließ!«

An dieser Stelle nahm Kit den Faden der Erzählung auf.

»Rex schrieb mir von Nina - wie unglücklich sie ihn mache -, und er schrieb mir auch von Jims wunderbarem

Schimpansen. In meiner Antwort riet ich ihm, von dem Zirkus fortzuziehen und mit Nina nach England zu kommen, denn ich dachte, ein völliger Ortswechsel werde sie günstig beeinflussen. Ich schrieb ihm auch, dass er mit seiner Nummer bei englischen Varietés leicht Engagements bekommen könne. Jedenfalls hoffte ich das.«

»Nachdem ich zwei oder drei Briefe von Kit bekommen hatte, war ich auch dafür, nach England zu fahren«, fuhr Rex fort. »Aber Nina war dagegen. Sie sagte mir, sie wolle bei Jim bleiben, um zu sehen, was bei seiner wunderbaren Dressur herauskäme. Aber eines Tages gab es einen furchtbaren Zwischenfall. Irgendwie entkam ein Tiger aus seinem Käfig - niemand verstand, wie das möglich war -, und Jim wurde von dem Tier beinahe zerrissen. Ich meine damit nicht, dass er schwer verletzt wurde; er trug nur Kratzwunden davon. Aber wenn der Dresseur den Tiger nicht rechtzeitig wieder eingefangen hätte, wäre Jim zweifellos getötet worden. Das Entweichen des Tigers war von einem Geheimnis umgeben - der hässliche Verdacht tauchte auf, dass jemand den Tiger absichtlich aus seinem Käfig herausgelassen hatte.«

Der junge Australier hielt inne; sein Ton war sehr ernst geworden, als er in der Schilderung fortfuhr.

»Ich sollte Ihnen eigentlich mehr darüber erzählen, Mr. Cromwell. Jim schrieb Nina über diesen Zwischenfall einen sehr merkwürdigen Brief, den sie mir natürlich zeigte. Ich war entsetzt...«

»Einen Augenblick!«, unterbrach ihn Cromwell, dessen buschige Augenbrauen sich in die Höhe zogen. »Lassen Sie mich das klären. Waren Sie denn damals nicht zusammen beim Zirkus? Sie und Ihre Frau mit Ihrer Messerwerfer-

Nummer, Jim Barlowe mit seinen Bären und Pavlos mit seiner Puppe? Warum schrieb Jim seiner Schwester einen Brief, wenn er mit ihr zusammen war und sie jederzeit sprechen konnte?«

»Er schrieb, weil er das, was er uns zu sagen hatte, schwarz auf weiß festlegen wollte«, erwiderte Rex. »Er schrieb, die Sache sei so wichtig, dass er alles unbedingt schriftlich niederlegen müsse. Um es kurz zu sagen, er hatte den Verdacht, dass Pavlos den Tiger aus dem Käfig herausgelassen hatte, damit er - Jim - auf diese Weise ums Leben käme. Er erklärte in dem Brief ferner, dass sein Schimpanse, falls ihm etwas zustieße, das gemeinsame Eigentum von Nina und Kit, seinen Schwestern, werden solle. Er habe das Tier ja praktisch ohne Hilfe von Pavlos ganz allein dressiert, und er hege jetzt das tiefste Misstrauen gegen den Mann, der sein Partner werden sollte.«

Kit traten die Tränen in die Augen.

»Einen Monat später erhielt ich einen Luftpostbrief von Rex, Mr. Cromwell«, sagte sie mit tränenerstickter Stimme. »Er teilte mir die schreckliche Nachricht mit, dass mein Bruder eines Nachts beim Abbruch des großen Zirkuszeltes tödlich verunglückt war. Einer der hohen Zeltmaste war auf ihn gefallen und hatte ihn getötet. Wie es zum Unglück kam, wusste niemand. Rex behauptete in seinem Brief nicht, dass er Pavlos im Verdacht habe, an dem Unfall schuld zu sein, aber mir ging dieser Gedanke sofort durch den Kopf.«

»Mir auch«, fiel Rex finster ein. »Aber es gab dafür keinen Beweis. Pavlos beteuerte, dass er sich zur Zeit des Unfalls in seinem Wohnwagen aufgehalten hatte, und niemand konnte ihm das widerlegen. Natürlich kam es zu einer offiziellen Totenschau; der Spruch des Coroners lautete auf *Tod durch Unfall*. Aber weder Nina noch ich konnte später Pavlos ansehen, ohne dass uns ein Schauder den Rücken entlanglief. Vierzehn Tage nach Jims Tod verließ Pavlos dann den Zirkus Miller und nahm den Schimpansen mit.«

»Konnten Sie oder Ihre Frau das nicht verhindern?«

»Ich war damals viel zu viel mit Nina und ihren Launen beschäftigt, um daran zu denken«, erwiderte Rex. »Sie hatte sich gerade einen reichen Mann aufgegabelt. Außerdem bedeutete Jims Tod für uns einen so schweren Schock, dass wir froh waren, als Pavlos fortging und wir ihn nicht mehr sehen mussten. Keiner von uns nahm wohl auch ernsthaft an, dass sich seine Nummer mit Vick als ein so riesiger Erfolg erweisen würde.«

»Wann hörten Sie denn von diesem Erfolg?«

»Einen Monat später - letzten Sommer«, antwortete Rex. »Pavlos war wohl mit dem Schimpansen zu einem Agenten in Sydney gegangen, und dieser Mann war von der Nummer so beeindruckt, dass er Pavlos sofort ein Engagement verschaffte. Sie traten als *Valentine und Vick* auf, und obwohl die Nummer damals noch nicht so ausgefeilt war wie jetzt, erregte sie Aufsehen. Nach Sydney traten sie in Melbourne, Adelaide und Perth auf.

Agenten in England bekamen Wind von der sensationellen Nummer, und bald flog Pavlos mit Vick nach London. Sie werden ja gehört haben, mit welchem Erfolg die beiden in Manchester, Liverpool und Glasgow auftraten. Jetzt ist er - mit einer Wochengage von fünfhundert Pfund - im *Olymp* engagiert - und der, der eigentlich das Geld verdient, ist doch der Schimpanse.«

»Zum Teil stimmt das«, warf Cromwell ein.

»Meinetwegen - nur zum Teil«, gab Rex zu. »Aber der Schimpanse gehört Kit. Jetzt, nachdem Nina tot ist, gehört er Kit allein. Jim hat das in seinem Brief klar und eindeutig festgelegt!«

»Aber Sie hatten doch immerhin eine Ahnung, dass der Schimpanse erfolgreich sein und seinem Besitzer viel Geld einbringen konnte«, sagte Ironsides. »Warum protestierten Sie dann nicht, als Pavlos - oder Valentine, wie er heute heißt - das Tier mitnahm? Warum verhinderten Sie das nicht?«

»Das habe ich Ihnen doch schon erklärt!« Rex zuckte hilflos die Achseln. »An einen solchen Erfolg glaubten wir damals nicht. Jim war tot, und ich hatte den Kopf mit Sorgen wegen Nina voll. Erst als wir Berichte von dem phantastischen Erfolg Valentines lasen, wurde uns klar, wie töricht wir gewesen waren, ihn mit dem Tier fortzulassen.«

»Hm - und darum befolgten Sie Miss Barlowes Rat und fuhren nach England.« Cromwell nickte. »Hier richteten Sie es so ein, dass Sie zusammen mit Valentine in einem Programm auftraten...«

»Nein! Das war ein glücklicher Zufall!«, fiel ihm Rex rasch ins Wort. »Darauf gebe ich Ihnen mein Ehrenwort, Mr. Cromwell. Wir hatten einen Empfehlungsbrief von einem australischen Agenten mit, und ein Londoner Geschäftsfreund dieses Mannes verschaffte uns Engagements bei zwei Vorstadt-Varietés. Dort hatten wir einen solchen Erfolg, dass uns das Varieté *Olymp* verpflichtete - und hier trat als der Star des Monats Valentine auf.«

»Es war also so etwas wie eine Ironie des Schicksals«, meinte Johnny Lister, der jetzt zum ersten Mal das Wort ergriff.

»Sobald wir Pavlos - ich meine, Valentine sahen, ging Nina sofort auf ihn los«, fuhr Rex fort. »Das war am Montag. Sie sagte ihm, dass Vick ihr und Kit gehörte und dass sie beide berechtigt seien, fünfzig Prozent der Gage zu verlangen, die er ja nur durch Vide einstreichen könne. Aber er lachte Nina nur aus und sagte ihr, sie solle sich zum Teufel scheren.«

»Damm suchte sie ihn also immerfort in seiner Garderobe auf?«, fragte Ironsides.

»Ja. Sie hasste ihn - sie betrachtete ihn als Dieb und als Mörder ihres Bruders aber sie wollte nicht, dass jemand erführe, warum sie ihn immerfort in seiner Garderobe aufsuchte. Darum tat sie so, als ob sie mit ihm flirten wolle. Sie ging sogar so weit, dass sie ihn abküsste, als ich gerade einmal den Kopf in seine Garderobe hineinsteckte. Und da ich sie und ihre Art kannte, dachte ich, als ich sie im Bikini auf seinen Knien sitzen sah, dass sie ein doppeltes Spiel triebe und mich auch mit ihm betrügen wollte. Es wird auch wahrscheinlich so gewesen sein. Jedenfalls sah ich rot und war außer mir vor Wut. Das war der Grund zu unserem letzten Streit, kurz bevor wir auf die Bühne kamen.«

»So war das also«, sagte Cromwell langsam. »Ja, jetzt ist mir alles klar! Aber mir ist auch klar, dass Valentine ein ganz wichtiges Motiv hatte, Sie alle drei umzubringen.«

Zwölftes Kapitel

Nach diesen Worten saß Bill Cromwell einige Minuten schweigend da. Rex Dillon und Kit Barlowe machten keinen Versuch, ihn in seinem Nachdenken zu stören.

»Wenn man von der Tatsache ausgeht, dass der Schimpanse Jim Barlowe gehörte, der für den Fall seines Todes das Tier seinen Schwestern schriftlich vermachte, kann kein Zweifel bestehen, wem das Tier jetzt gehört«, äußerte Ironsides schließlich. »Aber der Besitz ist praktisch neun Zehntel des Eigentums - und Vick ist ein Bestandteil von Valentines Nummer. Ihre Frau konnte hingegen den Brief ihres Bruders ins Treffen führen, Mr. Dillon. Warum zeigte sie diesen Brief nicht einem Anwalt und holte sich bei ihm juristischen Rat?«

»Ich schlug ihr das vor, aber sie war eigensinnig und glaubte schneller zum Ziel zu kommen, wenn sie mit Valentine direkt verhandelte«, erwiderte Rex. »Ich riet ihr auch, Kit aufzusuchen und ihre Meinung einzuholen. Ich glaube, sie wollte es tun.«

»Ja, sie hat mich angerufen und mir am Telefon davon erzählt«, bestätigte Kit. »Ich hatte sie doch gebeten, nichts von unserer Verwandtschaft verlauten zu lassen, und wollte mich deshalb nicht einmischen. Sie meinte, dass sie durchaus fähig sei, auch allein mit Valentine fertig zu werden. Sie war fest davon überzeugt, dass wir beide bald viel Geld von Valentine bekommen würden.«

»Nina fing die Sache geradezu idiotisch an«, fiel Rex heftig ein. »Wenn sie meinen Rat befolgt hätte und mit Jims Brief zu einem Anwalt gegangen wäre, statt selbst mit Valentine zu verhandeln, würde sie einen einwandfreien Anspruch gehabt haben. Jetzt ist sie tot - und es wäre ja auch sowieso zu spät.«

»Warum zu spät, mein Junge?«

»In jener Nacht wurde Jims Brief mit seinem Vermächtnis aus unserer Garderobe gestohlen.« Rex zuckte hilflos die Achseln. »Sie erinnern sich, dass Sie die Tür versiegelten, Mr. Cromwell. Nun, als ich später Ninas Sachen durchsuchte, fand ich, dass alle ihre Briefe fort waren - selbst die, die sie von Kit erhalten hatte.«

»Schlimm«, meinte der Chefinspektor. »Jetzt haben Sie gar keinen Beweis mehr, dass Jim Barlowe den Schimpansen seinen Schwestern hinterließ. Valentine kann behaupten, dass er ihm das Tier schenkte oder dass er es von ihm kaufte, ohne dass ihm jemand das widerlegen kann. Jetzt verstehe ich auch, warum Ihre Garderobe so gründlich durchsucht worden ist!«

»Natürlich von Valentine, dem Lumpen!«

»Wahrscheinlich von Valentine«, berichtigte Ironsides. Er musste daran denken, dass er selbst Valentine im Keller dabei überrascht hatte, wie er Briefe verbrannte. »Aber Annahmen sind vor Gericht wertlos, Mr. Dillon. Und einen Beweis, dass Valentine die Briefe Ihrer Frau gestohlen hat, haben wir nicht.«

»Wer kann denn sonst der Dieb sein? Sie haben ja selbst soeben zugegeben, dass Pavlos ein hinreichendes Motiv besaß, Nina, ja uns alle drei, zu ermorden. Er hatte ein mindestens so starkes Motiv, diese Briefe zu stehlen.«

»Ein Motiv ist noch kein Schuldbeweis!« Cromwell schüttelte den Kopf. »Viele Mordtaten wurden schon begangen und ihre Täter zum Tode verurteilt, ohne dass es möglich war, ein Motiv_ für die Tat festzustellen. Andererseits haben Männer, die ein Motiv zu einem Verbrechen besaßen, ihre Unschuld beweisen können. In diesem Fall hier gibt es vieles, was mir noch völlig unklar ist.«

»Wenn Valentine Nina ermordet hat, weil sie von ihm Geld verlangte, so ist es doch nur logisch, auch anzunehmen, dass er bei der ersten sich bietenden Gelegenheit ihre Sachen durchsuchen würde. Unter ihnen konnte ja etwas zu finden sein, was auf ein Motiv für die Tat hinwies«, argumentierte Rex. »Das ist doch einleuchtend, Mr. Cromwell, nicht wahr? Nun, Nina wurde ermordet, und in derselben Nacht wurden ihre Briefe gestohlen. Ein Messer wurde auf Kit geworfen, und zur selben Stunde war Valentine in Chelsea. Heute wurden Kit und ich in eine Falle gelockt, der wir nur durch Zufall entkamen, und als Sie hier eintrafen, verließ Valentine gerade das Haus. Mein Gott, Mr. Cromwell, führen diese Tatsachen denn nicht zu einer ganz eindeutigen Schlussfolgerung?«

»Ja - und das ist gerade der Haken«, erwiderte der Chefinspektor. »Sie sind allzu klar und einfach. Dabei besteht das ganze Beweismaterial gegen Valentine ausschließlich aus Indizien. Niemand sah, wie er das Messer auf Ihre Frau warf - oder das zweite Messer auf diese junge Dame hier. Sie sahen den Mann nicht, der Sie hier niederschlug - und als Miss Barlowe herkam, stand ihr ein maskierter Mann gegenüber.« Cromwell zuckte die Achseln. »Mit welcher Begründung kann ich Valentine verhaften? Oder ihn auch nur zum Verhör vorführen lassen? Nein, junger Freund, hier spielen noch ganz andere Dinge eine Rolle, die nur noch nicht zutage getreten sind.«

»Sie wollen doch nicht etwa behaupten, dass jemand anders Nina ermordete und dann versuchte, auch Kit und mich zu ermorden«, wandte Rex ein. »Es ist natürlich bedauerlich, dass es nur Indizienbeweise sind, aber ist denn das ein entscheidender Mangel? Mörder wurden doch schon oft nur auf Grund von Indizienbeweisen verurteilt!«

Ironsides stand auf.

»Mit solchen Reden verschwenden wir nur Zeit«, sagte er. »Ich bin jedenfalls froh, dass Sie beide mir endlich reinen Wein eingeschenkt haben.«

»Einen Augenblick, Mr. Cromwell«, bat Rex. »Von allem, was hier in London geschehen ist, einmal abgesehen - wie steht es mit dem Tod von Kits Bruder? Der Schimpanse gehörte doch Jim - und Jim wurde bei einem geheimnisvollen *Unfall* getötet. Valentine war an Ort und Stelle, nur konnte ihm niemand nachweisen, dass er den *Unfall* absichtlich herbeigeführt hatte. Auch dabei gab es also genau die gleiche Art von Indizienbeweisen wie hier. Mein Gott, ist es denn nicht sonnenklar, dass nur Valentine und niemand anders der Täter sein kann?«

Cromwell sah den jungen Mann nachdenklich an.

»Sind Sie sich übrigens klar, dass es für Sie - und auch für Miss Barlowe - ein schwerer Schlag ist, wenn Valentine des Mordes schuldig befunden wird?«, meinte er. »Was wird dann aus Ihrem Anteil an dem Geld, das der Affe einbringt? Ohne Valentine, auf den er dressiert ist, ist Vick nichts als ein ganz gewöhnlicher Affe. Kein anderer Bauchredner kann Valentines Platz einnehmen, denn der Affe ist nur auf die Stichworte dressiert, die ihm Valentine gibt. Vick wird dann nicht mehr fünfhundert Pfund die

Woche - und Gott weiß wieviel in Hollywood - einbringen, er wird nichts als ein zahmer Schimpanse sein.«

Rex und Kit wechselten einen Blick.

»Merkwürdig, dass wir nie daran gedacht haben!«, rief das Mädchen und verzog das Gesicht. »Da hast du dir ja die ganze Mühe umsonst gemacht.«

Rex versuchte vergebens, sie mit einer Geste zum Schweigen zu bringen, und blickte dann Ironsides an, der den Kopf schüttelte.

»So geht es nicht, Mr. Dillon. Sie werden den Schimpansen schon zurückgeben müssen.«

»Ich weiß gar nicht, was Sie meinen...«

»Ach was, Sie verstehen mich sehr gut. Warum, glauben Sie, ließ ich mir von Ihrem Hausmeister den Schlüssel geben und drang in Ihre Wohnung ein?«, fragte ihn Cromwell. »Doch nicht, weil ich erwartete, Sie beide mit den Köpfen im Gasherd vorzufinden - das hat mich völlig überrascht. Ich erwartete vielmehr, den Affen hier zu finden. Sie waren heute Morgen in Miss Barlowes Wohnung, als ich dort vorsprach. Später erfuhr ich, dass Miss! Barlowe in aller Eile hierherfuhr, und da dachte ich mir, dass Sie es wahrscheinlich mit der Angst zu tun bekamen und den Schimpansen von Chelsea fortgeschafft hatten. Wahrscheinlich brachten Sie ihn in einem Schrankkoffer oder sonstwie hierher. Wie sich jedoch herausstellte, war das ein Irrtum.«

»Aber ich kann gar nicht verstehen...«

»Wollen Sie schon wieder den Zugeknöpften spielen, Mr. Dillon?«, fuhr ihn Cromwell an. »Der Affe ist noch in Miss Barlowes Wohnung - und zwar in ihrem Badezimmer. Stimmt's? Los, geben Sie mir doch Antwort!«

»Es ist wahr, Mr. Cromwell«, gab Kit zerknirscht zu.

»So ist es besser. Jetzt können wir uns weiter unterhalten.«

»Kit! Du hättest es doch nicht erzählen sollen!«'

»Aber er weiß es doch schon«, wandte das Mädchen ein. »Was hat Leugnen noch für einen Zweck?« Sie sah Ironsides an. »Woher wissen Sie es eigentlich, Mr. Cromwell?«

»Ich bin doch noch nicht ganz vertrottelt«, erwiderte der Chefinspektor ungeduldig. »Während ich bei Ihnen sitze, klirrt plötzlich zerbrechendes Glas oder Porzellan - und dann kommt dieser junge Mann hier und will mir einreden, er habe nicht gesehen werden wollen, um Ihrem guten Ruf nicht zu schaden. So ein Unsinn! Eine dümmere Ausrede habe ich noch nie gehört! Warum sollte er seine Schwägerin am Vormittag nicht besuchen? Und wer, der seine Anwesenheit geheim halten will, wird ausgerechnet mit lautem Klirren Porzellan zerschlagen? Einem Schimpansen ist es allerdings schon zuzutrauen, dass er so etwas tut. Natürlich dachte ich daher sofort an Vick.«

»Das meintest du also, als...«, begann Johnny.

»Als Verbrecher sind Sie wirklich nicht geeignet, Mr. Dillon«, fuhr Ironsides fort, indem er den Einwurf geflissentlich überhörte. »Ihr Schuldgefühl stand Ihnen doch deutlich im Gesicht geschrieben. Ich konnte zwar damals nicht erraten, warum Sie Valentine den Affen weggenommen hatten, weil mir die Sachlage unbekannt war, aber...«

»Das Tier gehört Kit!«, fiel ihm Rex eifrig ins Wort. »Das beweist der Brief ihres Bruders einwandfrei!«

»Bisher weiß ich nur aus Ihrer Erzählung, dass ein solcher Brief existiert.«

»Sie wollen damit sagen, dass Sie mir nicht glauben?«, fragte Rex enttäuscht.

»Ich glaube Ihnen schon, mein Junge - aber was nützt Ihnen das?«, brummte Cromwell. »Denn jetzt ist doch dieser Brief ohne Zweifel bereits vernichtet. Der Mann, der ihn stahl - ob nun Valentine oder ein anderer -, hat sich diesen Brief doch keinen Augenblick aufgehoben!«

»Der Schimpanse - und das Geld, das er einbringt - gehört zur Hälfte Kit«, wiederholte Rex trotzig. »Da Valentine nicht mit sich reden ließ, musste ich versuchen, ihn zu zwingen...«

»Erzählen Sie mir das lieber nicht«, fiel Cromwell ihm scharf ins Wort. »Das sind Ansichten, die ich mir als Polizeibeamter nicht anhören kann. Jedenfalls werden Sie heute noch den Affen zurückgeben - damit heute Abend Valentine wie immer seine Nummer vorführen kann.«

Der junge Australier blickte unwillig zu Boden.

»Mr. Cromwell hat recht, Rex«, redete ihm Kit sanft zu. »Schließlich ist doch Vick auch für uns wertlos, wenn er nicht auf tritt.«

»Es war ein Fehler von Ihnen, zu versuchen, das Recht in die eigenen Hände zu nehmen, Mr. Dillon, aber darüber will ich hinwegsehen«, sagte Ironsides. »Ich schlage vor, dass Miss Barlowe jetzt in ihre Wohnung zurückkehrt, um nach dem Tier zu sehen - ich werde dafür sorgen, dass sie dabei Polizeischutz hat -, während Sie Valentine aufsuchen und sich mit ihm aussprechen. Können Sie ihn dazu veranlassen, dass er ein Schriftstück unterzeichnet, in dem er Miss Barlowes Ansprüche anerkennt und sich verpflichtet, sich mit ihr finanziell zu einigen - umso besser für Sie! Aber das muss ich Ihnen überlassen. Im Augenblick ist ja

Vick noch in Ihrem Besitz, und so haben Sie ja auch noch ein Druckmittel - denn wie ich Ihnen vor einer kleinen Weile schon sagte, hat der, der im Besitz einer Sache ist, immer zu neun Zehntel recht. Aber ich kann Ihnen für eine solche Verhandlung mit Valentine nur zwei Stunden geben. Ob Sie nun zu einer Abmachung kommen oder nicht - in spätestens zwei Stunden muss der Affe zurückgegeben werden.«

»Das ist wirklich verdammt anständig von Ihnen, Mr. Cromwell!« Rex sah den Chefinspektor ganz-überrascht an. »Ich werde ihn sofort aufsuchen. Gott sei Dank, Kit, dass die Polizei wegen des Diebstahls des Affen nicht gegen uns vorgehen wird!«

Fünf Minuten später wurde Kit Barlowe, die schon fast wieder aussah, als ob nichts geschehen wäre, von Johnny Lister nach Hause begleitet, während Rex Dillon sich auf den Weg ins Varieté *Olymp* machte. Cromwell blieb allein zurück.

Er untersuchte die Tür, die in den Garten hinausführte. Er fand auch auf dem verfallenen Ziegelweg, der zu der Tür am Ende des Gartens führte, frische Fußspuren. Aus der Verwahrlosung des Gartens ging hervor, dass er nur höchst selten betreten wurde, aber heute Morgen hatte jemand diesen Garten durchschritten. Die Tür im Zaun hatte kein Schloss mehr, so dass sie ohne weiteres zu öffnen war.

Als Cromwell vom Ende des Gartens zum Haus zurückblickte, erkannte er, dass der Gartenweg in seiner ganzen Länge durch üppig wuchernde Büsche völlig abgeschirmt war gegen Sicht vom Hause aus.

Verdammt leicht für einen Eindringling, durch den Garten ins Haus zu gelangen, ohne gesehen zu werden, dachte Ironsides. Ohne Zweifel kam der Mörder auf diesem Weg. Und wie schlich er sich in die Wohnung ein? Auch das war leicht. Bei der Durchsuchung von Nina Dillons Sachen nahm er eben nicht nur ihre Briefe, sondern auch ihren Wohnungsschlüssel mit. Ohne Zweifel hat er diesen Schlüssel schon früher einmal benutzt - um sich zu vergewissern, dass in der Wohnung nichts war, was ihn belasten konnte, nichts, was darauf hinwies, dass er mit der Ermordeten in irgendeiner Verbindung stand. Der Mörder muss ein verschlagener, schlauer Bursche sein. Sieht das nach Valentine aus? Eigentlich kaum...

Hinter dem Garten in dem Gässchen, das in eine Seitenstraße mündete, fanden sich in der feuchten Erde frische, aber verwischte Fußspuren. Bei genauerer Untersuchung sah Cromwell jedoch, dass drei dieser Abdrücke noch einigermaßen scharf waren. Er betrachtete sie mit lebhafter Befriedigung.

Eine halbe Stunde später hatte er telefonisch einen Beamten aus dem Yard angefordert und ihn Gipsabdrücke von den Fußstapfen machen lassen.

Inzwischen saß Rex dem Bauchredner Valentine in dessen Garderobe im Varieté *Olymp* gegenüber. Verwundert beobachtete Rex die Veränderung im Benehmen dieses bisher so arroganten Menschen. Seine frühere überlegene Ruhe war völlig verschwunden. Er sah blass und übernächtig aus und war ein einziges Nervenbündel.

»Ich habe sofort Ihre Stimme erkannt, als Sie mich heute Morgen anriefen, Dillon, obgleich Sie versuchten, sie zu verstellen«, sagte er und sah seinen Besucher böse an. »Als ich auf den Anruf hin zu Ihrer Wohnung ging, meldeten Sie sich nicht, als ich klingelte. Als ich dann aus dem Haus herauskam, traf ich mit Cromwell zusammen; ich habe mich gefragt, was er eigentlich bei Ihnen zu suchen hatte. Vick ist doch bei Ihnen, nicht wahr?«

»Ja, aber nicht in meiner Wohnung«, erwiderte Rex grimmig. »Hatten Sie mich heute Morgen nicht vielleicht schon einmal aufgesucht und - angetroffen?«, fügte er hinzu und berührte mit der Hand die schmerzhafte Schwellung an seinem Kopf. »Oder wollen Sie vielleicht so tun, als ob Sie keine Ahnung hätten, was in meiner Wohnung passiert ist?«

»Ich weiß gar nicht, wovon Sie reden«, versetzte Valentine mürrisch. »Wenn Sie nicht hergekommen sind, um mit mir über meinen Schimpansen zu verhandeln, was wollen Sie dann überhaupt hier, zum Donnerwetter?«

»Schön - sprechen wir über den Schimpansen. Aber nennen Sie ihn nicht Ihren Schimpansen, denn das Tier gehört Kit! Das wissen Sie genauso gut wie ich, Valentine! Nina und ich, wir haben Ihnen das schon unmissverständlich erklärt!«

»Ja, Nina hat etwas von einem Brief gefaselt, den Jim ihr geschrieben haben soll«, antwortete der Bauchredner. »Ich weiß allerdings von einem solchen Brief nichts. Nina hat mich sogar außerdem noch beschuldigt, Jim ermordet zu haben. Dabei waren Sie doch dabei, Dillon, und wissen, dass Jim von einem stürzenden Zeltmast erschlagen wurde. Ich war zu dieser Zeit in meinem Wohnwagen.«

»So behaupteten Sie jedenfalls.«

»Sie auch?«, stieß der Bauchredner hervor. »Sie glauben auch, dass ich Jim ermordete, genau wie ich Nina ermordet haben soll? Gewiss, Nina fiel mir auf die Nerven, aber das war doch für mich noch kein Grund, sie umzubringen! Und ich war stets fest davon überzeugt, dass Vick mein Eigentum ist. Nach Jims Tod fiel er doch natürlich mir zu. Wir hatten ihn ja zusammen dressiert...«

»Jim hatte ihn dressiert!«, unterbrach ihn Rex. »Jim hat jahrelang gearbeitet, um Vick zu seiner jetzigen Vollkommenheit zu bringen. Aber ich will nicht mit Ihnen streiten, Valentine. Dieser Schimpanse - dieser *goldene Affe*, wie ihn die Leute nennen - ist jedenfalls Kits Eigentum. Er wurde ihr von Jim in jenem Brief vermacht.«

»In einem Brief, den Sie nicht vorlegen können!«, höhnte Valentine.

»Jedenfalls werden Sie entweder mit Kit zu einer fairen Abmachung kommen oder Vick nicht wiedersehen«, drohte Rex. »Das ist doch die Alternative. Ich verlange ein Abkommen, in dem Sie mir schriftlich bestätigen, dass Sie anerkennen, dass der Schimpanse Kit Barlowe gehört. Dafür gibt Kit die Erlaubnis, dass das Tier in Ihrer Nummer auftreten darf, unter der Voraussetzung, dass Sie ihr die Hälfte Ihrer Gage - natürlich unter Abzug der Steuern - zahlen.«

»Ich denke gar nicht daran! Fünfzig Prozent! Das ist ja Erpressung!«, schrie Valentine wütend. »Der Teufel soll Sie holen! Es ist meine Nummer! Ich habe sie ausgearbeitet! Gewiss, Jim hat das Tier dressiert, aber ohne mich ist es wertlos!«

»Ebenso wertlos wie Sie ohne Vick!«, schrie Rex wütend zurück. »Und Vick ist nun in meinem Besitz! Nennen Sie es meinetwegen Erpressung, aber auf andere Art sind Sie doch nicht zur Vernunft zu bringen!«

»Es ist ja richtig, ohne Vick bin ich ruiniert!«, stöhnte der Bauchredner. »Wenn ich heute nicht auftrete, wird meine Nummer vom Programm gestrichen. Das hat man mir gerade vor fünf Minuten bei der Besprechung gesagt.« Schweißtropfen traten ihm auf die Stirn. »Also gut, ich werde Ihnen Ihre Bestätigung ausschreiben, und ich bin bereit, Kit ein Viertel meiner Gage...«

»Schließlich ist es nicht ganz falsch, wenn Sie behaupten, dass Sie die Nummer ausgearbeitet haben«, unterbrach ihn Rex. »Also will ich mich mit einem Drittel begnügen. Aber das ist mein letztes Wort! Schreiben Sie diese Bestätigung, und dann lassen wir unsere Unterschriften notariell beglaubigen. Wir wollen alles ins reine bringen, so dass es keinen Streit mehr gibt.«

Valentines Augen blitzten.

»Und Sie werden mir Vick zurückgeben, wenn ich das tue?«

»Innerhalb einer Stunde - gesund und munter.«

»Ich könnte Sie wegen Diebstahl und Nötigung anzeigen«, meinte der Bauchredner giftig. »Dann würde die Polizei wohl nicht viel Zeit brauchen, um Vick zu finden. Doch selbst das kann ich nicht riskieren. Sie haben also gewonnen. Ich muss aber Vick sofort zurückerhalten.«

Als Rex sich auf seinem Stuhl zurücklehnte, hatte er das merkwürdige Gefühl, einen nutzlosen Sieg errungen zu haben. War - denn nicht das ganze Abkommen eine Farce? Was nützten ihm Valentines Unterschrift unter diesem Vertrag, wenn der Bauchredner wegen Mordverdachts verhaftet wurde, sobald Cromwell das nötige Beweismaterial gegen ihn gesammelt hatte? Dann war die Nummer, mit der ein Vermögen zu verdienen war, sowieso erledigt, und darum konnte Dillon aus diesem Sieg keine rechte Befriedigung ziehen.

Der Vertrag wurde ausgeschrieben; sie gingen mit ihm zu einem Notar, bei dem er unterschrieben und beglaubigt wurde. Nicht ganz eine Stunde später turnte Vick wieder in seinem Käfig im Keller des *Olymp* herum; der Direktor atmete auf - der Star des Programms konnte wie üblich auftreten. Die Polizei wusste zwar, dass zwischen Valentine und Rex Dillon etwas vorgegangen war, was mit Recht und Gesetz nicht ganz zu vereinbaren war, aber sie verhielt sich diskret und zeigte keinerlei Neugier.

Da schlug aus heiterem Himmel der nächste Blitz ein.

Er kam nicht sofort. Zunächst gab es noch eine kurze Ruhepause, die Bill Cromwell zum Nachdenken benutzen konnte, während er mit Johnny in einem ruhigen Restaurant zu Mittag aß, wo sich die beiden Kriminalbeamten verabredet hatten.

Johnny berichtete ihm zunächst, er habe Kit sicher nach Hause gebracht. Sie waren in Sergeant Rutters unauffälligem Wagen zu ihrer Wohnung gefahren.

»Ich ließ Rutter auf seinem Posten, Old Iron, und riet der schönen Kit, sie solle für den Rest des Tages zu Haus bleiben. Nach ihrer Erfahrung von heute Morgen wird sie wohl kaum große Lust haben, in der Stadt herumzuflanieren.«

»Ich werde noch einen zweiten Mann als Wächter hinschicken«, meinte Cromwell nachdenklich. »Von dem Mordversuch heute früh ist nichts in die Presse gekommen, und es wird auch nichts in die Presse kommen. Wir wollen den Mörder im unklaren lassen, warum sein scheinbar unfehlbarer Plan schiefgegangen ist. Jedenfalls handelte er heute übereilt und hat dabei vielleicht einen ganz großen Fehler gemacht.«

Er erzählte Johnny von den Fußstapfen in dem Gässchen auf der Rückseite der Colby Terrace.

»Bei Gott, da hast du recht!«, rief der junge Sergeant. »Wenn diese Fußstapfen von Valentine stammen, dann haben wir ihn! Sollten es allerdings nicht die seinen sein...«

»...haben wir ihn nicht. Aber vielleicht können wir auf diese Weise jemand anders erwischen. Die neueste Entwicklung unseres Falles macht mir Kopfzerbrechen. Valentine hätte auf keinen Fall das Haus durch die Vordertür verlassen, wenn er es gewesen wäre, der vorher den Gashahn in Dillons Wohnung aufgedreht hatte. Nein, der wirkliche Mörder betrat und verließ das Haus durch den Garten - heimlich, verstohlen und von niemandem beobachtet.«

»Am helllichten Tage ist doch so etwas kaum möglich!«

»Du hast eben den Garten nicht gesehen. Ganz von Büschen überwuchert. Ein altes Haus, in kleine Wohnungen aufgeteilt, und die meisten Mieter - wenn nicht alle - tagsüber beruflich abwesend. Aber, wie ich dir schon sagte, der Mörder hatte größte Eile. Er hatte nicht die Zeit, alle notwendigen Vorkehrungen zu treffen.«

»Aber wer ist denn der Mörder - wenn nicht Valentine?«

»Das ist das Problem«, brummte Cromwell und betrachtete misstrauisch die Suppe, die vor ihm stand. »Was soll denn das sein? Das sieht ja wie Abwaschwasser aus. - Hm, gar nicht schlecht!«, fügte er widerwillig hinzu, nachdem er gekostet hatte. »Jawohl, Johnny: wer? Es muss jemand sein, der zum Varieté *Olymp* in Beziehungen steht, - jemand, der Nina Dillon erkannte, als sie am Montag zum ersten Mal hier auftrat - jemand, der Grund hatte, sie zu fürchten.«

Einige Minuten lang löffelte der Chefinspektor schweigend - wenn auch nicht geräuschlos - seine Suppe. Als er seine Augen wieder auf Johnny richtete, zeigte sich in ihnen ein ganz ungewöhnlicher Ausdruck.

»Weißt du, mein Jun e, in meinem Unterbewusstsein schlage ich mich schon seit geraumer Zeit mit einem Gedanken herum«, sagte er, als er seinen Teller beiseiteschob. »Wir haben uns zu sehr auf Valentine konzentriert und ihm zu viel Aufmerksamkeit gewidmet. Ist es nicht bezeichnend, dass Nina Dillon ein Zwilling war?«

»Was meinst du damit?«

»Wie, wenn unser unbekannter Freund einen Irrtum begangen hätte?«, meinte Cromwell unvermittelt. »Wie, wenn er Nina für Kit gehalten hätte? Wenn eigentlich Kit Barlowe diejenige war, die er fürchtete?«

»Aber verdammt noch mal...«

»Das würde manches erklären - sogar verdammt vieles«, meinte Cromwell nachdenklich. »Er ermordete Nina Dillon, und erst nach der Tat entdeckte er - vielleicht beim Lesen der Briefe, die er in der Garderobe der Dillons fand - seinen Irrtum. Das war für ihn ein schwerer Schlag. Folgst du meinem Gedankengang, Johnny?«

»Du meinst, dadurch wäre sein Anschlag auf Kit erklärt?«

»Natürlich. Nehmen wir einmal an, der Mörder wusste gar nicht, dass es Zwillingsschwestern Barlowe gab, die einander so sehr glichen, dass sie miteinander verwechselt werden konnten. Nimm weiter an, er erfuhr das erst letzte Woche. Weißt du, sobald wir das Zeug aufgegessen haben, das sie einem hier als Steak vorsetzen, werden wir nach Chelsea fahren. Ich muss Miss Barlowe noch ein paar Fragen stellen.«

Kit spähte ängstlich durch den Türspalt, als sie ihnen auf ihr Klingeln vorsichtig öffnete. Als sie die beiden Kriminalbeamten erkannte, ließ sie sie aufatmend ein.

»Rex hat angerufen«, begann sie eifrig. »Valentine hat sich bereit erklärt, uns ein Drittel seiner Gage zu zahlen. Rex hat mit Valentine einen Vertrag abgeschlossen, den sie bei einem Notar beglaubigen ließen.«

»Und der Affe?«

»Ist fort. Rex hat ihn wieder zu Valentine zurückgebracht.«

»Bitte erzählen Sie mir nichts weiter davon, Miss Barlowe - ich möchte von Ihrem Abkommen mit Valentine lieber nichts wissen«, sagte Cromwell. »Es geht mich auch nichts an. Aber jetzt etwas anderes: Wissen Sie jemanden außer Valentine, der die Absicht haben könnte, Sie umzubringen?«

»Großer Gott - nein!«, antwortete sie sofort.

»Wirklich nicht? Bitte denken Sie genau nach. Es kann jemand aus Ihrer Vergangenheit sein, Miss Barlowe. Hat sich nicht in Ihrem Leben - sagen wir in den letzten fünf Jahren - irgendetwas ereignet, was Ihnen eine erbitterte Feindschaft eingetragen hat?«

Johnny sah sie neugierig an. Bildete er es sich nur ein, oder war sie tatsächlich blass geworden? War in ihren blauen Augen nicht ein Schimmer von Furcht aufgezuckt?

»Nein - niemand!«, sagte sie, aber ihre Stimme klang plötzlich gepresst. »Niemand, der die Absicht haben könnte, mich umzubringen.«

»Haben Sie sich vielleicht meine Frage nicht genügend überlegt?«

»Doch«, entgegnete sie. »Auf was spielen Sie denn an, Mr. Cromwell? Ist denn Valentine nicht der Mörder?«

»Lassen wir das, Miss. Wenn Sie von niemandem wissen...«

Cromwell seufzte, warnte sie noch, vorsichtig zu sein, falls sie ausgehen sollte, und verabschiedete sich dann.

»Dieser Besuch war wenigstens nicht gänzlich nutzlos, Johnny«, meinte er, als sie wieder in ihrem Wagen saßen. »Sie spielt zwar schon wieder einmal die Schweigsame, aber gerade dadurch erfuhr ich, was ich wissen wollte. Hast du ihren Gesichtsausdruck beobachtet?«

»Ich weiß nicht recht...«

»Unsinn! Sie war tief betroffen. Es muss also einen Zwischenfall in ihrem Leben gegeben haben, von dem sie nicht sprechen will - und das gibt uns Stoff zum Nachdenken, Johnny. Damit eröffnen sich ganz neue Perspektiven. Dieses Mädchen schwebt in größter Gefahr; ich werde dafür sorgen, dass sie von jetzt an gut bewacht wird.«

Sie fuhren nach Scotland Yard zurück. Dort erstattete Cromwell über die Ereignisse in Dillons Wohnung Bericht.

»Der Fall wird ja immer verwickelter, Cromwell«, meinte Colonel Lockhurst unzufrieden, »und Sie machen auch keine großen Fortschritte. Gott sei Dank kamen Sie heute Morgen noch rechtzeitig, um die beiden zu retten. Aber vielleicht wäre es doch eine gute Idee, diesen Valentine festzunehmen und ihn einmal scharf zu verhören.«

»Er ist nicht der Mann, den wir suchen, Sir«, brummte Ironsides. »Davon bin ich jetzt fest überzeugt.«

»Er ist, soweit ich sehen kann, der einzige, der ein Motiv und eine Gelegenheit zu all diesen Verbrechen hatte. Wer kommt denn sonst noch in Betracht?«, fragte der Colonel. »Etwa jemand, von dem wir bisher noch gar nichts gehört haben? Ist das nicht höchst unwahrscheinlich?«

»Ja, Sir, dem muss ich beipflichten. Mein Instinkt weist mich in eine bestimmte Richtung, und ich kann Sie nur bitten, im Augenblick nicht weiter in mich zu dringen«, erwiderte Ironsides. »Ich habe noch einiges zu erledigen - scharfes Nachdenken gehört auch dazu -, aber dann glaube ich, innerhalb von achtundvierzig Stunden eine Verhaftung vornehmen zu können.«

Der Colonel betrachtete ihn mit einem amüsierten Lächeln. Er kannte Cromwells Methoden gut und wusste daher, dass es ganz sinnlos war, sich seinem Verlangen zu widersetzen.

»Schön, Chefinspektor«, sagte er und beendete die Unterhaltung mit einer Handbewegung. »Also in achtundvierzig Stunden!«

Dreizehntes Kapitel

An diesem Abend bot Valentine eine besonders gute Leistung. Er war so großartig, dass Direktor Eccles nicht nur erleichtert, sondern geradezu entzückt war. Er hatte schon gefürchtet, Valentine werde nicht ganz auf der Höhe sein. Aber die Entführung seines Schimpansen und die rasche Rückgabe schienen ihn im Gegenteil zu noch größeren Leistungen angefeuert zu haben.

Auch Kit Barlowe war an diesem Abend in der Covent Garden Oper besonders gut - es schien sie nicht zu stören, dass sie von zwei der besten Beamten Cromwells bis in das Opernhaus begleitet worden war.

Alles schien also völlig in Ordnung zu sein.

Bei Scotland Yard saß Bill Cromwell, vor sich hin brütend, in seinem Büro. Er und Johnny hatten mehrere Stunden mit dem Studium aller Berichte über die Einzelheiten dieses Falles verbracht. Selbst der athletische junge Sergeant war nun völlig erschöpft.

»Hör mal, du alter Sklaventreiber, wie wäre es mit einer Magenstärkung?«, fragte er. »Haben wir nicht für heute schon genug gearbeitet? Lass dich von mir in meinen Club fahren.«

»Ach was!«, schnaufte Cromwell. »Du und dein blöder Club! Du gehörst vielleicht zu den müßigen Reichen, aber ich nicht. Du brauchst nicht zu arbeiten, um dir dein Brot zu verdienen - du mit deinem reichen Vater und deinem fetten Einkommen!«

»Du brauchst nicht auf meinem fetten Einkommen herumzuhacken!«, protestierte Johnny. »Erstens ist es leider nicht so fett, und zweitens fordere ich dich ja nur auf, mit mir einen Bissen zu essen.«

»Entschuldige, mein Junge, ich meinte es nicht so!« begütigte ihn Ironsides und lehnte sich in seinem Sessel zurück. »Aber ich kann mir diesen Fall nicht aus dem Kopf schlagen. Ich bin auch Miss Barlowes wegen besorgt. Ich werde hier im Büro bleiben, bis der Bericht eintrifft, dass sie wieder sicher zu Hause ist. Übrigens habe ich Dillon auch gebeten, vorsichtig zu sein - und ich lasse auch ihn bewachen, obwohl er davon nichts weiß.«

»Sie schweben also noch immer in Gefahr?«, meinte Johnny nachdenklich. »Ja, du hast wohl recht. Der Mörder muss ja furchtbar wütend sein, dass sein heutiger Anschlag fehlgeschlagen ist.«

»Ich habe auch erfahren, dass Valentine Maßnahmen zum Schutz des Affen trifft«, fuhr Cromwell fort. »Allerdings ist das wohl überflüssig, denn Dillon wird keine faulen Sachen mehr versuchen. Jedenfalls hat Valentine ein Bett in den Keller des Theaters bringen lassen und will neben dem Käfig schlafen.«

»Das kann ich ihm nicht verübeln«, meinte Johnny. »Sein Tier ist die ertragreichste Goldgrube, von der ich seit langer Zeit gehört habe.«

Ironsides zündete sich seine Pfeife an und blies eine Wolke stinkenden Rauchs von sich.

»Unterhalten wir uns lieber noch einmal über den Mörder«, sagte er. »Nehmen wir einmal an, dass es in Wirklichkeit Kit Barlowe war, die er zu fürchten hatte. Als er Nina Dillon bei ihrem ersten Auftreten am Montag im Varieté sah, hielt er sie irrtümlich für ihre Zwillingsschwester. Nina erkannte ihn nicht - natürlich nicht, denn für sie war er ja ein völlig Fremder -, aber er, der sie ja irrtümlich für Kit hielt, musste fürchten, sie werde ihn früher oder später doch erkennen.«

»Aber Kit hätte ihn doch erkennen müssen!«

»Kit war ja nie im *Olymp* - denn sie wollte ja ihre Verwandtschaft geheim halten. Sie nahm ihrer Schwester sogar das Versprechen ab, niemandem etwas davon zu verraten, dass sie noch eine Zwillingsschwester hatte. Kit hat also niemanden von den Varietéleuten gesehen.«

»Was du jetzt andeutest, ist allzu phantastisch, Old Iron«, wandte Johnny ein. »Du sprichst von den Varieté-Leuten. Jemand im *Olymp* - jemand anders als Valentine - hielt also deiner Ansicht nach Nina irrtümlich für Kit. Valentine konnte ja ein solcher Irrtum nicht unterlaufen, weil er beide Zwillingsschwestern kannte. Aber wem sonst im Varieté? Wallis, dem Inspizienten? Bishop, seinem Assistenten? Sales, dem Requisitenverwalter? Eccles, dem Direktor? Bowers, dem Portier? Wen meinst du denn?«, fragte Johnny ärgerlich. »Und wie, zum Teufel, könnte es denn einer von diesen Leuten gewesen sein?«

»Das ist eben die Frage«, erwiderte Cromwell mürrisch. »Leider stehen wir einer ganzen Reihe möglicher Verdächtiger gegenüber. Warum könnte es eigentlich nicht einer von diesen Leuten gewesen sein, Johnny? Was wissen wir denn von ihnen? Wer stand hinter Dillon, als seine Frau ermordet wurde? Jim Sales, der Mann, der die Wurfmesser aufbewahrte!«

»Mein Gott, du glaubst doch nicht im Ernst...?«

»Nein. Aber wer ist Jim Sales? Er ist der Mann, der für die Requisiten verantwortlich ist. Aber was wissen wir sonst von ihm?« argumentierte Ironsides. »Und was wissen wir von dem Chef vom Ganzen, von Eccles selbst? Erinnere dich an die Geschichte, die uns Dillon heute erzählte, mein Junge. Ist dir dabei nicht eine Tatsache aufgefallen?«

Johnny verzog das Gesicht.

»Verdammt, das ist nicht fair!«, protestierte er. »Das Erkennen auffallender Tatsachen ist eben nicht gerade meine starke Seite, Old Iron.« Er zuckte die Achseln. »Also schön, ich bin blöd! Und was war diese auffallende Tatsache? Du wirst mir doch nicht etwa deine Geheimnisse anvertrauen? Dann warte einen Augenblick, bis ich Champagner zum Feiern dieses Ereignisses geholt habe.«

»Du willst wohl Witze machen, wie?«, schnaufte sein Vorgesetzter. »Dillon erzählte uns, dass vor einigen Jahren eine Zeitlang nur die eine der Zwillingsschwestern beim Zirkus war. Das war damals, als die Mädel sechzehn Jahre alt waren, als Nina sich das Bein gebrochen hatte und allein in einem Krankenhaus in Kanada zurückgeblieben war.«

»Ja, ich entsinne mich, dass Dillon so etwas erzählte.«

»Gut. Jetzt denk nach: Als der Zirkus nach England kam, war nur Kit - mit ihrer Mutter - dabei. Ist vielleicht damals Kit irgendetwas zugestoßen? Das ist durchaus möglich, wenn man bedenkt, wie sie heute Nachmittag reagierte. Und zwar muss ihr was zugestoßen sein, wovon sie nicht gern sprechen will. Bald darauf kam der Zirkus, auf dem Weg nach Australien, nach Südafrika, wo sich Nina ihm wieder anschloss. Das ist also die für uns interessante Periode, Johnny: die Zeit, in der der Zirkus in England gastierte und Kit ohne ihre Schwester auftrat.«

»Jagst du da nicht einem Phantom nach?«, fragte Johnny zweifelnd. »Das ist doch alles nur geraten.«

»Nein, das ist nicht nur geraten!«, fuhr in Ironsides an. »Ich bin davon überzeugt, dass der Mörder Nina mit Kit verwechselte, denn das ist nach allem, was vorgefallen ist, die einzige logisch mögliche Annahme. Daraus folgt, dass der Mörder ein Feind von Kit ist, aber Nina nicht kennt. Daraus folgt weiter, dass Valentine dieser Mörder nicht sein kann. Höchstwahrscheinlich ist es jemand, den auch Dillon nicht kennt. Es muss also jemand sein, den Kit kennenlernte, bevor der Zirkus wieder nach Australien kam.«

»Weit hergeholt, Old Iron. Immerhin würde jedoch diese Theorie den Anschlag auf Kit erklären. Der Mörder entdeckte seinen Irrtum - dass er Nina mit Kit verwechselt hatte, meine ich -, als er die Briefe las, die er in der Nacht nach dem Mord aus ihrer Garderobe gestohlen hatte. Ja, und dabei muss er doch auch den Brief gefunden haben, in dem Jim Barlowe für den Fall seines Todes den Affen seinen Schwestern vermachte. Deutet das nicht wieder auf Valentine hin? Verbrannte er nicht gerade Briefe, als wir im Keller auf ihn stießen?«

»Das war ein nicht dazugehöriges Zwischenspiel, Johnny«, erwiderte Cromwell. »So möchte ich jedenfalls glauben. Nina war ermordet worden; Valentine war sich bewusst, dass seine Verbindung mit den Zwillingen und ihrem Bruder ihn verdächtig machte - und so hielt er es für ratsam, die Briefe zu verbrennen, die ihm die Schwestern - oder eine von ihnen - vielleicht einmal geschrieben hatten. Aber das ist nicht mehr wichtig, denn ich habe Valentine inzwischen aus meiner Liste der Verdächtigen gestrichen. Weißt du aber, was ich jetzt tun werde?«

»Da ich dich und deine Art kenne, wage ich es noch nicht einmal zu raten.«

»Es gibt zwei Menschen, die uns verraten können, ob Kit Barlowe während der Tournee des Zirkus in England etwas Ungewöhnliches begegnet ist«, verkündete Ironsides und langte nach dem Telefon. »Das ist das Ehepaar Miller vom Zirkus Miller. Ich werde jetzt ein langes Kabel an die australische Polizei senden.«

»Aber du weißt ja gar nicht, wo sich die Millers aufhalten«.

»Das wird die australische Polizei rasch festgestellt haben. Ich werde sie bitten, die Millers zu fragen, ob Kit Barlowe während der damaligen Tournee in England in irgendetwas verwickelt war, wobei sie sich einen gefährlichen Feind geschaffen haben kann. Für die Millers besteht ja keine Veranlassung, uns den Namen zu verheimlichen, wenn es so einen Mann gibt.«

»Du glaubst, es hat keinen Zweck, Kit selbst zu fragen?«

»Habe ich das nicht schon getan? Du hast doch selbst gesehen, wie sie daraufhin zu Eis erstarrte«, antwortete der Chefinspektor brummig. »Aber wenn ich meine Informationen nicht aus der einen Quelle bekommen kann, hole ich sie mir eben aus einer anderen. Und die Millers sind die andere Quelle.«

Er formulierte den Wortlaut seines Kabels sehr sorgfältig. Nachdem er es telefonisch aufgegeben hatte, erhob er sich gähnend.

»Gehen wir nach Hause, Johnny!«, meinte er. »Ich werde Bescheid sagen, dass uns der Bericht von Johnson, der für Miss Barlowes Schutz verantwortlich ist, telefonisch in die

Wohnung übermittelt wird. Für heute habe ich von meinem Büro wirklich genug.«

Sie fuhren in ihre Wohnung in der Victoria Street, wo Johnny ein paar Büchsen öffnete und aus deren Inhalt ein recht annehmbares Mahl zusammenstellte. Als sie mit dem Essen fertig waren - Cromwell hatte, obwohl er dabei wie immer über seinen kranken Magen klagte, wieder enorme Mengen zu sich genommen kam der Anruf von Johnson, der berichtete, dass Kit Barlowe sicher zu Hause angelangt sei und dass ihre Wohnung scharf bewacht werde.

Daraufhin gingen die beiden zu Bett.

Als sie am nächsten Morgen in ihr Büro kamen, lag auf Cromwells Schreibtisch schon die Antwort der australischen Polizei. Er las das Telegramm durch und sah dann mit blitzenden Augen zu Johnny auf.

»Wahrhaftig, ich hatte recht, mein Junge!«, rief er. »Hier habe ich genau die Informationen, die ich gesucht habe. Während der Zirkus in England gastierte, trat bei Miller ein Messerwerfer namens Hal Bracey auf...«

»Großer Gott - ein Messerwerfer!«

»Jawohl - ein Messerwerfer! Aber unterbrich mich nicht. - Dieser Mann«, fuhr Ironsides fort, indem er das Telegramm zur Hand nahm, »war noch keine zwei Wochen bei dem Zirkus, da überfiel er Kit Barlowe in ihrem Wohnwagen.« Der Chefinspektor gab wilde Laute von sich, und seine Augen leuchteten grimmig auf. »Kits Mutter kam gerade noch rechtzeitig hinzu. Sie bat Miller dann, die Sache um Kits willen zu vertuschen. Bracey wurde auf der Stelle davongejagt, aber noch in derselben Nacht brach der Kerl im Zirkus ein und raubte die ganze Tageskasse. Seitdem wurde der Lump nie wieder gesehen. Das ist im Wesentlichen der Inhalt des Telegramms.«

»Donnerwetter!«, rief Johnny erstaunt aus.

»Armes Mädchen! Kein Wunder, dass sie uns davon nichts erzählen wollte«, murmelte Cromwell. »Natürlich will jedes Mädchen so etwas geheim halten! Aber die Mutter hätte Bracey doch lieber verhaften lassen sollen!«

Johnny schüttelte den Kopf.

»Dann hätte doch Kit vor Gericht erscheinen und aussagen müssen«, sagte er. »So wussten doch nur ein paar Leute vom Zirkus Miller von der Sache. Vielleicht sogar nur Kits Mutter und die Millers. Aber warum sollte Bracey Kit ermorden wollen - jetzt, nachdem so viele Jahre vergangen sind?«

»Warum? Mein Gott, ist das nicht sonnenklar? Er gehört zum Personal des *Olymp*. Irrtümlich hielt er Nina für Kit und wunderte sich wohl, dass sie ihn nicht wiedererkannte. Erkannte sie ihn aber wieder, so verlor er mit Sicherheit seine Stellung - konnte sogar wegen des Raubes der Zirkuskasse verhaftet werden. Die Angst trieb ihn zur Tat, und so mordete er - als Messerwerfer natürlich mit dem Wurfmesser. Damit klärt sich eins unserer Probleme auf. Wir haben uns doch immer den Kopf zerbrochen, wo ein zweiter Messerwerfer herkommen könnte, nicht?«

»Das stimmt schon. Aber wer, zum Teufel mag es sein?«

»Jedenfalls nicht Valentine, soviel ist sicher. Seit dem Diebstahl der Briefe aus der Garderobe der Dillons wusste der Mörder von seinem Irrtum. Bei dem Einbruch wird er wohl auch Kits Adresse gefunden haben. Höchstwahrscheinlich fand er auch ein Bild der Zwillinge, das sie beide zeigte. So ging er denn geradewegs zu Kits Wohnung, wartete dort auf sie und warf dann sein Messer, das nur durch einen glücklichen Zufall nicht traf. Wer kann dieser Mann sein?«

»Jemand, der zum Personal des *Olymp* gehört«, meinte Johnny; er sah ganz verdutzt aus. »Kein Wunder, dass uns Kit nichts von ihm sagen konnte. Ich möchte wetten, auch Dillon weiß von dieser schrecklichen Geschichte nichts, und Kit wird alles tun, um zu verhindern, dass es bekannt wird. Aber was wollen wir nun tun, Old Iron? Hast du einen Vorschlag?«

»Ich werde die junge Dame dazu bewegen, mit mir in das Varieté zu gehen«, antwortete Cromwell finster. »Dort wird sie Hal Bracey sofort erkennen, ganz gleich, wie er sich inzwischen verändert haben mag.«

»Es sieht ja fast aus, als ob wir am Anfang vom Ende wären«, meinte Johnny zufrieden. »Aber du musst dabei schlau Vorgehen. Bring sie nicht offen ins Varieté; sie soll einen Blick auf die Leute werfen, ohne selbst dabei gesehen zu werden.«

»Du willst mir wohl die Grundbegriffe meines Berufes beibringen?«, schnaufte Cromwell. »Aber gehen wir zunächst einmal ins Varieté, denn ich möchte mir die Leute dort noch einmal ansehen. Ich komme in zehn Minuten zum Auto hinunter. Vorher möchte ich nochmals mit dem Chef sprechen.«

Als Ironsides dann seinen Platz im Auto neben Johnny einnahm, sah er ungewöhnlich bösartig aus. Die Nachrichten aus Australien hatten ja wirklich dem Fall ein ganz neues Gesicht gegeben. Ein Mann namens Hal Bracey hatte vor Jahren Kit Barlowe angefallen und außerdem noch seinen Arbeitgeber beraubt. Er war jetzt im Varieté

Olymp - wahrscheinlich ein von niemandem beargwöhnter Mann. Er hatte sich bisher für ganz sicher halten können, da er Kit Barlowe am anderen Ende der Welt geglaubt hatte.

Es musste für ihn ein schwerer Schock gewesen sein, als er bei Beginn des neuen Programms im *Olymp* Nina Dillon erblickte. Er hatte wohl bald festgestellt, dass Rex Dillon und seine Frau aus Australien kamen, wo sie im Zirkus Miller aufgetreten waren. Diese Auskünfte mussten ihn zu einer falschen Schlussfolgerung verführt haben.

»Also jemand im *Olymp*!« Johnny pfiff durch die Zähne, als sie durch die Straßen des Westends fuhren. »Das gibt lauter neue Verdächtige. Wie steht es mit den Angestellten, die wir uns kaum angesehen haben? Und mit den Bühnenarbeitern? Dieser Bracey kann ja auch Bühnenarbeiter sein - das ist doch eine Arbeit, nach der Männer von Braceys Typ sich umsehen!«

Aber Cromwell schüttelte den Kopf.

»Falsch, Johnny! Ich gebe zu, dass ein Zirkusartist, der sich fürchtet, in seiner eigentlichen Nummer aufzutreten, sich um die Stelle eines Bühnenarbeiters bei einem Varieté bewerben könnte. Aber zu dem Charakter unseres Mörders würde so etwas nicht passen.«

»Warum nicht?«

»Gerade die Tatsache, dass er sich in Panik und sogar bis zu einem Mord treiben ließ, weist doch darauf hin, dass er etwas zu verlieren hat«, erwiderte Ironsides. »Mit anderen Worten: Er muss eine verantwortliche Stellung haben, in der er nicht schlecht verdient. Und dazu muss er mehr als nur Bühnenarbeiter sein!«

»Du meinst, dass er sich in diesen vier oder fünf Jahren emporgearbeitet hat?«, fragte Johnny. »Das ist sehr klug überlegt, Old Iron. Ein einfacher Bühnenarbeiter wäre nur weggelaufen, wenn er geglaubt hätte, jemanden zu erkennen, der ihm gefährlich werden konnte.«

Cromwell nickte schweigend. In seinen Augen stand ein harter Glanz, als sie vor dem Varieté ankamen. Als sie durch den Bühneneingang schritten, war Jerry Bowers, der Portier, nicht in seiner Pförtnerloge. Es würde wohl überhaupt im ganzen Theater kaum jemand anwesend sein.

»Zunächst werden wir mit Mr. Wallis sprechen«, meinte Cromwell.

»Glaubst du etwa, dass er...?«

»Ich glaube gar nichts. Wallis kommt als Täter nicht mehr in Betracht als einer der anderen. Sogar weniger. Wurde er nicht selbst von dem Mörder überfallen?«

Sie kamen zum Büro des Inspizienten; die Tür stand halb offen. Ironsides trat ein, blieb aber auf der Schwelle ganz entgeistert stehen. Dabei gehörte schon allerhand dazu, die eisernen Nerven dieses vielerfahrenen Beamten zu erschüttern. Aber in diesem Augenblick erstarrte ihm das Mark in den Knochen.

Guy Wallis lag mit dem Gesicht nach oben auf dem Fußboden. In seinem Herzen stak bis zum Heft ein Messer.

Vierzehntes Kapitel

Das Bild wirkte umso schauerlicher, als Jim Sales, der Requisitenverwalter, sich gerade, die Hand am Heft des todbringenden Messers, über die Leiche beugte.

»Warum gehst du nicht weiter?«, fragte Johnny Lister, der nicht ins Zimmer hineinsehen konnte und daher versuchte, an Cromwell vorbeizukommen.

Beim Klang der Stimme fuhr Sales überrascht herum. Dabei ließ er den Griff es Messers los, als ob er plötzlich rotglühend geworden wäre. Schwankend stand er auf. Sein Gesicht war leichenblass, und seine Kiefer zuckten krampfhaft.

»Halt ihn fest, Johnny!«, rief Ironsides.

Nach dem ersten entsetzten Blick auf die Leiche handelte der junge Sergeant mit bemerkenswerter Geschwindigkeit. Er stürzte vor, packte Jim Sales, drehte ihn herum und verschränkte ihm die Hände hinter dem Rücken. Sales leistete keinerlei Widerstand. Er schien völlig benommen zu sein.

Cromwell kniete neben dem Toten nieder. Aber schon ein einziger Blick in das verzerrte Gesicht, die weitaufgerissenen, starren Augen genügte. Guy Wallis lebte nicht mehr. Er konnte noch nicht länger als zwanzig Minuten tot sein, denn sein Körper war noch warm. Obwohl das Gesicht verzerrt war, zeigte es noch den Ausdruck einer merkwürdigen Überraschung.

»Großer Gott!«, murmelte Cromwell; er sah so entsetzt aus, dass ihn Johnny verwundert anstarrte. »Wallis! Warum

Wallis? Das ist doch Unsinn! Das gibt doch gar keinen Sinn mehr, verdammt noch mal!«

»Warum sagst du das?«, fragte Johnny, der noch immer Sales mit festem Griff hielt. »Wallis muss etwas über den Mörder gewusst haben. Der Narr wollte Sales eigenhändig festnehmen, anstatt der Polizei Bescheid zu sagen.« Johnnys Blick wandte sich dem Toten zu. »Armer Kerl! Wahrscheinlich wollte er den Helden spielen.«

Jim Sales begann sich zu wehren. Er sah Cromwell mit wilden Blicken an. Dabei atmete er schwer, fast röchelnd.

»So habe ich ihn gefunden, Sir!«, stieß er hervor. »Ich kam eine Minute vor Ihnen ins Zimmer - und da lag er hier auf dem Boden und starrte zur Decke. Die Haare sträubten sich mir! Mein Gott, Sie glauben doch nicht etwa, dass ich...?«

»Halten Sie den Mund, Sales!«, versetzte Ironsides kurz. »Sie werden schon noch Gelegenheit zum Reden bekommen.«

»Ich will aber jetzt sprechen!«, schrie Sales, und seine Stimme wurde schrill. »So habe ich ihn gefunden! Nur eine Minute, bevor Sie hereinkamen! Ich dachte, er sei vielleicht noch nicht tot, und darum wollte ich ihm zunächst einmal den Dolch aus der Brust ziehen.«

»Faule Ausreden, Hal Bracey!«, fuhr ihn Cromwell an.

Der Requisiteur sah ihn verständnislos an.

»Wer?«, fragte er verwundert. »Mein Name ist Sales.«

»Aber vor einigen Jahren hießen Sie noch Bracey.«

»Sie sind ja verrückt! Ich bin Jim Sales - und kein anderer!« Der Requisiteur schüttelte jetzt seine Furcht ab. »Sie glauben doch nicht etwa, dass ich ihn erstochen habe, Mr. Cromwell? Ich habe zwar nicht gern gesehen, in welcher

Art er mit den Mädchen hier umging, denn ich bin schließlich ein verheirateter Mann mit zwei Kindern, aber sonst kam ich mit ihm großartig aus. Warum hätte ich ihn ermorden sollen?«

»Johnny, geh zum Telefon und ruf Pretty an. Sag ihm, dass er mit allen erforderlichen Leuten herkommen soll. Wenn du das getan hast, bemühe dich, Eccles zu finden!«

Johnny ging zum Telefon und hob den Hörer ab.

»Wenn Sie durchaus reden wollen, Sales, so kann ich Sie nicht hindern«, meinte Ironsides. »Aber Sie zittern ja wie Espenlaub! Möchten Sie sich setzen?«

»Ja, Sir«, flüsterte Sales.

Sie setzten sich.

»Dieses Messer ist eins von Dillons Wurfmessern«, fuhr Cromwell finster fort. »Sie sind doch verantwortlich für alle Requisiten, nicht wahr?«

»Ja, Sir«, stöhnte der verängstigte Mann. »Das heißt - normalerweise. Aber da Dillon seine Nummer nicht mehr vorführt, brachte ich die Messer in seine Garderobe.«

»Ist seine Garderobe verschlossen?«

»Soviel ich weiß, nicht.«

»Also hätte sich jeder beliebige eins dieser Messer holen können.« Der Chefinspektor blickte nachdenklich vor sich hin. Der Mord an Wallis war wie ein Blitz aus heiterem Himmel gekommen und hatte den sonst so unerschütterlichen Ironsides völlig aus der Fassung gebracht. Das spiegelte sich sogar in seinem Gesicht wider, aus dem man sonst kaum etwas ablesen konnte. »Sie sind also verheiratet und haben zwei Kinder«, fuhr er fort und sah Sales unter drohend zusammengezogenen Brauen hervor an. »Seit wann sind Sie denn hier bei diesem Varieté?«

»Es werden so etwa vier Jahre sein, Sir.«

Vier Jahre! Es war etwas mehr als vier Jahre her, seit Hal Bracey aus dem Zirkus Miller verschwunden war. Die Zeit stimmte.

»Und wo waren Sie vorher?«

»Auf Tournee im ganzen Lande«, antwortete Sales. »Es ist gar nicht so leicht, in unserer Branche eine feste Stellung zu bekommen. - Hören Sie, Mr. Cromwell«, fügte er ruhiger hinzu, »ich will Ihnen erzählen, wie alles kam. Vor zwanzig Minuten kam ich ins Theater und ging sofort in die Requisitenkammer...«

»Sah Sie jemand kommen?«

»Jawohl, Sir - Jerry.«

»Haben Sie mit ihm gesprochen?«

»Nein, Sir. Er saß in seiner Pförtnerloge und las Zeitung - oder rechnete sich vielleicht die Chancen der Rennpferde aus. Ich ging direkt in die Requisitenkammer, wie ich das meistens tue. Aber dort fiel mir etwas ein, was ich Mr. Wallis fragen wollte. So kam ich hierher in sein Büro. Aber als ich ihn hier so liegen sah, wurde mir schwarz vor den Augen.« Sales warf einen Blick auf die Leiche, wandte ihn aber schnell wieder ab. »Ich konnte nur noch denken, dass er vielleicht noch nicht ganz, tot war. Daher rannte ich zu ihm hin und fasste das Messer an.« Er erschauerte, und seine Stimme klang wie ein Schluchzen. »Aber der Dolch ließ sich nicht herausziehen, Sir. Dahn hörte ich Sie und Mr. Lister an der Tür. Das ist alles, Mr. Cromwell - Ehrenwort! Ich habe ihn gar nicht weiter angefasst! Ich fand ihn genauso, wie Sie ihn hier sehen!«

Ironsides schwieg und betrachtete Sales nachdenklich. Entweder war der Mann ein ungewöhnlich guter Schauspieler, oder er sagte tatsächlich die Wahrheit.

Inzwischen hatte Johnny sein Telefongespräch beendet und das Büro verlassen, um Eccles zu suchen. Im Theater herrschte noch morgendliche Ruhe, wie meist um diese Zeit. Von den Artisten war noch kaum jemand im Haus. Im Zuschauerraum waren die Reinmachefrauen bei ihrer Tätigkeit.

Jetzt zeigte sich auch, dass sich die Nachricht von Wallis' Tod schon herumgesprochen hatte. Ein uniformierter Polizeibeamter erschien in der Tür; Jerry Bowers, der Portier, sah aufgeregt über seine Schulter ins Zimmer.

»Hier drin?«, meinte der Uniformierte. »Ach, Mr. Cromwell!« Er salutierte. »Der Alte sagte mir gar nichts davon, dass Sie auch hier sind.« Er warf einen Blick auf die Leiche. »Noch ein Toter, Sir?«

»Ja, junger Mann. Noch einer!«, entgegnete Ironsides und stand auf. »Bewachen Sie diesen Mann hier, bis die Leute vom Revier kommen.«

»Ich bin doch nicht etwa verhaftet, Sir?«, fragte Sales ängstlich.

»Sie werden jedenfalls mit dem Wachtmeister hierbleiben müssen, Mr. Sales. Verhaftet sind Sie nicht - noch nicht. Und wenn Sie Wallis nicht ermordet haben, dann haben Sie auch nichts zu befürchten. Sie müssen jedoch Geduld haben.«

Um die kurze Pause bis zu dem Eintreffen von Inspektor Pretty und seinen Leuten auszunutzen, verließ Cromwell das Büro; er wollte den Portier am Bühneneingang sprechen. Jerry Bowers trieb sich jedoch noch im Gang herum. Er sah noch wesentlich eingeschüchterter aus als Sales. Er zitterte so, dass Ironsides ihn stützen musste, als sie zur Pförtnerloge gingen. Hier ließ sich Jerry erschöpft auf seinen Stuhl fallen.

»Ist es denn wahr, Sir, dass Mr. Wallis tot ist?«, fragte er mit heiserer Stimme. »Ich meine - wirklich tot?«

»Ja. Erstochen.«

»Mein Gott! - Ich habe Angst, Sir«, flüsterte der alte Mann. »Wer von uns mag jetzt an die Reihe kommen? Hier wütet doch ein Wahnsinniger!«

Er war so verstört, dass Cromwell ihn nur mit Mühe beruhigen konnte. Aber schließlich hatte er wenigstens soweit die Fassung wiedergewonnen, dass er Fragen beantworten konnte.

»Wer ist im Augenblick im Theater, Jerry?«

»Sie meinen vom Personal? Niemand außer Mr. Wallis und Jim Sales. Sonst ist noch niemand gekommen.«

»Und Bishop, der Assistent des Inspizienten?«

»Der ist noch nicht hier.«

»Schlief nicht Mr. Valentine letzte Nacht im Keller?«

»Ja, das stimmt, Sir«, antwortete der Portier; er begann wieder vor Furcht zu zittern. »Aber auch Mr. Valentine ist nicht hier. Er ist fortgegangen.«

»Wann ging er denn?«

»Nun, lassen Sie mich nachdenken - das muss schon mehr als eine Stunde her sein«, meinte Jerry mit einem Blick auf den alten Wecker, der auf einem Bord über seinem Tisch stand. »Ja, Sir, es war noch nicht neun Uhr. Er unterhielt sich noch vor meiner Loge mit Mr. Wallis und sagte zu ihm, dass er frühstücken gehen wolle. Es ist doch entsetzlich - das mit Mr. Wallis! Gerade, heute Morgen war er so fröhlich und vergnügt!«

»Wann kam Jim Sales?«

»Es wird eine halbe Stunde her sein, möchte ich sagen - vielleicht etwas weniger«, meinte der alte Mann. »Ich las gerade, und er hat mich nicht angesprochen. Er ging wohl in seine Requisitenkammer.«

»...während Mr. Wallis in sein Büro ging«, dachte Cromwell laut. »Ich danke Ihnen, Jerry.«

Als Cromwell die Pförtnerloge verließ, zog er die Stirn kraus. Ein paar Schritte weiter im Gang traf er auf Johnny Lister.

»Ich habe Eccles Bescheid gesagt - er wird sofort kommen, Old Iron. Er ist ganz außer sich; er sagte, wenn das so weitergeht, ist das Varieté ruiniert.«

»Der Teufel soll das Varieté holen!«, schnaubte Ironsides. »Zwei Morde, Johnny, und wir tappen noch immer im Dunkeln. Wenn Sales den Inspizienten nicht umgebracht hat - und ich möchte glauben, dass der Bursche uns die Wahrheit gesagt hat -, wer sonst war der Täter? Wir sitzen schön in der Patsche!«

»...und kleben darin fest!«, stimmte Johnny ihm zu und nickte. »Aber der letzte Mord beweist doch wenigstens, dass die Theorie, wonach Wallis vorgestern im Keller nur angegriffen wurde, weil der Angreifer ihn für Valentine hielt, falsch war. Wallis sagte uns damals, dass er den Schimpansen aufquietschen hörte, und wir nahmen an, er sei nur niedergeschlagen worden, weil er jemanden störte, der dort auf Valentine lauerte. Das war eben falsch! Er wurde in den Keller gelockt, und der Mörder ließ ihn liegen, weil er ihn für tot hielt. Er hatte eben nicht kräftig genug zugeschlagen.«

»Unsinn, Johnny!«, erwiderte Cromwell gereizt. »So gesehen, ergibt es überhaupt keinen Sinn. Wenn der Mörder wirklich Wallis in den Keller lockte, um ihn zu töten, warum benutzte er dazu nicht seine Lieblingswaffe - eins von Dillons Wurfmessern? Ich sage dir, Johnny, bei alledem stimmt etwas nicht. Wir sehen die Dinge nicht nur verzerrt, sondern verkehrt herum.«

»Ich verstehe nicht...«

»Ich leider auch nicht. Ich verstehe gar nichts. Und das macht mich ja so wild!«, antwortete Ironsides mit einem Blick über die Schulter. »Aber da höre ich Schritte - das müssen wohl die Leute vom Revier sein.«

Inspektor Pretty kam mit mehreren Männern heran. Er hörte mit unbewegtem Gesicht zu, während Cromwell ihm die Auffindung der Leiche schilderte.

»Lassen Sie Sales von zweien Ihrer Leute auf die Wache bringen«, befahl Ironsides. »Und dann möchte ich, dass Sie das Büro von Wallis gründlich durchsuchen. Der Mörder, hinter dem wir her sind, ist so gefährlich wie eine Kobra, wir müssen ihn so schnell wie möglich fassen.«

»Das klingt nicht so, als wenn Sie große Fortschritte gemacht hätten, Mr. Cromwell«, sagte der Inspektor mit unverkennbarer Schadenfreude. »Das tut mir furchtbar leid, aber man kann eben nicht jedes Mal Erfolg haben.«

»Machen Sie sich deswegen keine Sorgen, Inspektor. Ich habe den Mann, den ich suche, praktisch schon gefasst.« Ironsides warf ihm einen bösen Blick zu. »Das überrascht Sie wohl?« Er wechselte unvermittelt das Thema. »Haben

Sie einen Arzt mitgebracht? Gut, gehen wir in Wallis' Büro.«

Dort trafen sie außer dem Polizeiarzt, der die Leiche untersuchte, auch Mr. Howard Eccles, den Varietédirektor, dessen bleiches Gesicht von seiner Erschütterung zeugte.

»Warum gerade Wallis?«, fragte Eccles verzweifelt. »Er ist schon jahrelang bei mir, ein ruhiger, tüchtiger Mensch. Das ist doch ein Wahnsinn!«

»Nein, Sir«, entgegnete Ironsides. »Wir haben es keineswegs mit einem Wahnsinnigen zu tun. Der Mörder geht vielmehr - mit tödlicher Entschlossenheit - nach einem genau festgelegten Plan vor. Wo waren Sie übrigens vor einer halben Stunde, Mr. Eccles?«

Eccles zuckte zurück und lief vor Zorn rot an. Aber dann fasste er sich und stieß ein kurzes, unfrohes Lachen aus.

»Es mag ja ihre Pflicht sein, alle Leute zu verhören, die zur Zeit des Mordes im Theater waren«, meinte er bitter. »Ich sollte mich also wohl daran nicht stoßen. Also - ich war in meinem Büro im vorderen Teil des Hauses.«

»Allein, Sir?«

»Ja. Das ist in Ihren Augen wohl verdächtig?«

»Nicht unbedingt, Sir«, antwortete Ironsides mit Nachdruck. »Haben Sie übrigens je von einem gewissen Hal Bracey gehört?«

»Bracey? Nicht, dass ich wüsste. Warum?«

»Es ist nicht wichtig, Sir.«

Cromwell winkte Johnny Lister und ging mit ihm aus dem Büro hinaus. Er überließ Pretty und seinen Leuten die Routinearbeiten.

»Wenn ich nur eine Personalbeschreibung von Bracey hätte!« Der Chefinspektor seufzte. »Aber Miss Barlowe wird sie mir geben können. Ich gehe jetzt zu ihr.«

»Mein Gott, Old Iron, du kannst doch dem Mädchen nicht erzählen, dass du herausgefunden hast, was damals passiert ist!«

»Nein?«, fauchte Cromwell. »Für ihr mädchenhaftes Schamgefühl wird es zwar ein Schock sein, wenn ich diese hässliche Geschichte aufrühre, aber es gibt keine Alternative für mich. Miss Barlowe allein kann mir die Auskunft geben, die ich brauche - mehr noch, sie ist die einzige, die Bracey identifizieren kann. Darum ist ihre Mithilfe für mich von entscheidender Bedeutung geworden, und ich kann nicht mehr länger auf ihre Gefühle Rücksicht nehmen.« Seine Stimme wurde weicher. »Überlass das nur mir, Johnny. Schließlich bin ich alt genug, dass ich ihr Vater sein könnte. Und ich kann ihr ja einreden, dass außer mir niemand von dieser Sache weiß.«

Während dieser Worte waren sie zum Ausgang gekommen.

»Eccles machte einen ziemlich mitgenommenen Eindruck«, meinte Johnny. »Er hätte ganz leicht von seinem Büro aus in das Büro des Inspizienten kommen können, ohne dass es jemand bemerkte. Es war ja niemand im Hause, als Wallis ermordet wurde.«

»Ja. Niemand kann bezeugen, was er trieb, denn er war ja allein.«

»Doch das ist ja Unsinn!« Johnny schüttelte den Kopf. »Ich meine, er ist hier Direktor und ein bedeutender Mann.« Er zuckte plötzlich zusammen und sah Cromwell starr an. »Aber wie du vorhin sagtest - der Mörder muss ja ein Mann in bedeutender Stellung sein! Verdammt noch mal - aber ein Direktor...?«

»Was bedeutet schon der Titel *Direktor*?«, versetzte der Chefinspektor unwillig. »Vor einem Jahr war er vielleicht stellvertretender Direktor und noch ein Jahr früher nur Sekretär. Im Verlauf von vier oder fünf Jahren kann ein Mann ganz beträchtlich aufsteigen. Und in einem Mordfall ist niemand - ich wiederhole, niemand - über jeden Verdacht erhaben.«

»Wir werden auch Valentine bald wieder in unsere Liste der Verdächtigen aufnehmen müssen«, meinte Johnny. »Vor kurzer Zeit war er ja noch der Verdächtige Nummer eins. Der Haken bei ihm ist nur, dass er unmöglich dieser Hal Bracey sein kann.«

»Und ebenso unmöglich kann er der Mörder von Wallis sein«, brummte Cromwell. »Der Aussage von Jerry Bowers zufolge - und wenn es sich um genaue Zeitangaben handelt, ist Bowers sehr verlässlich - verließ Valentine das Theater eine halbe Stunde, bevor Wallis ermordet wurde, und er ist bis jetzt noch nicht zurückgekommen. Du kannst ihn also ruhig von deiner Liste streichen.«

Im selben Moment erschien Valentine - offenbar tief erschüttert - und trat zu den beiden Beamten.

»Ich habe gerade von dem Mord gehört, Mr. Cromwell«, sagte er bewegt. »Jerry hat mir davon erzählt. Ist Wallis denn wirklich tot - getötet mit einem von Dillons Messern?«

»Ja, das stimmt.«

»Jerry hat mir auch gesagt, dass Jim, Sales verhaftet wurde...«

»Nicht verhaftet, Mr. Valentine - zum Verhör mitgenommen«, unterbrach ihn Ironsides. »Ich traf ihn in Mr. Wallis' Büro an, über die Leiche gebeugt, die Hand am Griff des Messers. - Wie ich höre, schliefen Sie gestern Nacht hier im Keller«, fügte er unvermittelt hinzu. »Um welche Zeit standen Sie denn auf?«

»So gegen halb acht.«

»Wie mir gesagt wurde, kam Sales zwanzig Minuten nach neun Uhr ins Haus - es kann auch zehn Minuten früher oder später gewesen sein. Glauben Sie, dass Sales sich auch früher hätte hereinschleichen können, ohne dass Jerry etwas davon bemerkte?«

»Möglich ist das schon«, meinte Valentine nachdenklich. »Jerry selbst wird ja kaum viel vor neun Uhr hier gewesen sein. Aber wie kommen Sie auf den Gedanken, dass Sales bereits früher hier war?«

»Ich dachte mir, Sales könnte vielleicht vor neun Uhr mit Wallis einen Streit gehabt und unmittelbar nach dem Streit das Haus verlassen haben«, erwiderte Cromwell. »Wenn er dann - falls es so war - zwanzig Minuten nach neun Uhr wiederkam, musste der Portier glauben, dass er erst zum ersten Male gekommen wäre. Aber der wichtigste Punkt ist: Hörten Sie im Keller etwas Auffälliges - irgendetwas? Laute Stimmen vielleicht? Zornige Worte?«

»Es war eine Totenstille«, erklärte Valentine ohne Zögern. »Ich habe nicht das Geringste gehört. Aber ich verließ ja das Haus, lange bevor Wallis ermordet wurde. Warum wurde er eigentlich ermordet, Mr. Cromwell? Hatte er vielleicht etwas entdeckt, was ihn für den Mörder gefährlich werden ließ?«

»Das scheint die einzige Erklärung zu sein«, erwiderte Ironsides ausweichend. »Es ist gut, Mr. Valentine. Vielen Dank!«

Fünf Minuten später war der Chefinspektor allein nach Chelsea unterwegs. Johnny hatte er im Varieté *Olymp* zurückgelassen. Aber als er vor Kit Barlowes Wohnung stand, zögerte er, bevor er läutete.

Das ist eine der scheußlichsten Aufgaben, die mir je gestellt wurden - mein Gott, warum bin ich nur Polizist geworden! dachte er wütend und drückte energisch auf die Klingel.

Fünfzehntes Kapitel

Kit, frisch und bildhübsch, stand in der offenen Tür. Ihre Augen strahlten ihn zur Begrüßung an. Seit ihrem schrecklichen Erlebnis in Rex Dillons Wohnung hatte sie für den hageren, furchteinflößenden Mann von Scotland Yard etwas übrig.

»Kommen Sie nur herein, Mr. Cromwell«, begrüßte sie ihn mit einem herzlichen Lächeln. »Heute Morgen bin ich nicht mehr nervös, und ich habe auch keine Schimpansen mehr im Badezimmer.«

»Auch sonst niemanden, hoffe ich, Miss Barlowe.«

Kit wurde rot.

»Nein, ich bin ganz allein.«

Sie gingen ins Wohnzimmer, das, abgesehen von den Resten von Kits Frühstück, die noch auf dem Tisch standen, ordentlich aufgeräumt war. Trotzdem glaubte sich die Sängerin entschuldigen zu müssen.

»Ich erwartete keinen Besuch«, erklärte sie ihm und sah ihn fragend an. »Ist denn etwas geschehen, Mr. Cromwell? Sie sehen so ernst aus. Fürchten Sie etwa, dass ich noch immer in Gefahr bin? Mir kommt das kaum glaubhaft vor, aber Rex rief mich heute Morgen an und bat mich, ich sollte mich sehr vorsehen, wenn ich ausginge.«

»Die Mühe hätte er sich sparen können«, erwiderte Ironsides brummig. »Meine Leute werden schon dafür sorgen, dass Ihnen nichts zustößt. Übrigens ist tatsächlich etwas passiert. Ein neuer Mord.«

»Nein!« Sie sah ihn mit weitaufgerissenen Augen an. »Sie wollen doch nicht etwa andeuten, dass Rex etwas damit zu tun hat?«

»Nein, Miss Barlowe. Der Tote ist der Inspizient im *Olymp*. Dillons einzige Verbindung zu diesem Mord - wenn man es überhaupt eine Verbindung nennen kann - besteht darin, dass eins seiner Wurfmesser bei dem Verbrechen benutzt wurde.«

»Wie entsetzlich!«

»Ich bin aber nicht hergekommen, um mit Ihnen über Wallis zu sprechen«, fuhr Cromwell fort und räusperte sich. »Ich habe Sie vielmehr aus einem ganz anderen Grunde aufgesucht.« Wieder räusperte er sich verlegen. »Leider muss ich Sie an ein höchst unangenehmes Vorkommnis erinnern, das sich ereignete, als der Zirkus Miller in England gastierte und Ihre Schwester Nina in einem Krankenhaus in Kanada zurückgeblieben war.«

Bis zu diesem Augenblick hatte sie ihm entspannt und gelöst gegenübergesessen. Jetzt straffte sich ihr Körper, und das Blut wich aus ihrem Gesicht; es schoss sofort wieder zurück, und ihre Wangen und ihr Hals färbten sich tiefrot.

»Ich... ich weiß gar nicht, was Sie meinen.«

»Es ist mir sehr peinlich, Miss Barlowe, aber ich habe keine andere Wahl. Eines Nachts überfiel Sie ein Mann namens Hal Bracey, während Sie allein in Ihrem Wohnwagen waren...«

»Nein, nein!«, schrie sie auf und verbarg ihr Gesicht in den Händen. »Wer hat Ihnen das verraten? Wie grausam von Ihnen, herzukommen und...«

»Ich bin nicht grausam, Miss Barlowe«, unterbrach er sie geradezu heftig, »aber leider muss ich mit Ihnen darüber sprechen. Ich bin doch, weiß Gott, alt genug, dass ich Ihr Vater sein könnte. Bemühen Sie sich doch einmal, dieses Erlebnis ganz sachlich und ruhig zu betrachten - denn Hal Bracey ist der Mann, der Ihre Schwester ermordete, der vor der Tür dieses Hauses auf Sie ein Messer warf, der gestern Sie und Dillon ermorden wollte. Haben Sie das nicht bereits erraten?«

Langsam nahm sie die Hände vom Gesicht und sah ihn an. In ihren Augen lag ein wachsendes Grauen.

»Nein! Das schwöre ich Ihnen! Dieser entsetzliche, grauenhafte Mensch ist für mich wie eine Gestalt aus einem Alptraum. Seit Jahren bemühe ich mich, ihn zu vergessen...« Sie brach ab und schlug wieder die Hände vors Gesicht. »Bracey? Er soll derjenige sein, der...? Aber warum? Nach all diesen Jahren!«

»Bracey lebt jetzt unter einem anderen Namen. Er steht in irgendeiner Verbindung zum Varieté *Olymp*, wir wissen aber noch nicht, wer es ist.« Cromwell sprach langsam und mit Nachdruck. »Aber unser Netz schließt sich immer enger um ihn, und mit Ihrer Hilfe werden wir ihn bald festnehmen.«

»Mit meiner... meiner Hilfe?«

»Es kann kein Zweifel bestehen, dass der Tod Ihrer Schwester die Folge eines tragischen Irrtums war«, fuhr er fort. »Als der Mörder Ihre Schwester am Montagabend sah - als die Messerwerfer-Nummer zum ersten Mal hier vorgeführt wurde hielt er sie irrtümlich für Sie, Miss Barlowe. Offenbar wusste er nicht, dass Sie noch eine Zwillingsschwester hatten. Er entdeckte seinen Irrtum zu spät -

nachdem er den Mord bereits begangen hatte. Erst dann erfuhr er von Ihrer Existenz und versuchte sofort, auch Sie zu ermorden.«

»Das... das ist ja entsetzlich!«, rief sie aus und erschauerte. »Warum versuchte er, mich umzubringen? Ich meine...«

»Seine Tat war zunächst nur die Folge seiner plötzlichen panikartigen Angst, man könne seine Vergangenheit entdecken. Aber dadurch wurde das Motiv, auch Sie aus dem Wege zu räumen, sehr stark. Er hatte Ihre Schwester ermordet; es bestand die Möglichkeit, dass Sie ins Theater kommen oder ihm bei der Leichenschau begegnen konnten. Dann mussten sie ihn erkennen, und nun würde er sich nicht mehr wegen einer alten, relativ geringfügigen Straftat zu verantworten haben, sondern wegen Mordes. Und darum schweben Sie noch immer in Gefahr, Miss Barlowe. Die einzige Möglichkeit, diese Gefahr zu beseitigen, ist die rasche Verhaftung von Bracey. Und zu diesem Zweck brauche ich Ihre Hilfe.«

»Wie... wie kann ich Ihnen denn helfen?«

»Zunächst, indem Sie mir genau schildern, was damals in England geschehen ist.«

»Nein, nein, das kann ich nicht - unmöglich!«

»Nehmen Sie sich doch zusammen, Miss Barlowe. Es ist doch tödlicher Ernst! Wir sind hier ganz allein, und was Sie mir mitzuteilen haben, kann von höchster Bedeutung sein.«

»Woher wissen Sie denn überhaupt davon?«

»Schon zu Anfang der Untersuchung kam ich zu der Überzeugung, dass Sie diejenige sind, der von vornherein der Hass des Mörders galt«, erwiderte Cromwell. »Das bedeutete, dass Sie einen Feind hatten oder jemand Sie fürchtete. Deshalb kabelte ich an Miller in Australien...«

»Ach so - und er hat Ihnen alles mitgeteilt!«

»Nur die bloßen Tatsachen. Aber die Schilderung von Einzelheiten können Sie ja jetzt nachholen. Erzählen Sie mir bitte genau, was geschehen ist.«

Sie war inzwischen viel ruhiger geworden.

»Ich war damals noch ein junges Mädchen, Mr. Cromwell - knapp sechzehn, praktisch noch ein Kind«, sagte sie und errötete noch mehr. »Da Nina nicht bei uns war, teilte ich einen Wohnwagen mit meiner Mutter. Aber eines Nachts war meine Mutter im Wohnwagen nebenan bei einem Mädchen, das sich eine Fleischvergiftung zugezogen hatte und schwer krank war. So war ich allein in unserem Wagen. Ich legte mich schlafen, wenn ich mich auch ohne meine Mutter etwas einsam fühlte. Plötzlich erwachte ich und sah, wie sich Hal Bracey über mich beugte.« Sie schauderte. »Ich wollte schreien, aber er presste mir die Hand auf den Mund...«

»Ein scheußliches Erlebnis, Miss!« Cromwells Bemerkung war ein Meisterstück der Untertreibung. »War dieser Mann schon vorher gegen Sie ausfallend geworden?«

»Ach, er war ein Ekel!«, antwortete sie. Sie hatte die Augen abgewandt, um Ironsides nicht ansehen zu müssen. »Sooft er mich allein erwischte, tätschelte er mich ab. Und da er wusste, dass Mutter in jener Nacht bei Rosa war und sie pflegte - aber muss ich Ihnen wirklich alles erzählen?«

»Nun, Miss Barlowe, ich weiß doch, dass er Sie überfiel, und ich zweifle nicht daran, dass Sie ihm mit aller Kraft Widerstand leisteten. So etwas endet nur allzu oft mit dem Tod des Opfers - es wird erwürgt.«

»Ach, Mr. Cromwell, das ging mir auch durch den Kopf, als er mir die Hand auf den Mund presste«, sagte sie leise. »Aber ganz unwillkürlich biss ich ihn in die Hand, und da zuckte er zurück. Nur eine Sekunde, aber sie genügte mir, um einen lauten Schrei auszustoßen. Dann schlug er mich gegen die Schläfe...«

»Und Sie verloren die Besinnung?«

»Nein. Ich sah noch, wie auf den Schrei hin meine Mutter herbeistürzte, sah, wie er sie beiseite schleuderte und aus dem Wagen hinaus ins Freie sprang.« Kit hielt inne und schluckte mehrmals. »Mr. Miller wollte sofort alles der Polizei melden und Bracey festnehmen lassen. Aber Mutter bat ihn, das nicht zu tun. Sie erklärte ihm, ich müsse dann vor Gericht erscheinen und aussagen - die Zeitungen würden darüber schreiben... Wäre es nicht besser, alles zu vertuschen? Besser für mich, meinte sie. Meine Mutter dachte dabei nur an mich. Ich selbst war viel zu verängstigt, um überhaupt etwas zu sagen.«

»Bracey kam, wie ich hörte, noch einmal zurück?«

»Ja. Stellen Sie sich die Frechheit von dem Kerl vor! Er brach tatsächlich in Mr. Millers Wohnwagen ein, während die Millers noch bei mir und meiner Mutter waren und versuchten, mich zu beruhigen. Dort stahl er alles Geld, das da war.«

»Mr. Bracey scheint ein Mann zu sein, der jede sich bietende Gelegenheit mit blitzartiger Schnelle ergreift«, sagte Cromwell grimmig. »Das hat er auch bei seinen letzten Taten bewiesen. Ein übler Bursche, der umso gefährlicher ist, als er nach außen hin als anständiger, höchst ehrenwerter Mann auftritt.«

»Ja, das ist wahr!«, stimmte sie ihm eifrig zu. »Als er zum Zirkus kam, dachten wir alle, was für ein netter Mensch er .doch sei. So gebildet - so ganz anders als der Durchschnitt, dachte ich. Er sprach wie ein Gentleman, und sein Benehmen war erstklassig. Jeder hielt ihn auch für einen *Gent*, wie wir das damals nannten. Nur wenn wir allein waren, zeigte er mir gegenüber seinen wahren Charakter. Wie hätte ich etwas gegen ihn sagen können? Mir jungem Ding hätte doch niemand geglaubt!«

»Es ist ein Jammer, dass Sie auch Ihrer Mutter nichts davon sagten, wes Geistes Kind er war«, brummte Ironsides. »Vielleicht hätte sie Sie dann im Wohnwagen nicht allein gelassen. - Wissen Sie, was aus Bracey geworden ist, nachdem er aus dem Zirkus geflüchtet war?«

»Nein - seit jenem Abend war er spurlos verschwunden.«

»Und jetzt ist er im Varieté *Olymp*«, meinte Cromwell. »Hm... nicht ungebildet, ein Gentleman, erstklassiges Benehmen... Können Sie ihn mir näher beschreiben, Miss Barlowe? Seine Größe, sein Gesicht, die Farbe seiner Augen?«

»Ich erinnere mich an ihn als einen schlanken, kultivierten Mann mit regelmäßigen Gesichtszügen, der sich sehr gerade hielt - er hatte keinen Schnurrbart«, erwiderte sie und zog die Stirn nachdenklich in Falten. »Ich glaube, seine Augen waren braun, aber ich bin meiner Sache nicht sicher. Jedenfalls waren seine Augen nicht auffallend - bis zu dem Augenblick, als ich nachts aufwachte und sah, dass er sich über mich beugte. Damals glitzerten sie wie die eines Wahnsinnigen.«

»Diesen Typ kenne ich«, erklärte Ironsides. »Leider nützt mir Ihre Beschreibung nicht viel. Sie passt auf jeden normalen, gutgebauten Mann. Wie war sein Haar?«

»Dunkelbraun. Er trug es ziemlich lang.«

»Jetzt könnte es schon graumeliert sein, obwohl das unwahrscheinlich ist«, sagte Ironsides. »Sie werden lange gebraucht haben, um über Ihr Erlebnis hinwegzukommen, Miss Barlowe. Der Zirkus reiste wohl bald nach diesem Zwischenfall aus England ab?«

»Ja.«

»Und als Ihre Schwester wieder zu dem Zirkus stieß...«

»Ich weiß, was Sie fragen wollen«, unterbrach sie ihn. »Sie wollen wissen, ob ich ihr von meinem Erlebnis erzählt habe. Aber da ich ja selbst nur den einen Wunsch hatte, es zu vergessen, verschwieg ich es ihr, und auch meine Mutter sprach zu ihr nicht davon. Die Millers hielten ebenfalls den Mund, denn sie hatten meiner Mutter versprochen, dass sie niemandem etwas davon erzählen würden. Aber ich konnte trotz aller Bemühungen nicht vergessen, und manchmal, wenn ich schlecht träume...«

Sie hielt inne, und Cromwell erhob sich.

»Ich danke Ihnen für Ihre Hilfsbereitschaft und Offenheit,

Miss Barlowe. Nun möchte ich Sie bitten, noch etwas für mich zu tun. Ziehen Sie sich an und begleiten Sie mich auf eine Polizeiwache. Ich möchte sehen, ob Sie jemanden als Hal Bracey identifizieren können.«

»Nein, bitte nicht!«, flehte sie. »Es ist wirklich nicht fair von Ihnen, Mr. Cromwell...«

»Beruhigen Sie sich doch, Sie sollen ihm ja nicht gegenübertreten! Sie werden ihn sehen, aber er wird Sie nicht sehen können, das heißt, falls es überhaupt der richtige Mann ist, den wir Ihnen zeigen. Jedenfalls gebe ich Ihnen mein Ehrenwort, dass Ihnen keinerlei Unannehmlichkeiten daraus erwachsen werden.«

Seine Worte beruhigten sie.

»Wenn ich Ihnen damit helfen kann, bin ich auch dazu bereit«, willigte sie zögernd ein. »Ich sehe ja ein, wie wichtig es für Sie ist, diesen entsetzlichen Menschen so bald wie möglich zu identifizieren. Die arme Nina! Sie ist also nur einem Irrtum zum Opfer gefallen!«

Fünf Minuten später fuhr Kit mit Cromwell in einem Taxi zu einer Polizeiwache im Westend.

»Sie brauchen sich auf der Wache nicht befangen zu fühlen, Miss Barlowe«, versicherte ihr der Chefinspektor. »Keiner meiner Kollegen dort weiß etwas von dem, was Ihnen zugestoßen ist. Für die Beamten sind Sie nur die Schwester von Mrs. Dillon und jemand, der einmal Hal Bracey gekannt hat.«

Auf Cromwells Rat hin trug sie einen Hut, der ihr Gesicht beschattete. Ihr Pelzmantel, der einen breiten Kragen hatte, den sie hochschlagen konnte, verbarg Kinn und Mund. Trotzdem zuckte der Sergeant in der Polizeiwache zusammen, als sie eintrat.

»Nehmen Sie sich doch zusammen!«, flüsterte ihm Cromwell zu. »Das ist Mrs. Dillons Schwester.«

»Jawohl, Sir, das sieht man«, erwiderte der Sergeant. »Die Ähnlichkeit ist ja frappant. Bestimmt Zwillingsschwestern.«

Kit wurde in einen Warteraum geführt, der nur durch eine Glaswand von dem Gang getrennt war. Für einen Menschen, der dort drin wartete, war jeder, der den Gang passierte, deutlich zu erkennen. Kit nahm in einer dunklen Ecke dieses Wartezimmers Platz.

»In zwei oder drei Minuten werde ich draußen im Gang mit einem Mann entlanggehen«, sagte Ironsides zu ihr. »Er wird nicht durch die Glaswand hier hereinsehen können, aber für Sie

deutlich erkennbar sein. Ich möchte, dass Sie ihn genau betrachten, während er vorbeigeht.«

»Sie meinen, er könnte... Bracey sein?«

»Sie sollen sich keine vorgefassten Meinungen in den Kopf setzen, Miss Barlowe«, antwortete Cromwell. »Hier handelt es sich ja nicht um eine normale Identifizierung, bei der man von Ihnen erwartet, dass Sie aus einer Anzahl von Menschen einen einzelnen herausfinden.«

Sie setzte sich erwartungsvoll hin und starrte, den Kragen hochgeschlagen, auf die Glaswand. Bald ging Cromwell, begleitet von Jim Sales, langsam im Gang vorbei. Der Requisiteur ging dicht an der Glaswand entlang, so dass Kit ihn ganz genau sehen konnte.

Ihr gespannter Körper sank wieder zusammen, nachdem die beiden Männer vorbeigegangen waren.

»Nun, Miss Barlowe?«, fragte Cromwell ein paar Minuten später. »Erkannten Sie ihn?«

»Nein.«

»Er ist also nicht Bracey?«

»Ganz sicher nicht«, antwortete sie. »Er hat auch nicht die geringste Ähnlichkeit mit Bracey.«

»Das habe ich auch nicht anders erwartet, aber ich musste mich vergewissern. Der Mann, den Sie sahen, ist Jim Sales, der Requisitenverwalter im *Olymp*. Ich überraschte ihn heute Morgen, über die Leiche von Wallis gebeugt und die Hand an dem Messer, mit dem Wallis getötet wurde. Ich bin aber überzeugt, dass er mit dem Mord nichts zu tun hatte.«_

»Obwohl er die Hand an dem Messer hatte?«, fragte sie schaudernd.

»Er erklärte, dass er es herausziehen wollte - und das glaube ich ihm auch«, meinte Ironsides. »Ich weiß nicht, wer Wallis tötete und warum er sterben musste. Das ist wieder so eine verrückte Wendung in diesem teuflischen Wirrwarr. Aber wenn es Ihnen recht ist, werde ich jetzt mit Ihnen zum *Olymp* fahren und den Wagen gegenüber dem Varieté parken. Dort werde ich Ihnen genau sagen, was ich von Ihnen will.«

Sie fuhren in einem Auto, das nicht wie ein Polizeiwagen aussah und dessen Fahrer Zivil trug, zum Varieté. Allerdings parkte das Auto nicht direkt vor dem *Olymp*, sondern ein kleines Stück von ihm entfernt.

»Nehmen Sie dieses Glas, Miss Barlowe«, forderte sie Cromwell nun auf und übergab ihr einen Feldstecher. »Sie können dieses Glas benutzen, ohne die Aufmerksamkeit der Passanten zu erregen. Richten Sie das Glas erst in zehn Minuten auf den Haupteingang, aber dann müssen sie scharf Ausschau halten.«

»Sie meinen, ich könnte Bracey zu Gesicht bekommen?«

»Es ist immerhin möglich.«

Sie hielt den Feldstecher vor die Augen, stellte ihn ein und betrachtete durch ihn die Leute, die sich die Künstler-Photos am Eingang des Theaters ansahen.

»Dieses Glas bringt mir die Gesichter der Leute wirklich so nahe, dass ich glaube, sie berühren zu können«, sagte sie. »Gut, Mr. Cromwell, ich will tun, was ich kann.«

»Das wäre nett von Ihnen.«

Damit verließ er sie. Der Mann am Steuer begann Zeitung zu lesen.

Zehn Minuten später kam der Chefinspektor mit einem gutgewachsenen Mann mittleren Alters aus dem Theater heraus. Dieser Mann - es war Mr. Howard Eccles, der Direktor - rauchte eine dicke Zigarre. Die beiden sprachen auf der Treppe kurz miteinander und gingen dann wieder ins Haus hinein.

Mit einem Seufzer ließ Kit den Feldstecher sinken.

Aber bald setzte sie ihn wieder an die Augen und erkannte nun Sergeant Lister, der in Begleitung eines jüngeren Mannes aus dem Theater herauskam. Wieder folgte eine kurze Unterhaltung auf der Treppe, worauf die beiden ins Haus zurückkehrten.

Sie hatte nur kurze Zeit zu warten, bis Bill Cromwell von neuem in ihr Blickfeld trat, diesmal in Begleitung von Valentine, dem Bauchredner, der nervös aussah und sehr böse dreinschaute. Kit hatte den Eindruck, dass er Cromwell Vorwürfe machte und sich gegen etwas verwahrte. Dann kehrten die beiden wieder in das Theater zurück.

Die Komödie wiederholte sich, denn selbst Jerry Bowers, der Portier, wurde Kit vorgeführt. Es war für Ironsides und Johnny kein Problem gewesen, die einzelnen Varieté-Angestellten unter irgendeinem Vorwand auf die Truppe vor das Haus zu bringen. Natürlich hatte niemand von den so Vorgeführten eine Ahnung, dass er hier aus besonderem Anlass herausgebracht wurde.

Nach einer ziemlich langen Wartezeit, inzwischen wurden Kits Arme schon müde, erschien die schlaksige Gestalt

Cromwells wieder - aber diesmal war er allein. Er kam zu dem geparkten Wagen und stieg ein.

»Es tut mir furchtbar leid, Mr. Cromwell«, sagte Kit kopfschüttelnd, »aber nicht einer von den Männern, die ich gesehen habe, hat auch nur die geringste Ähnlichkeit mit Bracey.«

»Sind Sie dessen ganz sicher?«

»Ganz sicher.«

»Nun, Sie haben Ihre Aufgabe erfüllt, und ich muss mich bei Ihnen bedanken«, meinte Cromwell. »Waller, bringen Sie Miss Barlowe nach Hause.« Der Fahrer nickte, und Ironsides wandte sich wieder an Kit. »Ich möchte Sie bitten, Miss Barlowe, für den Rest des Vormittags zu Hause zu bleiben. Vielleicht brauche ich Ihre Hilfe noch einmal. In diesem Fall werde ich Sie selbst abholen kommen.«

Er sagte nichts weiter, sondern stieg aus dem Wagen aus und sah ihm, als er fortfuhr, mit gerunzelter Stirn nach. Dann kehrte er in das Varieté zurück, wo Inspektor Pretty und seine Leute inzwischen ihre Arbeit beendet hatten. Während Cromwell mit Pretty über das Rätsel von Wallis' Ermordung sprach, trat Johnny Lister zu ihm. Dies war für Ironsides das Zeichen zum Aufbruch.

Als er mit Johnny nach Scotland Yard fuhr, sprachen sie kein Wort miteinander, bevor sie wieder in ihrem Büro waren.

»Nutzlos, mein Junge«, sagte Cromwell wütend, als er sich in seinen Sessel fallen ließ. »Aber ich musste diese Probe machen, wenn ich auch nicht erwartete, damit Resultate zu erzielen. Sehen wir lieber nach, was inzwischen hier eingelaufen ist.«

Er hatte den Befehl gegeben, dass in diskreter Weise Erkundigungen eingezogen werden sollten über das Vorleben der einzelnen Verdächtigen: Howard Eccles, Jim Sales, Jerry Browers, Bill Bishop und sogar auch Valentine.

Aber diese Überprüfung bestätigte nur das Ergebnis der Gegenüberstellung. Eccles war schon seit zehn Jahren Direktor des *Olymp*, er war verheiratet und hatte sechs Kinder. Jim Sales war zu der Zeit, als Bracey Kit im Zirkus überfallen hatte, mit einem Operettenensemble in Schottland gewesen. Jerry Bowers war seit siebzehn Jahren Portier im *Olymp*. Bill Bishop hatte zu der fraglichen Zeit als Soldat in Indien Dienst getan. Und Valentine hatte ja Kit erst in Australien kennengelernt.

»Wir haben eben eine verdammte Menge Arbeit umsonst geleistet - und ich wusste, bevor wir sie anfingen, dass sie umsonst sein werde«, brummte Cromwell, nachdem er die verschiedenen Berichte auf seinem Schreibtisch gelesen hatte. »Was ist denn das dort in der Schachtel, Johnny? Die Gipsabgüsse, wie?« Er nahm einen Gipsabguss in die Hand und betrachtete ihn nachdenklich. »Das sind die Abdrücke der Füße des Mörders, mein Junge. Jetzt haben wir nur noch festzustellen, von wessen Füßen.«

Sechzehntes Kapitel

»Von wessen Füßen?«, fragte Johnny Lister und nahm einen der Gipsabgüsse in die Hand. »Glaubst du, dass das leicht sein wird, Old Iron? Ich glaube es nicht! Aber unsere Leute haben gute Arbeit geleistet, denn das hier ist ein herrlicher Abguss. Man kann sogar den kleinen Riss in dem Leder auf der linken Seite der Sohle sehen. - Aber verdammt, was ist denn das?« Er hob den Abguss näher an die Augen. »Das ist doch der Kopf einer Reißzwecke!«

»Lass mal sehen!« Cromwell nahm ihm den Abguss aus der Hand. »Ja, du hast recht, Johnny. Der Träger dieses Schuhs hat sich wohl die Reißzwecke in die Sohle eingetreten; wahrscheinlich steckt sie noch drin. Das nützt uns sehr, wenn wir den Schuh finden. Dieser Schuh hat ja noch andere besondere Merkmale, die eine zweifelsfreie Identifizierung möglich machen.«

»Wie willst du mit der Prüfung der Schuhe anfangen?«

»Zuerst werde ich mir die Schuhe von Valentine ansehen - wenn auch nur, um jeden Verdacht gegen ihn völlig zu beseitigen«, erwiderte Ironsides. »Wir müssen eben die Verdächtigen einen nach dem anderen ausscheiden, bis wir zu unserem Mann kommen. Schließlich war ja Valentine auch in der entscheidenden Zeit des Mordversuchs am Tatort.« Er stand müde auf. »Gehen wir!«

Er verpackte einen der Gipsabgüsse - den, der die einzelnen Merkmale besonders klar zeigte - in seiner Aktenmappe und ging zur Tür.

»Das Messer, mit dem Wallis getötet wurde, ist noch unten im Laboratorium. Aber von dort sind ja noch keine

Ergebnisse zu erwarten«, meinte er, als sie das Büro verließen. »Allerdings werden auf dem Messer wohl nur am Griff die Fingerabdrücke von Sales sein. Der Teufel soll den Kerl holen, weil er den Griff angefasst hat!«

»Macht das wirklich etwas aus?«, fragte Johnny. »Der Mörder trug doch bei der Tat sicherlich Handschuhe! Den Fehler, ohne Handschuhe zu arbeiten, begeht heutzutage keiner mehr.«

Als sie wieder vor dem Bühneneingang des Varietés *Olymp* ankamen, begrüßte sie, noch immer zittrig, Jerry Bowers.

»Was gibt es Neues, Chef?«, fragte er. »Wissen Sie schon, wer es war? Hier ist ja keiner mehr seines Lebens sicher. Vielleicht erwischt es mich als nächsten.«

»Nein, alter Freund, ich glaube nicht, dass Sie auf der Liste des Mörders stehen«, erwiderte Ironsides beruhigend. »Ist Mr. Valentine im Theater?«

»Der?«, sagte Jerry und verzog das Gesicht. »Na ja, es gibt eben Leute, die ich leiden, und Leute, die ich nicht leiden kann... Er ist wohl unten im Keller bei seinem Affen.«

Cromwell nickte und ging mit Johnny geradewegs zu Valentines Garderobe. Die Tür war unverschlossen.

»Es ist besser, den Abdruck zu vergleichen, ohne ihm etwas davon zu sagen«, murmelte der Inspektor, als er die Tür hinter sich schloss. »Wir brauchen ja nur zwei Minuten. Wo sind seine Schuhe - er wird doch wohl mehr als ein Paar haben?«

Er bückte sich und nahm aus einer Ecke ein Paar braune Wildlederschuhe. Es war unnötig, sie mit dem Gipsabdruck zu vergleichen, denn man erkannte auf den ersten

Blick, dass sie mindestens zwei Nummern größer waren. Auch ein zweites Paar - Lackschuhe, etwas kleiner - war viel zu groß.

»Nun, das haben wir ja nicht anders erwartet - aber ich wollte ganz sichergehen«, sagte Cromwell und steckte den Gipsabdruck wieder in seine Aktentasche. »Überflüssig, sich noch die Schuhe anzusehen, die Valentine anhat - sie werden zweifellos auch zu groß sein. Verdammt noch mal! Warum wurde Wallis getötet, Johnny - warum nur?«

»Das fragst du noch?« Johnny starrte ihn verdutzt an. »Natürlich, weil er etwas über den Mörder herausfand. Um es banal auszudrücken: Er wusste zu viel!«

»Ach was!«, schnaubte Ironsides.

Er war in einer merkwürdigen Stimmung, als er mit Johnny das Theater wieder verließ; er schien so erbittert zu sein, als ob ihm jemand einen bösen Schabernack gespielt hätte. Johnny warf ihm einen verstohlenen Blick zu, als sie durch das Gässchen schritten, in dem der Bühneneingang lag. Es war ein kleines Gässchen, wie sie im Londoner Westend häufig sind, mit Zeitungständen, kleinen Kaffeestuben und Kolonialwarenläden. Fast am Ende des Gässchens war ein neues Espresso, und Johnny blieb stehen, als ihm der Wind das Aroma des Kaffees in die Nase wehte.

»Was du nötig hast, Old Iron, ist eine Tasse guter, starker Kaffee!«, riet er dem Chefinspektor mit Nachdruck. »Das macht den Kopf klar.«

Cromwell blieb stehen.

»Gar keine schlechte Idee«, meinte er, und sie traten ein.

Johnny war über Cromwells Zustimmung überrascht, denn er hatte eigentlich eine mürrische oder entrüstete Weigerung erwartet. Die Zeit der morgendlichen Kaffeestunde war schon vorüber, daher war das Lokal fast leer. Der Besitzer trat an ihren Tisch und fragte nach ihren Wünschen. Als er ihnen ihren bestellten Kaffee brachte, wurde er gesprächig.

»Sie sind wohl die Leute vom Yard?«, meinte er vertraulich. »Ich sah Sie ja hier immerfort kommen und gehen. Scheußliche Sache, das dort im *Olymp*, wie? Und heute Morgen soll es dort schon wieder einen Mord gegeben haben!«

Cromwell brummte nur, und Johnny machte eine unverbindliche Bemerkung.

»Wallis kam oft auf einen Kaffee hierher«, fuhr der Wirt fort, »meistens mit einem Mädchen.« Er zwinkerte ihnen verständnisinnig zu. »Und nicht immer mit demselben! Vielleicht hat ihm deshalb jemand ein Messer in den Bauch gerannt!«

»Sie kannten also Wallis?«, erkundigte sich Cromwell, dessen Interesse geweckt war. »Wissen Sie zufällig, ob er jemandem besonders zuwider war?«

»Das ist schwer zu sagen. Ein Mann in Wallis' Stellung - als Inspizient - tritt allen möglichen Leuten gelegentlich auf die Zehen«, sagte der Wirt vorsichtig. »Aber ich kenne niemanden, dem ich zutrauen würde, dass er ihn umgebracht hat. Was war denn mit dem Bauchredner, dem Valentine? Er benahm sich heute Morgen ziemlich eigenartig. Ganz früh kam er hier herein - aber in was für einem Zustand! Er sah ja aus wie der Tod persönlich.«

»Die Ermordung von Wallis war für alle ein schwerer Schock.«

»Das will ich gern glauben. Aber warum sollte es gerade diesen Burschen so treffen? - Dann sah ich auch Sie beide ankommen. Sie fanden die Leiche, nicht wahr? Zwanzig Minuten bevor Sie ins Haus gingen, war Valentine hier hereingekommen...«

»Zwanzig Minuten?«, unterbrach ihn Cromwell scharf. »Da müssen Sie sich irren, denn wir beide kamen doch erst gegen halb zehn. Valentine aber hatte das Theater schon lange vor neun Uhr verlassen.«

»Dann ist er eben noch einmal zurückgekommen«, meinte der Wirt. »Jedenfalls war es zehn nach neun, als ich ihn beim Bühneneingang herauskommen sah. Ich blickte gerade durchs Fenster, und ich sah auf die Uhr, weil ich mich wunderte...«

»Sind Sie sicher?«, unterbrach ihn Ironsides scharf. »Und er sah, wie Sie behaupten, ganz bestürzt aus, als er zehn nach neun aus dem Theater herauskam?«

»Ja - bestimmt. Hier stürzte er seinen Kaffee so heiß hinunter, dass er sich den Mund verbrannt haben muss. Ich fragte ihn sogar, ob ihm nicht wohl sei, aber er antwortete mir nur, ich solle mich zum Teufel scheren.«

In diesem Augenblick wurde der Wirt durch das Eintreten eines Dutzends hübscher junger Mädchen anderweitig in Anspruch genommen - es waren die Tanzgirls des Varietés *Olymp*, die Probe gehabt hatten. So blieben Ironsides und Johnny in ihrer Ecke allein.

»Da stimmt doch etwas nicht«, meinte Johnny. »Valentine war zehn Minuten nach neun Uhr hier? Das heißt doch, fünf Minuten nachdem Wallis erstochen worden war.«

»Aber Jerry Bowers versicherte uns doch, dass Valentine das Theater lange vor neun Uhr verließ!« Cromwell zog die Stirn kraus. »Wie konnte er sich so grob irren! Und es ist doch ein verdammt großer Zeitunterschied, Johnny; vielleicht hat uns der Wirt hier einen unerwarteten Tip gegeben. So etwas ist nach meinen Erfahrungen keineswegs etwas Ungewöhnliches. Oft und oft habe ich unerwartet eine wichtige Information bekommen, und von einer ganz unwahrscheinlichen Seite her.«

»Einen Augenblick, Old Iron«, sagte Johnny, und vor Aufregung wurde er ganz rot im Gesicht. »Das führt doch zu einer völlig neuen Gedankenkette. Wie, wenn Valentine trotz allem unser Mann ist? Das bedeutet zwar, dass auch Kit Barlowe uns angelogen hat, aber ist das denn wirklich ausgeschlossen? Wie, wenn Valentine tatsächlich Hal Bracey wäre?«

Cromwell schlürfte seinen Kaffee und brummte nur.

»Bist du fertig?«, fragte er schließlich.

»Verdammt, du, musst doch einsehen...«

»Ich sehe nur ein, dass du eine krankhafte Phantasie hast!«, unterbrach ihn Ironsides und stand auf. »Du liest zu viele Kriminalromane, mein Junge! Hast du denn ganz vergessen, dass Valentines Schuhe nicht in den Gipsabguss passen?«

»Das bedeutet gar nichts, er trug eben damals besondere Schuhe.«

»Nun, wir werden uns noch einmal mit Valentine unterhalten - und zwar jetzt gleich«, beendete der Chefinspektor die Diskussion und legte Geld auf den Tisch. »Ich muss das Problem der Zeitdifferenzen unbedingt aufklären.«

Da der Portier nicht in seiner Loge saß, als die Beamten eintraten, gingen sie geradewegs in den Keller hinab. Sie trafen Valentine in Hemdsärmeln, auf den Knien den

Schimpansen, an. Anscheinend hatte er mit dem Affen geprobt.

»Entschuldigen Sie, wenn ich Sie störe«, begann Ironsides.

»Das macht nichts, Mr. Cromwell.«

Valentine flüsterte Vick einige Worte zu und trug das intelligente Tier in seinen Käfig zurück. Dann wandte er sich um und sah seine Besucher mit dem gewohnten Ausdruck arroganter Überlegenheit an.

»Ich möchte gern wissen, Mr. Valentine, wo Sie heute Morgen um Viertel nach neun waren - fünf Minuten nachdem Wallis erdolcht wurde. Also, wo waren Sie? Heraus damit!«

Der Bauchredner verlor die Farbe, seine Pose war wie weggewischt.

»Um... um Viertel nach neun?« stotterte er. »Da saß ich in einem Café in der Oxford Street und frühstückte.« Er atmete schwer. »Ich hatte wohl mein Frühstück schon fast beendet.«

»Mir wurde etwas anderes berichtet, Mr. Valentine«, fuhr ihn Cromwell an. »Um Viertel nach neun waren Sie in dem Espresso vorn in der Gasse. Sie sahen so verstört aus, dass Ihr Aussehen dem Wirt auffiel.«

»Nein, nein!« Valentine schluckte. »Er irrt sich! Das war ja viel früher! Um Viertel nach acht - vielleicht ein paar Minuten später...«

»Wallis war um Viertel nach acht noch nicht tot! Warum waren Sie so verstört? Sie waren blass wie der Tod, als Sie in das Espresso kamen!«

»Ich... ich war nicht... ich hatte einen Streit mit Wallis«, sagte Valentine verzweifelt. »Einen Streit, bei dem ich mich sehr aufregte.«

»So! Haben Sie nicht die Zeiten durcheinandergebracht, mein Freund?« Die Stimme des Chefinspektors war messerscharf. »Sie haben doch Wallis getötet, nicht wahr?«

Der Bauchredner, der bisher gestanden hatte, wankte zu einem Sessel und brach in ihm zusammen. Er rang nach Atem. Jeder Zug seines Gesichts verriet deutlich seine große Schuld.

»Ich verhafte Sie, Mr. Valentine, wegen Ermordung von Guy Wallis«, sagte Cromwell schroff. »Es ist meine Pflicht, Sie darauf aufmerksam zu machen, dass alles, was Sie sagen, zu Protokoll genommen wird...«

»Es ist ein Unglücksfall!«, stieß Valentine mit erstickter Stimme hervor. »So wahr mir Gott helfe, es war ein Unglücksfall!«

»Sie geben also zu, ihn getötet zu haben?«

»Ich habe ihn nicht getötet! Ich sage Ihnen doch, es war ein Unglücksfall!« Der völlig verzweifelte Mann kreischte die Worte heraus. »Er griff mich mit einem Messer an, und es kam zu einem Handgemenge... Oh, mein Gott!«

Seine Worte wurden unverständlich, und Schaum trat vor seinen Mund.

Die beiden Kriminalbeamten betrachteten ihn mit gemischten Gefühlen. Es war mitleiderregend anzusehen, wie er gleich einem verzweifelten, verängstigten Kind schluchzte. Aber in dieses Mitleid mischte sich Abscheu, denn dieser Mann war ein Mörder.

Nach einigen Minuten hatte Valentine seine Haltung wenigstens teilweise wiedergewonnen.

»Ent... entschuldigen Sie«, flüsterte er heiser. »Aber ich habe ihn nicht getötet. Das schwöre ich Ihnen!« All seine Überheblichkeit und Arroganz war verschwunden. »Sie müssen mir glauben, Mr. Cromwell!«

»Sind Sie gewillt, ruhig mit mir zur Polizeiwache zu gehen?«, schnitt ihm Ironsides das Wort ab. »Wenn Sie etwas auszusagen haben, können Sie es dort tun. Wir brauchen nicht unnötiges Aufsehen zu erregen, wenn wir das Theater verlassen. Das hängt ganz von Ihnen ab.«

»Ich werde... ich werde mitkommen«, murmelte Valentine.

Zufällig begegneten sie niemandem, als sie das Theater verließen, und ein paar Minuten später saßen sie in ihrem Auto. Inspektor Pretty war höchst erstaunt, als sie die Polizeiwache betraten. Valentine war dem Zusammenbruch nahe, aber er wiederholte immer wieder, dass er eine Aussage machen wolle.

»Lassen Sie ihm Zeit, sich zu fassen, Inspektor, und nehmen Sie dann seine Aussage zu Protokoll«, sagte Cromwell kurz.

»Bleiben Sie denn nicht hier, Mr. Cromwell?«, fragte Pretty.

»Nein, ich habe etwas anderes zu tun.«

Ironsides gab ihm keine weitere Erklärung, sondern wandte sich unvermittelt um und ging fort. Er ließ sich von Johnny nach Chelsea fahren.

»Du willst wohl dem Mädchen Bescheid sagen, wie?«, fragte ihn Johnny im Auto, und seine Augen leuchteten triumphierend auf. »Ich hatte also wieder einmal recht! Valentine war in Chelsea, als das Messer auf Kit geworfen wurde - und wir trafen ihn auch, als er nach dem Anschlag auf Dillon und Kit Barlowe aus Dillons Wohnung kam. Er ist also doch Bracey! Übrigens haben wir vergessen, uns seine Schuhe anzusehen.«

»Ach, halte den Mund, verdammt noch mal!«

»Wie? Was ist denn mit dir los, Old Iron?«

»Das ist alles ganz falsch!«, stieß Cromwell wütend hervor. »Es widerspricht doch aller Vernunft!«

»Warum denn?«

»Es widerlegt vollkommen meine Theorie!« Der Chefinspektor konnte sich kaum noch beherrschen. »Das wäre ja schließlich noch nicht so schlimm, wenn meine Theorie falsch wäre - aber ich weiß genau, dass sie richtig ist.«

Johnny starrte ihn an.

»Was für eine Theorie? Es ist doch klar wie Kloßbrühe, dass Valentine Hal Bracey ist! Wenn du jetzt dem Mädchen ins Gesicht sagst, dass sie dich bewusst irregeführt hat, dann wird sie schon gestehen! Sie wollte ihn eben schützen - vielleicht ist sie auch verliebt in ihn.«

»Was redest du doch für Unsinn!«, höhnte Ironsides. »Kein Wort mehr! Gott soll uns schützen, wenn einmal der Tag kommt, an dem du selbständig eine Morduntersuchung leitest!«

Tief beleidigt beugte sich Johnny über das Steuer und presste die Lippen fest aufeinander.

Als sie Kit Barlowes Wohnung erreichten, öffnete die Sängerin ihnen freundlich und erwartungsvoll die Tür.

»Da Sie mir sagen, dass Sie mich vielleicht noch einmal sprechen möchten, Mr. Cromwell, bin ich zu Hause geblieben«, begrüßte sie die beiden. »Ich weiß zwar nicht, womit ich Ihnen helfen kann...«

»Nein, Miss Barlowe, wir kommen nicht erst hinein«, fiel ihr Ironsides ins Wort, als sie beiseitetrat. »Bitte ziehen Sie sich einen Mantel an und kommen Sie zu uns in den Wagen hinunter.«

Sie blickte die Beamten zwar überrascht an, erhob aber keine Einwände. Johnny warf Ironsides einen fragenden Blick zu. Was mochte der alte Querkopf jetzt wieder beabsichtigen? Wollte er Kit wirklich nicht zu einem Geständnis zwingen, warum sie Valentine nicht identifiziert hatte - obwohl er, wie sie doch genau wissen musste, Hal Bracey war? Aber der Chefinspektor übersah die Blicke des jungen Sergeanten geflissentlich.

Zwei Minuten später trat Kit angezogen auf die Straße; schweigend half ihr Cromwell ins Auto. Während der Fahrt sprach er nicht, und Johnny sah ganz verdutzt aus, als Ironsides ihm zuflüsterte, wohin er jetzt fahren solle.

Schließlich hielt das Auto vor einem Gebäude, das Kit unbekannt war. Es war ein unfreundliches düsteres Haus. Es gefiel ihr noch weniger, als sie es betreten hatte, denn in dem ganzen Haus roch es nach einem eigenartigen Desinfektionsmittel.

»Wo sind wir denn?«, flüsterte sie schaudernd. »Das ist doch kein Krankenhaus! Ach...!« Plötzlich dämmerte ihr die Wahrheit. »Das ist doch das Leichenschauhaus!«

»Jawohl, Miss Barlowe.«

»Warum haben Sie mich denn hierhergebracht?«

»Ich bedauere aufs tiefste, dass ich Sie hierherbringen musste, aber ich hielt es für besser, Ihnen unseren Bestimmungsort nicht zu nennen, bevor wir ihn erreichen«, antwortete Cromwell. »Es ist äußerst wichtig, dass Sie jemanden für uns hier identifizieren.«

Bevor sie noch Einwendungen erheben konnte, führte er sie weiter in das Gebäude hinein, und bald stand sie mit klopfendem Herzen vor einem großen Tisch, auf dem eine mit einem Laken bedeckte Gestalt lag. Ironsides schlug das Laken beiseite und enthüllte das wachsbleiche Gesicht von Guy Wallis.

Kit Barlowe schrie auf.

»Das ist ja Hal Bracey!«, stieß sie hervor.

Siebzehntes Kapitel

Bill Cromwell seufzte höchst befriedigt auf, fasste Kit am Arm und führte sie in die Vorhalle.

»Dort liegt unser Mörder, Johnny!« Er wies mit finsterer Genugtuung auf die verhüllte Gestalt hinter ihnen. »Die himmlische Gerechtigkeit erreichte ihn noch vor dem Henker. Ich wusste doch, dass ich mich nicht irren konnte!«

Johnny Lister sah ihn verständnislos an.

»Wallis? Wallis soll der Mörder sein?«, sprudelte er heraus. »Aber... aber das ist doch idiotisch! Sind Sie denn sicher, Miss Barlowe...?«

»Hör auf, dich selbst zum Narren zu machen, Johnny, und bringe Miss Barlowe zum Wagen!«, befahl ihm Cromwell. »Ich komme in einer Minute nach.«

Er ging nochmals zu dem Leichnam zurück, sprach kurz mit dem diensttuenden Beamten und erschien ein paar Minuten später am Auto. In seinem Gesicht lag jetzt eine solche Zufriedenheit, dass Johnny sich innerlich dagegen auflehnte.

»Ich bedaure es sehr, dass ich Ihnen diesen Anblick nicht ersparen konnte, Miss Barlowe«, entschuldigte sich der Chefinspektor, als er in das Auto einstieg. »Jetzt aber brauchen Sie eine kleine Herzstärkung - und ein gutes Mittagessen. Fahr uns zu einem netten, ruhigen Restaurant, Johnny. Ach ja, ich habe dir noch nichts von dem Gipsabdruck gesagt...« Er klopfte auf seine Aktentasche. »Ich habe ihn soeben mit den Schuhen von Wallis verglichen. Der Abdruck passt genau - ganz, wie ich erwartet hatte!«

Befriedigt lehnte er sich zurück. »Aber jetzt wollen wir den ganzen Fall wirklich für eine Weile vergessen.«

Johnny war so verwirrt, dass er gar nicht fähig war, Fragen zu stellen. Kit, die sich von ihrem Schock noch nicht völlig erholt hatte, saß still und in Gedanken versunken im Wagen. So wurde denn kaum ein Wort gesprochen, bis alle drei in einer stillen Ecke des Restaurants saßen, das Johnny ausgesucht hatte.

Selbst jetzt weigerte sich Cromwell noch, über die Morde zu reden. Er drängte Kit einen französischen Aperitif auf, wobei er und Johnny ihr Gesellschaft leisteten. Dann aßen sie. Und erst beim Nachtisch bequemte sich Cromwell dazu, ihnen sein Vorgehen zu erklären.

»Sie werden sich vielleicht fragen, wie ich dazu kam, in Guy

Wallis den Mörder zu vermuten«, begann er. »Zunächst waren natürlich Dillon und Valentine die am stärksten Belasteten. Nur eine kleine Unstimmigkeit fiel mir schon von Anfang der Untersuchung an auf - ein kleiner, scheinbar sinnloser Widerspruch. Du hast ihn wohl kaum bemerkt, Johnny. Es handelt sich um folgendes: Bei den Verhören unmittelbar nach der Ermordung Nina Dillons sagte mir Jim Sales, er habe hinter Dillon in den Kulissen gestanden. Er sagte weiterhin aus, er habe niemanden in seiner Nähe gesehen, und Dillon sei nach vorn gestürzt, nachdem sich das Messer in Ninas Hals gebohrt hatte. Sales hörte meine Rufe, und so lief er hinter Dillon her und hielt ihn zurück. Er fügte seiner Aussage noch hinzu, dass Wallis von der entgegengesetzten Seite her auf die Bühne gestürzt sei.«

»Ich kann mich an die genauen Worte nicht mehr erinnern, aber ich verstehe auch nicht, worauf du hinauswillst«, meinte Johnny.

»Der springende Punkt ist, dass meiner Meinung nach Sales in der Verwirrung das Opfer eines Irrtums wurde. Als ich nämlich vom Zuschauerraum auf die Bühne eilte, sah ich Wallis hinter Sales auf die Bühne stürzen. Mit anderen Worten: Wallis kam von dort, von wo aus das tödliche Messer geworfen worden sein konnte.«

»Ich muss wohl sehr dumm sein, Mr. Cromwell«, sagte Kit verwundert, »denn ich verstehe immer noch nicht, was Sie meinen.«

»Sie waren ja damals nicht zugegen. Lister war aber da. Das wichtigste ist jedoch, dass Wallis neben Sales stand, als er seine Aussage machte und zuhörte. Er tat jedoch nichts, um den Irrtum von Sales zu berichtigen. Warum nicht? Ohne dass ich geradezu einen Verdacht gegen Wallis hatte, fiel mir doch dieser Umstand auf. Aber später begannen meine Zweifel Gestalt anzunehmen. Schon sehr zeitig strich ich nämlich im Geist Eccles, den jungen Bishop und Jerry Bowers von der Liste der Verdächtigen. Wer blieb noch übrig? Wer war noch in die Angelegenheit verwickelt? Eigentlich nur noch Guy Wallis, Jim Sales und Valentine. Valentine war in der Nacht, in der das Messer auf Sie geworfen wurde, Miss Barlowe, in Chelsea. Er hatte für die Tatzeit kein Alibi. Sales war, wie ich feststellen konnte, zu dieser Zeit im Theater. Also kam Sales als Täter nicht in Betracht. Wo war jedoch damals Wallis?«

Johnny starrte ihn an.

»Das weißt du doch ganz genau, Old Iron«, wandte er ein. »Er lag während dieser Zeit bewusstlos im Keller, wo ihn jemand durch einen Schlag auf den Kopf außer Gefecht gesetzt hatte.« Er hielt inne und sah verdutzt drein. »Verdammt - wer kann ihm nur den Schlag auf den Kopf versetzt haben?«

»Jawohl!« Cromwell nickte finster. »Wer? Valentine war nicht da. Sales? Kaum anzunehmen! Nachdem die erste Aufregung vorüber war - nachdem wir Wallis in sein Büro gebracht und Erste Hilfe geleistet hatten begann ich darüber scharf nachzudenken. Und dabei fiel mir auf, dass Wallis in Wahrheit viel leichter verwundet war, als es zunächst den Anschein gehabt hatte. Nun drängte sich mir die Frage auf: Wie, wenn er sich seine Verwundung selbst beigebracht hatte? Es war zuerst nur eine ganz vage Vermutung, aber sie ging mir immer wieder durch den Kopf. Später, bei erneutem Nachdenken, ergab sich sogar ein völlig neuer Gesichtspunkt. Wenn es Wallis gewesen war, der das Messer auf Miss Barlowe geworfen hatte, so musste er doch für seine Abwesenheit eine Begründung konstruieren - er hatte sich also unbedingt ein Alibi besorgen müssen.

Nun legte ich mir die weitere Frage vor: Könnte er nicht Valentine angerufen, dabei Dillons Stimme nachgeahmt und ihn in ein Restaurant in Chelsea bestellt haben? Die Antwort auf diese Frage lautete, dass er das durchaus - und sogar leicht - hätte getan haben können. Sobald Valentine das Theater verlassen hatte, konnte er sich unbemerkt hinausstehlen und nach Chelsea fahren. Dort konnte er vor Ihrem Haus, Miss Barlowe, Ihre Heimkehr erwarten. Dann konnten sich die Ereignisse so weiter abgespielt haben, dass er nach dieser Tat wieder ins Varieté zurückkehrte, sich selbst einen Schlag auf den Kopf versetzte und darauf wartete, dass jemand ihn auffand. Wir wissen jetzt, dass er tatsächlich so vorgegangen ist.

Nun war der Schlag, den er sich versetzte, wohl schwerer ausgefallen, als er beabsichtigt hatte. Jedenfalls hatte er nicht angenommen, dass eine Wunde in der Kopfhaut zu einem so starken Blutverlust führen werde. Immerhin hatte er dadurch eine einleuchtende Erklärung für seine Abwesenheit zur Verfügung. Gewiss, er hatte bei diesem Plan ein erhebliches Risiko eingehen müssen, denn er durfte ja beim Verlassen und Wiederbetreten des Theaters nicht beobachtet werden; aber vielleicht konnte er dazu eine andere Tür als den Bühneneingang benutzen, so dass sein Kommen und Gehen nicht auffiel.

Ich durchdachte mir diese Theorie höchst eingehend, und dabei verdichtete sich mein Verdacht gegen Wallis immer mehr. Er wurde fast zur Sicherheit, nachdem ich gehört hatte, was Ihnen, Miss Barlowe, vor vielen Jahren einmal zugestoßen ist.«

Kit errötete, warf ihm einen raschen, bittenden Blick zu, und schlug dann die Augen zu Boden.

Cromwell räusperte sich und fuhr fort: »Es fiel mir sofort auf, dass die Beschreibung, die Sie mir von Bracey gegeben hatten, auf Wallis in jeder Beziehung passte. Er hatte das entsprechende Alter und die passende Stellung - eine gehobene Stellung mit einer gewissen Verantwortlichkeit. Er war also in den letzten Jahren, nachdem er sich den Namen *Wallis* beigelegt hatte, von Stufe zu Stufe aufgestiegen, bis er schließlich Inspizient im Varieté *Olymp* wurde. Ich kann mir seine Gefühle gut vorstellen, als er plötzlich Ihre Schwester zu Gesicht bekam, Miss Barlowe. Sie arbeitete in einer Messerwerfer-Nummer, kam aus

Australien, war dort in einem Zirkus gewesen. Sie glich Ihnen so, dass er sie ohne weiteres für Sie halten konnte. Er wusste daher nicht, dass sie ihn nicht wiedererkennen konnte, weil sie ihn noch nie gesehen hatte, er nahm vielmehr an, das sei ausschließlich auf sein verändertes Äußeres zurückzuführen. Früher oder später - vielleicht schon in ein paar Stunden - musste sie ihn aber doch wiedererkennen.

Nun, es hatte ihn Jahre gekostet, bis in die Stellung zu gelangen, . die er jetzt einnahm. Eine Entlarvung musste nicht nur seine sofortige Entlassung, sondern vielleicht auch eine Gefängnisstrafe nach sich ziehen. So geriet er in eine nur mühsam unterdrückte Panik - aus der er natürlich den ihm gemäßen Ausweg suchte. Vergessen Sie nicht, dass er einmal Messerwerfer gewesen war und wahrscheinlich seine Geschicklichkeit in dieser Kunst nicht eingebüßt hatte.«

»Aber selbst dann ist es doch beinahe unverständlich, dass er so weit ging, Nina zu ermorden«, bemerkte Kit.

»Sie übersehen dabei, Miss Barlowe«, meinte Ironsides, »dass er bei seiner Tat den Anschein erwecken konnte, dass Nina Dillon durch einen Unglücksfall den Tod gefunden, dass Dillon sie durch einen Fehlwurf ums Leben gebracht hatte!«

Johnny nickte.

»Und alle Welt hätte das auch tatsächlich angenommen und geglaubt, wenn du nicht zufällig im Theater gewesen wärst, Old Iron«, sagte er. »Dann hätte Pretty den Fall übernommen und zweifellos der Unfalltheorie zugestimmt. Nur die Tatsache, dass deine überscharfen Ohren einen doppelten Aufschlag hörten...«

»Unterbrich mich doch nicht immer, Johnny!«, fiel ihm Ironsides ins Wort. »Wo war ich stehengeblieben? - Noch in der Nacht nach dem Mord brach Wallis in die Garderobe der Dillons ein, um sich davon zu überzeugen, dass nichts unter den Sachen der Toten - die ja die Polizei mit Sicherheit durchsuchen würde - auf ihn hinweisen konnte. Er war ja noch immer davon überzeugt, Sie getötet zu haben, Miss Barlowe. Erst die Briefe Ihrer Schwester, vielleicht auch Fotografien, verrieten ihm die Wahrheit. Ebenso fand Wallis bei dieser Durchsuchung auch den Brief Ihres Bruders Jim, aus dem hervorging, dass der *goldene Affe* Ihr Eigentum geworden war. Und nun bekam Wallis wirklich panische Angstzustände - er wurde zu einem Mann, der von der Angst im Nacken gejagt wurde.

Die Gefahr hatte sich für ihn ja vertausendfacht. Er hatte einen schweren Irrtum begangen; dieser war dadurch noch verhängnisvoller geworden, dass ich zufällig anwesend war und erkannt hatte, dass Ihre Schwester ermordet worden war. Damit war sein Plan gescheitert, seine Tat als Unglücksfall erscheinen zu lassen. Unter diesen Umständen musste er auch Sie beseitigen - und zwar so schnell wie möglich.«

»Aber ich wusste doch gar nichts von ihm - hatte keine Ahnung, dass er im Varieté *Olymp* angestellt war«, wandte Kit ein. »Darum war es doch Wahnsinn von ihm, mich anzufallen.«

»Nein, Miss Barlowe. Von seinem Standpunkt aus war es eine absolute Notwendigkeit geworden. Ihre Adresse fand er wohl in den Papieren Ihrer Schwester. Durch ein paar weitere Erkundigungen erfuhr er den Rest - dass Sie an der Covent Garden Oper sind. Früher oder später, so fürchtete er nun, mussten Sie ihm ja begegnen. Vielleicht würden Sie in das Varieté kommen, und es war ja auch wahrscheinlich, dass Sie als Zeugin bei der gerichtlichen Leichenschau zu erscheinen hatten. Und bedenken Sie immer eines: Sobald Sie ihn auch nur erblickten, war er verloren. Denn Sie mussten doch sofort auf den Gedanken kommen, dass er und kein anderer Ihre Schwester ermordet hatte. Das Motiv für seinen ersten Mord mochte unzureichend gewesen, einer momentanen Panik entsprungen sein, das Motiv für seinen zweiten war es nicht mehr. Sie brauchten ihn ja nur zu sehen, und er kam an den Galgen.

So täuschte er denn den Überfall auf sich vor, um seine Abwesenheit vom Theater im entscheidenden Augenblick zu erklären. Und all das war mit Notwendigkeit daraus entstanden, dass er irrtümlich die falsche Zwillingsschwester ermordet hatte. Mein Gott, der Mann muss wirklich Blut geschwitzt haben!«

»Und wie steht es mit dem Mordanschlag auf Dillon und Miss Barlowe in Dillons Wohnung?«, fragte Johnny.

»Das war für Wallis einfach, denn am Vormittag konnte er ja ohne weiteres aus dem Varieté fort«, erwiderte Cromwell. »Ich habe auch festgestellt, dass er gestern Vormittag tatsächlich während eines Zeitraums von neunzig Minuten nicht im Theater war. Ebenso leicht lässt sich auch. Valentines Besuch zu der fraglichen Zeit in Ihrer Wohnung erklären.« Ironsides blickte Kit an. »Valentines Schimpanse war doch in Ihrem Badezimmer, Miss Barlowe, und Ihr Schwager hatte Valentine angerufen und ihm angeboten, das Tier unter gewissen Bedingungen art ihn zurückzugeben. Ich hörte ja einen Teil dieser Unterhaltung zufällig mit an, wenn auch Valentine hartnäckig leugnete, dass der Affe entführt worden war und gegen Lösegeld herausgegeben werden sollte. Jedenfalls begab sich Valentine im Laufe des Vormittags zu Dillon in dessen Wohnung, und er hoffte, mit Ihrem Schwager zu einer Abmachung zu kommen. Wir wissen ja, warum ihm auf sein Klopfen hin niemand öffnete. Über diesen Punkt hat er uns die Wahrheit gesagt. Das einzige, was noch rätselhaft bleibt, ist: Warum hat er Wallis getötet?

Als ich Wallis heute Morgen tot auffand, traf mich dies wie ein Blitz aus heiterem Himmel, denn ich war ja überzeugt, dass Wallis der Mörder war, den ich jagte. Aber warum wurde der Mörder ermordet? Das passte in keiner Weise in mein Bild. Es stellte den ganzen Fall auf den Kopf. Sein Tod stand ja zu allen mir bekannten Tatsachen in krassestem Widerspruch.«

»Valentine hat also Bracey getötet?«, fragte Kit verwundert. »Das hatten Sie mir bisher noch gar nicht gesagt!«

»Wenn wir von hier fortgehen, will ich mir Valentines Aussage durchlesen«, erklärte Cromwell grimmig. »Bis jetzt hat er immer wieder behauptet, dass Wallis durch einen Unglücksfall sein Leben verlor. Aber das ist absurd - niemand stößt sich aus Versehen ein Messer ins Herz! Andererseits hat Valentine zugegeben, dass er mit Wallis Streit hatte; es besteht kaum ein Zweifel, dass er während dieses Streits Wallis erstach. Und das ist Mord oder zumindest Totschlag!«

»Eigentlich ist es eine Ironie des Schicksals, wenn man es sich richtig überlegt«, meinte Johnny. »Wallis wäre wegen des Mordes an Nina Dillon zum Tode verurteilt worden, wenn man ihn vor Gericht gestellt hätte. Somit hat

Valentine dem Staat nur Geld gespart, als er ihn ins Jenseits beförderte.«

»Der Staat hat davon keinen Nutzen«, brummte Ironsides. »Das Geld, das wir bei Wallis sparen, müssen wir bei Valentine ausgeben. - Aber es ist doch jammerschade, dass der verdammte Bauchredner sein Temperament nicht im Zaum halten konnte«, fügte er bitter hinzu. »Ich hatte mich schon so sehr darauf gefreut, Wallis Handschellen anlegen zu können - und es ist mir in der Seele zuwider, wenn mich jemand im letzten Augenblick meiner Beute beraubt!«

»Wird Valentine zum Tode verurteilt werden?«, fragte Kit leise.

»Wenn er behauptet, gereizt worden zu sein und im Affekt gehandelt zu haben, wird er, falls die Geschworenen ihm das abnehmen, billiger wegkommen«, antwortete Cromwell. »Aber er wird schon verdammt geschickt sein müssen, um das zu erreichen, denn ich fand das Messer bis zum Heft in Wallis' Brust stecken, und ein solcher Stoß sieht sehr nach vorbedachtem Handeln aus.«

»Ich hätte nie gedacht, dass George Pavlos - oder Valentine, wie er sich jetzt nennt - zu Gewalttaten neigt«, sagte Kit mit einem Schauder. »Ich hatte nichts für ihn übrig - hatte sogar immer Furcht vor ihm aber ich verzieh ihm manches, weil er zu dem kleinen Schimpansen meines Bruders wirklich gut war.«

»Manches deutet doch darauf hin, dass er auch Ihren Bruder ermordet...«

»Nein, das ist nur ein durch nichts bewiesener Verdacht«, fiel sie ihm ins Wort. »Eigentlich traue ich es ihm gar nicht zu, dass er jemanden umbringt. Darum entsetzt mich ja das, was ich jetzt über ihn höre, so sehr. Es passt einfach nicht zu ihm! Er ist eingebildet und arrogant und auch sonst unsympathisch, aber ich kann mir nicht vorstellen, dass er zum Messer greift.«

»Für Sie ist Valentines Tat überhaupt ein schwerer Schlag«, fiel Johnny ein. »Er ist wegen Mordverdacht verhaftet, wird sicherlich verurteilt werden, und damit ist ja seine Nummer erledigt. Das tut mir um Ihretwillen leid, Miss Barlowe.«

»Um meinetwillen?«, fragte Kit überrascht.

»Ja, wegen des Geldes, das Ihnen damit entgeht.«

»Ach, daran hatte ich gar nicht mehr gedacht!« Sie nickte. »Rex wird bitter enttäuscht sein, dass das Abkommen, das er mit Valentine getroffen hat, nichts mehr wert ist. - Er tut mir beinahe leid - ich meine Valentine«, fügte sie offen hinzu, »denn Rex hat mir gesagt, dass seine Nummer eine der großartigsten ist, die je in einem Varieté gezeigt wurden. Jammerschade, dass es auf solche Weise damit zu Ende ist.«

Ironsides hörte sich diese Worte ohne Kommentar an; er ließ sich die Rechnung geben, und sie standen vom Tisch auf.

»Da Sie in keiner Gefahr mehr schweben, Miss Barlowe, hoffe ich, dass Sie es mir nicht verübeln, wenn ich Sie nicht nach Hause begleiten lassen kann«, sagte er, »denn Lister muss mit mir kommen.«

Kit versicherte ihm, dass sie ihren Weg in London auch ohne Begleitung finden könne, ließ sich von den Beamten in ein Taxi verstauen und verabschiedete sich.

»Und jetzt zu Valentine, Johnny!«, sagte der Chefinspektor mit harter Stimme. »Inzwischen muss er schon seine

Aussage zu Protokoll gegeben haben; ich bin begierig, sie zu lesen.«

Aber Valentine hatte nichts dergleichen getan.

»Er ist ein obstinater Bursche, er will kein Wort sagen!«, brummte Inspektor Pretty unwirsch. »Nur Ihnen gegenüber will er den Mund auf machen und sonst mit niemandem sprechen! Soll ich ihn vorführen lassen?«

Achtzehntes Kapitel

Weder Ironsides noch Johnny waren von Valentines Halsstarrigkeit überrascht. Inspektor Pretty war eben nicht der Mann, der einem Häftling Vertrauen einflößen konnte. Valentine war der Inspektor schon bei der ersten Begegnung unsympathisch gewesen.

Der Bauchredner, ganz ohne seine frühere Überheblichkeit, sah blass und verfallen aus, aber er war schon wieder gefasster als bei seiner Verhaftung. Als er ins Zimmer geführt wurde, lag jedoch in seinen Augen noch immer ein fiebriger Blick.

»Ich bin sehr froh, dass Sie wiedergekommen sind, Mr. Cromwell«, sagte er leise, »denn Ihnen möchte ich sagen, was sich heute Morgen im *Olymp* zugetragen hat. Ich versprach Ihnen ja, eine Aussage zu machen...«

»Sie wissen doch, dass Sie keineswegs verpflichtet sind, irgendeine Erklärung abzugeben?«, unterbrach ihn Ironsides. »Jede Aussage, die Sie machen, muss völlig freiwillig abgegeben werden, aber ich muss Sie darauf aufmerksam machen, dass sie mitgeschrieben und als Beweismittel gegen Sie benutzt werden kann.«

»Jawohl, das weiß ich«, erwiderte der Gefangene. »Aber ich habe den dringenden Wunsch, Ihnen mitzuteilen, was eigentlich geschah. Es war nämlich ganz anders, als Sie glauben. Ich habe Wallis wirklich nicht getötet.« Er hielt inne und holte tief Atem. »Aber zuerst muss ich von etwas anderem sprechen. Sie erinnern sich, dass Vick verschwand. Dillon hatte ihn - zusammen mit seiner Schwägerin Kit Barlowe - entführt. Er behauptete, der Schimpanse gehöre Kit, und das ist ja auch nicht ganz falsch. Er gab mir Vick zurück, nachdem ich einen Vertrag unterzeichnet hatte, in dem ich mich verpflichtete, ihm ein Drittel meiner Gage abzutreten.«

»Einen Augenblick Johnny«, warf Cromwell ein. »Nimm das bitte nicht in dein Stenogramm auf. Ich weiß zwar einiges von diesem Abkommen, Valentine, aber ich weiß auch, dass es mit der Angelegenheit, die uns jetzt beschäftigt, nichts zu tun hat. Schildern Sie mir, warum Sie Wallis getötet haben!«

»Sie irren sich, Mr. Cromwell - dieses Abkommen hat nämlich sehr viel mit dem Tod von Wallis zu tun!«, beharrte der Bauchredner. »Heute Morgen, ganz früh, kam Wallis zu mir in den Keller hinunter und erklärte, er habe festgestellt, dass mein Schimpanse in Wahrheit Kit Barlowe gehöre. Weiterhin erklärte er, er werde über diese Tatsache schweigen, wenn ich ihm dafür die Hälfte meiner Gage abtreten würde. Die Hälfte meiner Gage! Ein Drittel hatte ich ja Kit schon abgetreten. Wieviel blieb dann für mich überhaupt noch übrig? Ich sah rot, und ich erwiderte ihm, von mir aus könne er tun, was er wolle. Was könne er mir denn schon anhaben, selbst wenn er reden wollte? Die Sache ginge ja doch nur das Mädchen und mich an! Aber das bestritt er und behauptete, es werde der Ruin meiner Nummer sein, falls die Zeitungen die wahre Geschichte von Vick veröffentlichten. Schließlich forderte er mich auf, sein Angebot noch einmal in Erwägung zu ziehen.

Das tat ich auch, nachdem er fort war. Und dabei dämmerte mir eine neue Erkenntnis auf, die mich wie ein Hammerschlag traf. Wie konnte Wallis von etwas wissen, was sich vor Jahren in Australien ereignet hatte? Er hatte sich mir gegenüber als Erpresser gezeigt, und plötzlich wurde mir klar, dass er derjenige war, der Nina getötet hatte. Wer denn sonst? Gewiss, nach dem Gesetz gehört Vick wohl wirklich Kit. Aber ohne mich ist der Schimpanse nichts wert, und weil Kit das weiß, sind wir ja auch zu einer Abmachung gekommen, die für uns beide gerecht und fair war. Aber nun kam Wallis mit seinen Forderungen. Wallis hatte gar keine Ansprüche; er hatte sich nur erpresserisch eingedrängt - dieser Mörder!«

Der Bauchredner hielt inne und wischte sich mit dem Taschentuch den Schweiß von der Stirn.

»Ich ging geradewegs in sein Büro und trat ihm gegenüber«, fuhr er fort. »Ich sagte zu ihm: *Ihr Spiel kann ich auch spielen, Wallis! Wenn Sie mich erpressen wollen, so kann ich, wenn ich will, auch Sie erpressen!* Er war zuerst überrascht und starrte mich ungläubig an. *Oder würde es Ihnen passen*, fuhr ich fort, *wenn ich Cromwell erzählen würde, dass Sie Nina Dillons Mörder sind?* Kaum hatte ich das gesagt, sprang er wie der Blitz auf, zog ein Messer hervor und fiel mich an. Ich bin weiß Gott kein Schwächling, aber es war für mich verdammt schwer, seinem Messer auszuweichen. Meine einzige Hoffnung bestand darin, ihn zu fassen zu bekommen. Ich konnte seinen Arm ergreifen - den Arm, in dem er das Messer hielt, und wir kämpften wie tobende Wahnsinnige. Es gelang mir, ihn am Zustechen zu hindern. Eng umschlungen taumelten wir im Zimmer herum.

Ich weiß nicht genau, was dann geschah, aber er stieß wohl mit der Hüfte an die Ecke seines Schreibtisches an. Er stolperte, drehte sich halb um sich selbst und stürzte zu Boden. Ich wartete darauf, dass er wieder aufstand, und wunderte mich schon, warum er einen so merkwürdigen röchelnden Laut ausgestoßen hatte. Als er sich nicht bewegte, rollte ich ihn auf den Rücken - und jetzt erst sah ich, dass das Messer bis zum Heft in seiner Brust steckte. Das ist die Wahrheit - ich schwöre es, Mr. Cromwell!« In seiner Angst kreischte Valentine die Worte geradezu heraus. »Ich habe ihn nicht getötet - es war ein Unglücksfall. Wie es genau dazu kam, weiß ich nicht. Als er mit der Hüfte an den Schreibtisch stieß und hinstürzte, ließ er wohl das Messer los - und ich kann nur annehmen, dass das Messer mit der Spitze nach oben zu Boden fiel und er mit der Brust darauf stürzte. In ein paar Sekunden war alles vorüber. Gewiss, es war ein ganz unwahrscheinlicher Zufall, aber es ist eben passiert. Ich schwöre Ihnen, dass es so war! Als ich ihn dann sah - tot, mich mit weitaufgerissenen Augen anstarrend -, wurde ich von einer Panik gepackt. Ich stürzte aus dem Theater hinaus und ging in das Espresso am Ende des Gässchens. An meiner Kleidung war kein Tropfen Blut. Es konnte nicht anders sein, denn ich hatte ja das Messer nicht angefasst. Ich habe ihn eben nicht getötet! Ich habe ihn nicht getötet! Ich habe ihn nicht getötet!«

Wieder und wieder stieß der gänzlich verstörte Mann in fieberhafter Verzweiflung seine Behauptung hervor. Seinen Worten folgte ein langes Schweigen, in dem nur Valentines schweres Atmen zu hören war.

»Glauben Sie mir etwa nicht, Mr. Cromwell?«

»Es ist nicht meines Amtes, Ihnen zu verraten, ob ich Ihnen glaube oder nicht«, erwiderte Ironsides nicht unfreundlich. »Wollen Sie an dieser Darstellung festhalten, Valentine?«

»Ja - es ist doch die Wahrheit!«

»Gut. Ich werde Ihre Aussage schreiben lassen, und Sie werden dann aufgefordert werden, sie zu unterzeichnen.« Der Chefinspektor stand auf. »Wenn Sie sich auf diese Weise verteidigen wollen, so ist das ja Ihre Sache.«

»Oh, mein Gott, Sie glauben mir nicht!«, stöhnte Valentine, nur noch ein bemitleidenswerter Schatten seines früheren arroganten Selbst. »Das kann ich doch an Ihrem Gesicht sehen! Aber ich schwöre Ihnen, es ist die heilige Wahrheit...«

»Wenn Sie meinem Rat folgen wollen, Valentine, so sagen Sie zunächst nichts mehr«, unterbrach ihn Cromwell. »Sollten Sie sich nach reiflicher Überlegung entschließen, Ihre Aussage zu ändern oder zu ergänzen, so steht Ihnen das jederzeit frei. Sie können sich auch einen Anwalt nehmen - und ich kann Ihnen nur raten, sich unverzüglich nach einem guten Verteidiger umzusehen.«

Fünf Minuten später saß Bill Cromwell schon wieder vor der Polizeiwache im Auto. Johnny Lister übergab sein Stenogramm Inspektor Pretty und kam ihm dann nach.

»Warum bist du so plötzlich fortgegangen, Old Iron?«, fragte er. »Pretty wollte, ich sollte gleich das Protokoll mit der Maschine schreiben, aber ich antwortete ihm, dass das noch Zeit hätte. Zum Teufel, was ist denn mit dir los?«

»Mir ist höchst unbehaglich zumute, Johnny!«, brummte der Chefinspektor. »Valentines Darstellung klingt zwar höchst unwahrscheinlich, aber ich habe irgendwie das Gefühl, dass sie trotzdem stimmen könnte. Vielleicht verlief alles wirklich so, wie er es geschildert hat. Aber zeige mir den Geschworenen, der ihm diese phantastische Geschichte abnimmt - nachdem ein geschickter Staatsanwalt sie voller Hohn zerpflückt hat. Er wird unweigerlich verurteilt werden.«

Johnny starrte ihn an.

»Und du glaubst ihm?«, fragte er zögernd.

»Das habe ich nicht gesagt. Aber ich habe große Erfahrung mit Verbrechern, und stets sagt mir mein Instinkt, wenn sie mit der Wahrheit herausrücken. Das ist meist dann, wenn sie am Ende ihrer Kraft sind«, erwiderte ihm Cromwell langsam. »Nun glaube ich nicht, dass Valentine wirklich ein durch und durch schlechter Kerl ist. Selbst Miss Barlowe findet für ihn ein gutes Wort. Selbst sie glaubt nicht, dass er ihren Bruder umgebracht hat - und ich möchte es auch nicht glauben. Aber seine Darstellung ist zu phantastisch, um Geschworene zu überzeugen. Ich kann nur hoffen, dass er seine Aussage ändert, bevor es zu spät ist.«

»Was meinst du mit *zu spät*?«

»Wenn er an seiner Darstellung unverändert festhält, ist er verloren«, meinte Ironsides kurz. »Das nehmen ihm die Geschworenen nicht ab. Aber wenn die Wahrheit wirklich so unwahrscheinlich sein sollte...« Er hielt inne und zog die Stirn kraus. »Ich will ihm glauben, dass Wallis ein Messer zog und ihn damit anfiel - das passt zu allem, was wir von Wallis wissen.«

»Und dann?«

»Dann, glaube ich, konnte ihm Valentine irgendwie das Messer entwinden und es Wallis ins Herz stoßen«, erwiderte Cromwell. »Wenn er das nur zugeben würde! So ein Narr! Stattdessen sich eine so idiotische Geschichte auszudenken! Das Messer, das mit der Spitze nach oben zu Boden fiel, und in das Wallis hineinstürzte! Pah - Unsinn! Das ist charakteristisch für den Mann - er versucht wieder einmal, überschlau zu sein!«

»Aber wenn er Wallis das Messer beim Kampf ins Herz stieß, so ist das doch immerhin Totschlag!«

»Nein, Johnny. Er könnte ja behaupten, dass er es in Notwehr getan hat«, berichtigte ihn Ironsides. »Nun, das müssen wir seinem Anwalt überlassen. Jeder verständige Anwalt würde Valentine raten, seine Darstellung abzuändern und zu behaupten, Wallis in Notwehr getötet zu haben. Das könnte dazu führen, dass auch der Staatsanwalt die Anklage auf Totschlag abändert.«

»Jedenfalls ist es verdammt schade um seine Nummer«, meinte Johnny bedauernd. »Kit wird jetzt keinen roten Heller mehr bekommen. Und dabei war es doch eine so großartige Sache, Old Iron!«

»Der Teufel soll die Nummer holen!«, brummte Cromwell. »Es ist eine Lösung dieses Rätsels, die mir gar nicht gefällt. Aber noch etwas anderes macht mir Kopfzerbrechen: Warum, zum Teufel, hat uns der alte Jerry Bowers angeschwindelt?«

»Ja, das habe ich mich auch gefragt.« Der Sergeant nickte. »Aber hat er es wirklich getan? Er behauptete, dass Valentine das Varieté kurz vor neun verließ und sich beim Weggehen noch mit Wallis an der Tür unterhielt. Könnte das denn nicht stimmen?«

»Aber er hat uns verschwiegen, dass Valentine das Theater zwischen Viertel nach neun und halb zehn noch einmal verließ - und zwar blass wie der Tod!«, erwiderte Cromwell und runzelte die Stirn. »Wenn Bowers nicht versehentlich die Zeiten durcheinandergebracht hat, dann hat er sich bemüht, Valentine ein Alibi zu verschaffen. Kann es aber ein Versehen gewesen sein?«

»Andererseits: Was für eine Veranlassung hatte er, Valentine ein Alibi zu geben?«

»Ich muss noch einmal mit dem alten Mann reden«, entschloss sich Cromwell plötzlich. »Fahr mich zum *Olymp*, Johnny! Als ich Bowers heute Morgen verhörte, ist mir aufgefallen, wie zapplig und nervös er war. Gewiss, die Ermordung des Inspizienten kann ihm einen Schock versetzt haben, aber es war mehr als ein Schock. Es war Furcht!«

»Vielleicht Furcht, er könnte als nächster an die Reihe kommen?«

»Unsinn! Wer sollte den Portier ermorden? Das konnte er nicht wirklich fürchten. Nein, Johnny, sein ganzes Benehmen war, mild gesagt, merkwürdig. Den Grund dafür möchte ich aufklären, auch wenn es vielleicht unwichtig ist.«

Als sie das Theater erreichten, saß der alte Jerry Bowers in seiner Pförtnerloge, rauchte und las die Zeitung.

»Sie sagten mit heute Morgen, Bowers, dass Mr. Valentine das Theater erheblich vor neun verließ - also lange bevor Mr. Wallis ermordet wurde«, begann Cromwell in seinem barschesten Tort und warf dem bestürzten Portier einen bösen Blick zu! »Warum haben Sie mich belogen?«

Jerry zittere am ganzen Leib.

»Ich, Chef?«, stieß er hervor. »Sie belogen?«

»Keine Ausflüchte - wie spät war es genau, als Mr. Valentine das Theater verließ?«

»Donnerwetter - aber man hat mir ja gesagt, dass Sie ein ganz Verschlagener sind, Mr. Cromwell«, stieß Jerry hervor und ließ in der Aufregung seine Pfeife fallen. »Ich wollte mir keinen Ärger machen...«

»Dafür haben Sie jetzt einen Haufen Ärger!«, herrschte ihn Cromwell an. »Sie haben schon zu viel gesagt, um sich herausschwindeln zu können! Heraus mit der Wahrheit! Wie spät war es, als Mr. Valentine das Haus verließ? Und warum gaben Sie mir eine falsche Zeit an?«

»Mein Gott - ich hab's doch gesehen, Chef!«, schnaufte der alte Jerry ganz verstört. »Ich hab' ja alles mit angesehen! Ich wollte nur nichts davon sagen.«

»Sie meinen, Sie waren Augenzeuge des Mordes?«

»Aber es war doch gar kein Mord, Mr. Cromwell! Es war doch ein Unglücksfall! Mein Gott, ich hätte es ja selbst nicht geglaubt, wenn ich es nicht gesehen hätte! Mr. Valentine hat ihn doch nicht umgebracht, Sir...«

»Sie sagen, dass Sie es mit angesehen haben? Was haben Sie denn eigentlich gesehen?«

»Ich hörte Mr. Valentine schreien - es klang so furchtbar wütend«, winselte Jerry. »Darum ging ich zum Büro von Mr. Wallis, um nachzusehen, was dort los war. Die Tür war nicht zu, und ich konnte hineinsehen. Ich sah, wie sie miteinander kämpften - oder vielmehr rangen. Mr. Wallis hatte eins der Wurfmesser in der Hand, und Mr. Valentine versuchte ihn am Zustechen zu hindern. Ich war vor Schreck ganz starr, wie man so sagt. Und dann - mein Gott, das werden Sie mir ja doch nicht glauben, Sir!«

»Versuchen Sie's! Vielleicht glaube ich Ihnen doch!«, ermunterte ihn Cromwell.

»Von. der Tür aus, wo ich stand, konnte ich alles genau sehen - und so wahr mir Gott helfe, Chef, es hat mich geradezu umgehauen! Sie stießen gegen seinen Schreibtisch; in diesem Augenblick rutschte Mr. Wallis aus, das Messer fiel ihm aus der Hand, mit der Spitze nach oben, aber noch ehe das Messer auf dem Boden war, fiel Mr. Wallis so drauf, dass es sich in seine Brust bohrte.«

»Großer Gott!«, rief Johnny aus.

»Reden Sie nur weiter!«, befahl Ironsides.

»Mr. Valentine trat ganz verdutzt zurück«, fuhr der alte Mann fort. »Er hatte wohl gar nicht erfasst, was geschehen war. Er drehte Mr. Wallis auf den Rücken, und da steckte der Dolch so tief in seiner Brust, dass nur noch das Heft heraussah. Ich schlich mich schnell fort, und als Mr. Valentine aus dem Hause stürzte, warf er noch nicht einmal einen Blick zu mir herein. Ich hatte mich nämlich schnell wieder hierher verkrümelt, wissen Sie...«

»Warum haben Sie mir von alldem heute Morgen nichts gesagt?«, unterbrach ihn Cromwell barsch. »Am liebsten möchte ich Sie festnehmen, weil Sie mir böswillig falsche Angaben gemacht haben.«

Der Portier begann zu winseln.

»Ich wollte mir doch nur Unannehmlichkeiten ersparen, Chef«, wandte er ein. »Ich wollte mich nicht in diese Geschichte hineinziehen lassen. Aber ich hätte Ihnen schon noch alles gebeichtet - wirklich, das können Sie mir glauben!«

»Mag sein. Jedenfalls kommen Sie zunächst mit zur Polizeiwache. Und zwar sofort!«, forderte ihn Cromwell auf. »Nein, ich werde Sie nicht verhaften, Jerry. Ich will nur, dass Sie das, was Sie mir jetzt gesagt haben, zu Protokoll geben. Man wird von Ihnen auch verlangen, dass Sie Ihre Aussage bei der gerichtlichen Leichenschau noch einmal wiederholen.«

Der alte Jerry trug Hausschuhe, und während er sich feste Schuhe anzog, nahm Ironsides Johnny beiseite. In seinem strengen Gesicht malte sich geradezu Abscheu, als er hervorstieß: »Daran ist wieder dieser verdammte Affe schuld, Johnny!«

»Wie?«

»Merkwürdig - als Valentine uns die reine Wahrheit erzählte, wollten wir ihm nicht glauben«, fuhr Cromwell fort. »Und da redet man so daher, dass jemand um Haaresbreite davongekommen ist! Hätte der alte Jerry den Kampf nicht als Augenzeuge mit angesehen, wäre Valentine sicherlich wegen Mordes verurteilt worden. Aber Jerrys Aussage beweist seine Unschuld. Es war wirklich ein Unglücksfall! Jerrys Aussage beweist klar, dass Valentine tatsächlich in Notwehr handelte, jedes Gericht muss ihn freisprechen.«

»Darüber bin ich verdammt froh«, sagte Johnny. »Aber was meintest du damit, als du dem Affen die Schuld gabst?«

»Der alte Portier hier hielt den Mund, weil er glaubte, Valentine werde nicht unter Anklage gestellt werden - und um das ganz sicher zu verhüten, gab er Valentine noch ein Alibi«, entgegnete Cromwell leise. »Warum tat er das wohl? Weil er höchstwahrscheinlich beabsichtigte, nach ein oder zwei Tagen an Valentine heranzutreten und von ihm Schweigegeld zu verlangen. Alle wollen sie eben von dem Geld profitieren, das der *goldene Affe* verdient.«

»Du kannst das doch nicht mit solcher Sicherheit behaupten.«

»Nein, mit Sicherheit nicht, darum bin ich auch nicht gewillt, diese Seite des Falles noch weiter zu verfolgen«, brummte der Chefinspektor. »Aber innerlich bin ich davon überzeugt. Jerry behauptet zwar, er sei entschlossen gewesen, mir doch noch die Wahrheit zu gestehen. Das kann stimmen, muss aber nicht stimmen. Vielleicht hat ihm die Verhaftung Valentines - die er nicht erwartet hatte - klargemacht, dass er nichts zu gewinnen hatte, wenn er mir etwas verschwieg.«

Nachdem Jerry Bowers auf der Polizeiwache seine Aussage zu Protokoll gegeben hatte, kehrten die beiden Beamten wieder in das Varieté *Olymp* zurück, um Direktor Eccles wegen seiner Abendvorstellung zu beruhigen.

»Nun, Mr. Eccles, Ihre Glanznummer wird trotz allem heute vorgeführt werden können«, meinte Cromwell freundlich, als er den Direktor in dem Büro von Wallis antraf, wo er sich mit Rex Dillon unterhielt. »Nach Erledigung einiger Formalitäten werden wir Valentine entlassen. Ich muss deswegen nur noch einmal mit meinem Chef sprechen...«

»Valentine wird entlassen?«, unterbrach ihn Eccles erleichtert und erstaunt. »Aber er hat doch Wallis ermordet.«

Ironsides erklärte ihm kurz die Sachlage.

»Ich bin überzeugt, dass mein Chef sofort Valentines Freilassung anordnen wird, Sir«, schloss er. »Wenn er bei der gerichtlichen Leichenschau seine Darstellung vorbringt, die in allen Einzelheiten von einem Augenzeugen bestätigt wird, so bleibt den Geschworenen ja gar nichts anderes übrig, als das Urteil »Tod durch Unglücksfalb abzugeben.«

»Gott sei Dank!«, rief der Direktor. »Meine herzlichsten Glückwünsche, Mr. Cromwell, zu Ihrem großartigen Erfolg!«

Er eilte erleichtert fort, um die notwendigen Anordnungen für die Abendvorstellung zu treffen. Rex Dillon, der zurückblieb, sah die beiden Beamten mit strahlenden Augen an.

»Das ist wirklich großartig, Mr. Cromwell!«, stieß er atemlos hervor. »Also ist alles vorüber - wie ein schrecklicher Alptraum. Ich komme gerade von Kit; wir haben lange Gesichter gemacht, weil wir schon überzeugt waren, nichts mehr von dem Geld zu bekommen, das der Schimpanse verdienen kann. Erlauben Sie mir, dass ich zu Kit zurückeile, um ihr die gute Nachricht zu überbringen?«

»Gehen Sie nur, mein Junge«, erwiderte Ironsides mit einem bei ihm seltenen Lächeln. »Sie haben das Mädchen gern, nicht wahr? Nun, nach einer gewissen Zeit, die Sie ja anstandshalber vergehen lassen müssen, sollten Sie sie heiraten.«

»Auf diesen Gedanken brauchen Sie mich nicht erst zu bringen, Mr. Cromwell - er geht mir schon seit Ninas Tod im Kopf herum«, erwiderte Dillon. »Das klingt vielleicht herzlos, aber ich bin überzeugt, Sie werden dafür Verständnis haben.«

»Noch etwas«, sagte Cromwell. »Es geht mich ja nichts an, aber da Sie an den großen Gagen beteiligt sind, die Valentine verdient, sollten Sie sich mit ihm zusammentun und sein Manager werden. Das wäre doch die beste Lösung des ganzen Problems.

»Mein Gott, Sir, das ist ja eine großartige Idee!«, rief Rex und wurde vor Freude rot. »Ich will schnell zu Kit fahren, um zu hören, was sie dazu zu sagen hat, bevor ich mit Valentine darüber spreche. Haben Sie etwas dagegen, wenn ich sofort gehe?«

Bill Cromwell musste lachen.

»Na also«, sagte er und blinzelte Johnny zu. »Ist es nicht hübsch, wenn alles zu einem guten Ende kommt?«

ENDE

Besuchen Sie unsere Verlags-Homepage:
www.apex-verlag.de

FSC
www.fsc.org

MIX

Papier aus ver-
antwortungsvollen
Quellen
Paper from
responsible sources

FSC® C141904

Druck:
Customized Business Services GmbH
im Auftrag der
KNV Zeitfracht GmbH
Ein Unternehmen der Zeitfracht - Gruppe
Ferdinand-Jühlke-Str. 7
99095 Erfurt